MW01139214

BAJO ESTE CIELO

Carina Vottero

BAJO ESTE CIELO

Aralias

Bajo este cielo
© Carina Vottero, 2018
carinavottero7@hotmail.com

All rights reserved
Printed in the United States of America

ISBN-13: 978-1983555268
ISBN-10: 1983555266

Fotografía de la autora por Vanesa González,
vane_sc@hotmail.com

Edición: Ileana Martínez
Aralias Publishing
854 NW 87 Ave. #106
Miami, FL 33172
aralias@gmail.com

A mi sobrina Magdalena Santana, porque su llegada ha sido la gloria; quien me inspira a sonreír y a escribir; a quien amo más allá de todo lo que contenga vida, con quien venimos entrelazadas desde antaño.

Para Adriana
con la gratitud
de mi alma

12/8/70

AGRADECIMIENTOS

Al espíritu de mi abuela Magdalena Farías, quien me guía y fortifica desde la inmortalidad con su amor inmenso; quien no se ha ido, ni jamás lo hará.

A esa mujer excelsa, Adriana Pistelli, que es mi madre; quien desde el enlace de nuestro hilo de plata, como nadie conoce mi destino.

A mi hermana, Mara Vottero, quien desde su palpitar siempre me ayuda a creer, quien interviene en los escenarios conspicuos de mi existir; a quien amo hondamente.

A Emilio de Armas, ese padre del corazón que eligió brillar y permanecer en mi camino; quien me salvó de la inhumación de mis dones; por quien la gratitud y la ternura me son inenarrables.

A mi amiga absoluta Nilda Gallego, por estar conmigo desuniendo distancias físicas, queriéndome con veracidad.

A Liliana Benedetto, porque desde el desgarro de la juventud, a través de océanos descomunales, una y otra continuamos en la pesquisa de la luz, a quien adoro.

A David Potklin, por su presencia fiel e incondicional desde la fuente pura del cariño.

A Ligia Browne, por ser la prolongación del amor descomedido de mis ancestros; a quien venero con mi ser.

A María Inés Marino, por haber atravesado mi ruta de vida, y conmemorar en cada travesía los valores genuinos, con quien me une una complicidad cierta.

Y desde las entretelas de mi alma: A Martín de Urrengoechea, con quien la faena del destino en un misterio nos detuvo uno en frente del otro para convertirnos, desde el amor, en compañeros de vida. Un hombre noble y entrañable, quien conmigo y para mí, elige estar.

Simplemente, a ellos, que deciden permanecer a mi lado, y con quienes deseo persistir unida hasta la eternidad.

BAJO ESTE CIELO

SOBRE aquel sillón anticuado subsiste de postura garbosa como soldado inglés. Semejante al pasado rancio, cuando en idilio, le hacía antesala a Noah. A pronto, ella llegaba, se rehundían piel a piel, dando muerte al tiempo, y nacimiento a ese "Ahora". Es que durante harto él creyó haberla anhelado. Entonces en cada abrazo pretendía adherírsela un poco más al alma. Mientras ella, casi por peripecia lo hubo encontrado. Aunque la misma rompía sus paradigmas, sin métodos, lo estremeció hasta la demencia. Una joven hebrea, dueña de caderas anchurosas, talla mediana, cabellos renegridos que apenas le rozaban los hombros, y ojos color negro de mirada fluctuante, como quien se encubría bajo lo carnal. Pero la hazaña del destino terminó enredando sus cuerpos. Entre ambos se desataba una persuasión intransmisible, esa que ciertamente, a unos pocos, les florece el verbo de amar. Con suspendes y reaparecidas, se enceguecieron ocho años. Por infortunio, para Vicente fue hasta el sol de hoy su único y gran amor, con el que lo sepultarán. Si bien, él, de talante ardiente, en esas huidas de ella, de tanto en tanto probaba otras damas; eternamente, el espíritu de Noah lo afligía.

Y así, entre dos mundos, este azteca, de piel cobriza, figura privilegiada y gracia noble, sin sondeos andaba los pasajes que creaban su vida. A mansalva, Vicente presumía reaparecer en cada cuerpo que le hacía el amor a ella, puesto que jamás lo hubo borrado de sus entrañas. Y hasta con obsesión, de vez en cuando, intentaba volver a sus brazos. Así entrambos, hilvanaron un enlace turbador, que tal vez hostigaría hasta el fin de sus días. La hebrea le dio a probar del mismo cielo, como del infierno. Podría decirse que alguna vez, bajo sus efectos de la hierba que se fumaba, o la voz de la conciencia plena, lo amó. Pero en su estado de raciocinio, más bien lo despreciaba, lo utilizaba como un pulcro trozo de carne que él era, saciándose en la exquisitez con que Vicente le hacía el amor, mientras la necia, le musitaba al oído, que amante como él no existía. Poco luego, lo satirizaba con sus oscilaciones, y se echaba a volar en intervalos de prolongados meses, y hasta más de un año. Y en la última añagaza, hasta tuvo el desvarío de aludir que deseaba concebir un hijo de él, sugestión que conllevó a la cúspide del regodeo al señor embelesado. No obstante, el pavor consumía a Vicente, tenía la certeza plena que al menos "lo excelso" tendría con ella, esa carne de su carne, alma de su alma, "un hijo". Así pues, en el desatino de la hiel que probó jamás, en estado de cautiverio, él la volvió a amar durante otros días, puesto que, para entonces, citar a Noah, a quienes lo adoraban, era un sacrilegio. A locura inenarrable, renació cada estela, que remisamente hubo desdeñado, arrastrándolo al vaivén más insano. Hasta que, por fin, bajo una dolencia insondable, elucidó el conflicto eterno de ella, de nunca saber el modo de permanecer a su lado.

Pero era hora que la desconociese, con el ahínco de la aversión más punzante. Y volvió a trastornarse con un pasado que le fue huero. Lo cierto era que, la voz de Noah aun recitaba sus amaños, y ese hartazgo lo escarnecía. A la sazón, en actitud de saña se miró al espejo, tomó un abrigo, dando un portazo, y se marchó. Eludiendo la puesta del sol, que mucho gozaba avistar, es que, a ciencia cierta en esa tarde de domingo, ella, mientras fumara su hierba, estaría sentada en la banca del parque contemplándola. Promiscua, entre los aledaños, provocando colisión, y así, alguno compartía su cama, esa noche, en la que el otoño prevenía su adiós. Vicente, con tan solo cerrar los ojos, veía lo que ella hacía. Y cuando le hubo preguntado, hedía la mentira. A certitud conocía su cuerpo, e incluso en el viento abrigaba sus contorneos. Ya hasta le hastiaba no triunfar en dejar de pensarla. Sondeaba en por qué la veneraba. ¿Será que si se suprime el dolor nuestra existencia sería fútil? Así que, entre atrición por la falla a su propio perdón, y en rendimiento ermitaño, él delinea su camino, ese en el que tal vez la travesía de Noah estuvo subrayada, pero nada más lejos de la realidad de que no era su destino. Durante años, ella fue la manivela de su mundo, reseña como si nada, nadie más existiese en la faz de la tierra. Su presencia le era la gloria, mientras que su ausencia un castigo. Y en cada retirada, añadida a su carne nívea, se llevaba una parte del azteca.

Detuvo el paso soliviantado, sentándose justo en la gradilla del parque desde donde podía mirar la ventana de su casa, y le sonrió al niño que corría detrás del balón. Tendió el cuerpo en la hierba, e hizo una entrega bajo ese cielo. Para cuando la bandera que recuenta con 50 estrellas, y ondulaba entre la bruma que encubría la cima de la montaña, le incitó la cordura, y pensó en su amigo Gaspar. Llevaba semanas sin verlo, las mismas que fue sumiso de esa piel blanca. Y como por sortilegio, cada vez que Vicente fluctuaba en la jactancia de su imaginación, ese varón lo invitaba a aceptar, que al fin y al cabo, ser refutado no era una dificultad. Y pensó en cómo estaría llevando su diario vivir aquel luchador.

Gaspar había cruzado la frontera que separa a Méjico de los Estados Unidos, recóndito en la parte trasera de un furgón, encimado a otros 18 individuos anónimos en un viaje de 35 horas, en la que apenas si se humedeció la lengua con unas gasas empapadas, y probó unos panes. Hubo pagado una suma abismal al conductor, esos que se denominan "coyotes", porque trasbordan personas bajo condiciones sórdidas. Si bien para millares éste es un boleto de ruleta rusa, ya que fenecen sofocados en el camión, y sus cuerpos son arrojados como guiñapos en la carretera. Para otros, luego de erratas en demás vías, como a pie por la frontera, o a nado el Río Grande, "el coyote" fue su fortuna. Puesto que, a la buena de Dios, sin sobresaltos, pueden narrarlo. Y esquivando la patrulla fronteriza, recorrieron los 2950 km que aíslan la ciudad de Méjico con la de Los Ángeles. Y de pensar en su odisea se le estrujó la parte que le quedaba intacta del corazón. Es que Gaspar simbolizaba ese fragmento desapacible, esa realidad invisible para una parte de la humanidad. Uno de esos once millones de personas guerreras, de almas sin armas, que son un todo y nada a la vez. Uno de aquellos que con integridad hacen labores brutales, a la que los ciudadanos se niegan. Un ser, el cual solo para su familia posee identidad, un hombre al que le corre sangre en las venas del mismo color rojo que a los demás. Alguien que, de morirse aquí, para la sociedad sería imperceptible, su cuerpo se volvería polvo tan pronto, como si no habría existido. Gaspar... un héroe sin documentos. Y de tan solo invocarlo, con pujanza se incorporó. Y anduvo a su encuentro.

Más tarde, mientras esperaba a su amigo, se aproximó al viejo George, quien conoció tiempo atrás en el supermercado, y lo llevó a tomar unos tequilas a la cantina de don Enrique, la cual, desde entonces, innovaron un punto de encuentro. El estadounidense que, a poco de su retiro, dejó la tierra a la cual muchos dan hasta la vida misma por pisar, se fue a Costa Rica detrás del fausto de ser un jubilado, y sin querer, encontró el amor de Florentina, que superó las barreras del lenguaje. Pero por ahora vino a Los Ángeles a firmar el cierre de la venta de su casa, y ahí yacía a la mesa jugando dominó con otros tres. Para George, que después de un año no veía a sus feligreses, aquello era todo un festejo. Y al distinguir a Vicente, mientras remordía su habano, le dijo:

—What are you being up to, do you want to join us, mijo?

Así que, sin prefacios, Vicente arrimó una silla, y sentándose con el respaldar hacia delante, al estilo de su abuelo, en un carcajeo le respondió:

—Hey, viejo, is great to see you again.

Y a poco trajeron las cervezas a la mesa, a todo contento apareció Gaspar, secándose el sudor con la remera, estrechó la mano a su amigo, y dijo:

—Just on time, no esperaba verlo, don George.

Ni bien alzaban las voces entre conversaciones y risas, Ronaldo, otro que poseía la sapiencia de la edad provecta, exhaló humo entre los bigotes, le clavó la mirada a Gaspar, y musitó:

—You, Gaspar, please remember that... en el sueño americano, los años desfilan más ligero, mijo. Así que pues, decide qué harás con tu vida, porque aquí a uno el tiempo se lo devora. Es un país soberbio, donde podrás vivir, pero no llegar a viejo, ni mucho menos enfermarte.

Pucha, que al joven 17 años se le escurrieron del almanaque, como arena entre los dedos, y el tiempo no le pesaba a su brío jovial sino a su cuerpo. Será que nos vamos extinguiendo desde adentro hacia afuera. Bastaba que se ponga de pie para echar de ver sus aciagos. Es que se lo debía a las arduas labores que desempeñó en el campo, cuando recién llegado al país. Y por ahora, las porcelanas y dispositivos que cargaba en la cocina del restaurant del mismísimo Hollywood. A Gaspar se le olvidaba su condición, puesto que, de pensar en ello, sería un suplicio. Era de estatura media, contextura física vigorosa, piel prieta, y unos ojazos del color azul del mar mediterráneo. Conspicuo le dibujaba una sonrisa a cada situación, y como el actor que llevaba dentro, él interpretaba el mejor papel en su vida, aquello que anhelaba, no lo que era. También poseía un algo indescriptible, y su presencia era delicada por donde quiera que estuviese. Hablaba un inglés elegante, que conlleva a muchos a poner en juicio su origen e idioma nativo. Pero el epíteto "negro" es comprensible en todas las lenguas. A menudo oía a los blancos decir "ese negro" con despectivo. Pero él nunca abrigó la oscuridad de la discriminación, ni el desempleo. Gaspar hasta a la adversidad le hallaba la ventura, sin asomo de dudas hubo nacido con ese don. Puesto que, de lo contrario, se hubiese ahogado en la cuita que desde niño lo hubo azotado. Por el rabillo del ojo miraba a don Ronaldo, deseando mutilar la verdad que pronunciaba, así que dijo:

—Don, I appreciate you, but let's enjoy this moment.

Y al unísono todos alzaron las botellas en un brindis. Entre parloteos y fichas de dominó, llegó la vanidosa de Brenda con tequilas, quien se ceñía el mandil hasta las costillas, en una cintura que le faltaba, si bien lucía los senos a todo dar robándose los suspiros masculinos. Se le acercó a Vicente, y con frescura le apoyó uno de sus pechos al hombro, mientras evidente fue, le susurró algo al oído, y se apartó. De súbito, Gaspar, en tono que los demás no escuchasen, le inquirió:

—¿Qué pasa contigo hermano, la chica te acosa desde que te conoce, y tú la ignoras?

Y sin darle respiro a Vicente para hacer comentario alguno, desde el otro extremo de la mesa, George, con su astucia primitiva le dijo:

—There are more fishes in the water, que la hebrea mijo, —expresión para la que las enmiendas eran innecesarias.

Así que Vicente pronunció:

—I be back.

Y se marchó al cuarto de baño mientras cavilaba la manera en que el espectro de Noah se trasmutara. Y al retornar a la mesa lo hizo con otra actitud, propuso a su amigo ir al pub francés, donde tocaría Charles y su banda, se despidieron de los otros, y hacia allá dieron pasos. Precisaba otro escenario, transportarse en el hechizo del saxofón, como en un roce de entelequia, divertirse con Gaspar sin perder de vista ese juego seductivo que se desata en las noches, entre soledades, licores, y afanes. Sentados al bar escucha su nombre. Con certeza conocía esa voz, y al voltear vio a Cloe, quien trabajaba para el canal de televisión de la competencia. Una mujer preciosa desde adentro hacia afuera. La sacralidad perfecta en su estereotipo. Entre ambos existía un embeleso fascinante. En cada encuentro fortuito se sonreían, tomaban café, y ella lo invitaba a esos eventos a los que Vicente nunca asistía. Con Cloe, desde hacía tres años, había una oportunidad pendiente, tal vez un tiempo y un momento, vaya el destino a saber. Lo cierto era que ahí, bajo el mismo techo, estaba ella junto a su amiga Estefany. Las chicas, que bailaban sin parar, entre risas convocaban a Vicente y Gaspar a la pista. Él, irreflexivo, solo le saludó con la mano, mientras Gaspar apuntó:

—Vamos hermano, están guapísimas, ya deja el fantasma, que un clavo saca otro clavo.

Su amigo, que de harto sabía, razón tenía. Así que, para cuando Vicente anduvo hacia las muchachas, Gaspar ya lo hubo anticipado. De inmediato se conectaron los cuatro, bailaban y coreaban a todo contento hasta el cierre del local. Y a la salida, Gaspar acompañó a Estefany a subir a un taxi, a poco él también se despidió. Por otro lado, Cloe y Vicente anduvieron la avenida Sunset, tomados de la mano, y detenían los pasos para besarse en los labios. Ahí se encendió el fuego que pretendieron rezagar por esos años, subieron al auto de ella, y a toda prontitud llegaron a la casa de él. Entre sonrisas y caricias, lentamente fueron desnudándose, bajo la luz de la luna llena que destellaba en esa lumbrera ciclópea, les sobrevino un éxtasis e hicieron el amor.

Desde aquella madrugada, ella desató un cariño que lo florecía a él, tanto como las ilusiones que despierta la primavera que a fines del mes de abril les coqueteaba. Y casi sin querer los envolvió una reciprocidad entre libertad y amorío. Si bien una mañana, mientras le hacía el amor a Cloe, llegó el espíritu de Noah, como si ella estuviese de pie frente a la cama, y hasta pudo oírla. Vicente creía estar enloqueciendo, pero lo cierto era que en cada oportunidad que tenía intimidad con alguna dama era como que el mismo viento le avisaba, a la hebrea y una vez más llegaba. Abrazó a Cloe con culpa, con ese reconcomio de deuda que él vivía desde que tuvo raciocinio, emoción que astringió por el juzgar ajeno de sus bonanzas. Y de próximo a esa insurrección, elegía el aislamiento. Aunque discernía que aún no la amaba, convergía con Cloe en afinidades, y de aquello cuidaba como a una flor preciosa. Tal vez, el espejismo del amor regresase a su corazón, o no, pero quién asevera que todos sean propicios para aquella enajenación. Por entonces, el cielo límpido con su manto de estrellas, que cubría esa ciudad de luces imperecederas, les jugaba de testigo en cada fragmento que comprendía los días en esos meses, hasta que al cabo de unos cuatro, ella, regresó por diez días a Agen, su ciudad natal, para renovar el visado que le permitía trabajar en América. Pero se dilataron en un retorno tardío engalanado de excusas, como las que emplean los hombres, hasta que en buena hora Vicente le inquirió:

—Ya no regresas, ¿cierto?

Mientras ella, con efugios, añadió:

—Te amo, pero quiero quedarme aquí —y soltó llantos afligidos.

—Sigue tu corazón, Cloe —él le respondió— debo colgar ahora.

Vicente ya contaba con sinfines de peros en quienes fueron fracciones del que hace su destino, y supo que no se puede tachar lo que está escrito. La echaría de menos, quizás como también ella a él, pero mejor así, cada cual por su camino, que al tiempo le expelía el olvido. Y sin intentos de resistirse a lo que es, se cambió de prendas y condujo por esa estrada que, entre montañas y piélago, de profuso lo subsanaba.

Se dice que de la primera reflexión que llegue al abrir los ojos cada mañana, a esa, nos habremos sujeto hasta que la luz se apague. Y por su parte, él, en el primer parpadeo, abrigó que, de los ensayos fallidos, te quedaba un sinsabor que como la corriente brava del río, te arrastraba al recuerdo del que fue tu gran amor. Ese, al que desafiaste por lapidar.

Así era como cada grillete confluía en el mismo principio y final, "Noah". Vicente asintió a una nueva propuesta laboral para el canal. Ya le hubo cansado la frivolidad de negociaciones de contratos opulentos a presentadores de televisión junto a esos viajes ridículos. Ahora deseaba ver la ciudad donde vivía, esas personas y sitios que siempre dilatamos para un después, ese, que tal vez como el fidedigno amor, nunca llegue. Y puede que cerremos los ojos sin haberlos conocido. Aspiraba encontrar talentos en los lugares más recónditos de esa urbe formidable, esos virtuosos, a los que les fue conferida la ofrenda del arte, pero que aún nadie ha descubierto. Ellos, que, a pesar de todo, jamás dejan de crear, los que venden sus obras a un precio ínfimo, que si a duras penas con eso compran el material. Y hasta lo regalan, porque muchos, o ellos mismos, enjuician que nada vale. La apetencia por lo ignoto lo divagaba. Y Gaspar era el único enlace con la otra cara de la moneda del vivir cotidiano. Con esas voces silentes, rostros escondidos, manos hacendosas, y ochenta horas de trabajo semanal. Entonces el muchacho lo llevó a Veneice Beach, esa pasadera adyacente al piélago del pacífico, particular como lo que llevas dentro, eso, que tan solo a ti te pertenece. Gaspar, entre risas señaló:

—Aquí tienes el contexto perfecto de lo que pretendes mi hermano, distinguirás con otros ojos la realidad de Veneice por la que los trotamundos y aledaños caminan.

Y lo condujo por los pequeños callejones traseros, esos donde pocos pisan. Y añadió:

—La mayor parte de quienes se emplean en esos bares, y hasta algunos artistas, aunque bien mezclados entre los nativos, son indocumentados.

Vicente, con asombro, inquirió:

—Y esos furgones, ¿por qué están ahí?

Mientras Gaspar dijo:

—Pues esos son las casas de muchos.

Y este caviló: "Qué magnífico será vivir con la convicción de que pase lo que pase vivirás desde tu sueño, trazando tus propios surcos en la leyenda de la humanidad". A poco, ambos se detuvieron por una cerveza, y desde esa mesa del bar su amigo le narraba historias, mientras Vicente no quitaba el ojo a los artífices, que a toda templanza armaban sus puestos, prendían inciensos y ponían música. Esa gente en la calle lo hacía muy feliz. Sus movimientos eran una danza que les surgía desde el alma. Y bajo ese éter solo había una vibración, la del amor por lo que se hace. En las cuadras que anduvieron, caminar junto a Gaspar era como al lado de una celebridad, porque era conocido por tantos. Es que este, en sus jornadas libres del restaurant, llegaba a esa playa para ayudar a su amigo Crif en la venta de artesanía, que él hacía con acero, como la de los mismos cubiertos que desechaban. Ahí Gaspar hablaba con la gente, y también se encubría bajo yesos, para convertirse en una estatua viviente durante horas, colectando generosas propinas. Aquella tarde, mientras su amigo se preparaba para la presentación, Vicente se acercó a un puesto de cuadros. Entabló conversación con cuanto ahí llegaba, entre ellos pintores y músicos, apasionado, daba oído a sus historias, y los admiraba. Entre luces de la caída de la tarde, se alejó un poco del gentío para oír la romanza del mar, que mucho amaba. Y al voltear dio pasos hacia un puesto de refrescos que captó su atención, ya que la jovencita que lo atendía tenía una cabellera larguísima de color oro. Ya la había visto antes, y desconociendo el motivo, siempre la observaba, deseando hablarle. Cuando Vicente le saludó y preguntó sobre los sabores que tenía, ella le sonrió a medias, con la sensación de quien se preserva. Y murmuró:

—Me, no inglés.

—Pero no te preocupes, soy mejicano, y tú ¿de dónde eres?

Y respondió:

—Ay, pero qué alivio señor, —y se le esfumó el sonrojo de las mejillas—, porque eso que me hablan y no entiendo es espantoso. Y así continuaron párrafo tras otro. Se llamaba Catalina, tenía 29 años. Oriunda de Argentina, hubo venido al país detrás de las promesas de un ex novio, al que solo conoció virtualmente. Ella, durante los seis años que convivieron, no hizo algo más que trabajar cuidando niños, así como limpiando hogares. Vivió bajo la pavura que el caballero le infundía. Le reiteraba que debía mantenerse sigilosa por la falta de papeles, y mejor aprendiera inglés mirando televisión, la escuela pública era una pérdida de tiempo.

—Lo peor era que el necio sí era residente legal, pero tampoco quería casarse conmigo —subrayó—. Y un buen día me dijo que iba hasta Brasil a visitar su familia, y pronto retornaba, como en la normalidad, pero nunca lo hizo. Y al tiempo me di cuenta de que me hizo un gran favor en irse, ¿sabe?, porque luego de llorar esperándolo por un año, tuve el coraje de marcharme de su casa en Saint Gabriel. Desde hace unos meses, vivo acá a la vuelta de la esquina con otras tres chicas latinas, si bien duermo en el piso, ahora duermo. Al fin y al cabo, siempre añoré vivir en la playa. En las noches, bien tarde, escribo canciones al compás de la aria de las olas del mar. Trabajo en el puesto, y me atrevo a ofrecer mis canciones a 5 dólares cada una. Son en español, alguna gente me los compra por mi carisma, dicen. Y eso me mantiene la viveza del espíritu, pero nunca aprendí el inglés. Desde que salí de Argentina no veo a mi madre, y la pobrecita ya tiene 80 años.

Vicente estaba atónito por como la chica se explayaba acerca de su vida con un desconocido, sin dudas ya hubo abandonado la sombra del miedo, pensó que tal vez no tenía con quien más hablar, y por eso le soltó todo a él. Pero lo maravilloso era todo cuanto sucedía en la vida de cada uno de esos seres que no tenían papeles, como ellos mismos decían. Les admiraba la ontología de vida.

—¿Y cuántas canciones has escrito? —le preguntó.

—Como unas 18, ¿quiere leer una? —contestó.

Catalina las escribía sobre cartones color blanco, prolijamente cortados, pero lo particular fue que las envolvía en plástico, separando el escrito de este, con una fotografía suya.

— Sí, —agregó— las envuelvo para que no las lean sin comprármelas.

— ¡Qué lista eres! —dijo Vicente— nunca se me hubiese ocurrido a mí hacer eso. Y ¿por qué le quitas el envoltorio a esta?

—Es que usted parece diferente a los demás, se lo veo en los ojos.

Ahora, sonrojado él, le dijo:

—Muchas gracias por tu cumplido, pero yo te las compro a todas.

Pagó a Catalina por las canciones y el refresco, le dio un abrazo, diciendo:

—No dejes de escribir, porque dejarías de vivir. Nos vemos pronto.

Acaecieron tres, de los doce meses, que se le concedió para concretar el proyecto en su excéntrica posición. Por entonces, nada era certero, tanto formulismo que el canal exigía para definir, y lanzar su programa de "talentos furtivos". Al terminar su reunión con los directivos, mientras caminaba por el estacionamiento, se abstrajo por un sonido. Seguía el eco para saber de dónde provenía, era desde lo alto. Un pájaro adonis, con su copete colorado, no veía uno desde su niñez. Concienzudo, golpeaba en el tronco de un árbol. Y ante la insistencia del pájaro a tallar el tronco, él se dijo: "A no rendirte Vicente, que todo se puede, aunque te llamen novelero y loco".

No sabía cómo, ni menos cuándo, pero lo lograría, a ciencia cierta sabía que después de explorar las calles, no volvería al hermetismo de las oficinas. Y le llegaron palabras de su padre: "Dios jamás llega tarde". Él disfrutaba de su trabajo como si lo hiciese por placer, puesto que cada día era una hojuela en blanco por llenar. Tan opuesto a la usanza de la oficina lujosa, personas insípidas y viajes sin sentido. Todo lo hacía por hoy, al igual que lo hacen los artistas, que viven en el momento presente. Puesto que ninguno puede crear preso del tiempo, consideran que lo único que se tiene es ese instante. Así que, por fortuna, ya ni visitaba al señor pasado. Mejor volver a la memoria cuando te preguntan tu nombre, o edad, pero para lo demás, ni por error. Es que en él ahora se vive mejor. La memoria espolea la melancolía, sacude tumbas, aviva aromas, conmueve los huesos del alma, empuja al desánimo, y oculta el camino. Vicente aprendía de cada uno con el que intercambia imagen auditiva. Puesto que, hasta el sol de hoy, como todos, solo vivió desde su mundo, y las que creían sus carestías, como si después de tus propios pasos, no habría más vida. El enigma que apreciaba día tras día en esos rostros, lo magnetizaba. Antes, allá ensimismado, nunca hubiese imaginado de cuanto abolengo de cada porción del mundo se constituye este país. Y no dejó de cavilar atrapado por ese tránsito hasta Santa Mónica. Detuvo el motor del vehículo, y comenzó a bajar los bártulos del baúl. Ya eran las diez de la mañana, debía asistir al piloto que se grabaría para una película, con los artistas de Veneice Beach en fondo de escena. Apurando el paso entre silbidos, compró café en el boulevard, en ese negocio pequeño, al que atendía Tomás. Durante esos meses ya lo estimaba, no tan solo por lo que relataba, sino más bien, por ese entusiasmo que el buen hombre trasmitía hasta en sus movimientos. Y señaló:

—Así es, pues, escapé de la guerrilla en Honduras, con suerte, me recluían en una celda hasta que mis ojos se cerraran, si no, me mataban. Pero solito me metí a esta, una de puertas abiertas, y lingotes de oro. Me dijeron que este era el país de la libertad niño, una que no conozco, porque aún sigo bajo asilo político, el mismo que perdería si cruzo las fronteras. Y así como esperamos termine la guerra en medio oriente, como las madres de Plaza de Mayo sueñan encontrar a sus nietos arrebatados por la dictadura, yo espero sentado ser libre. ¿Aunque sabes? Ya no sé lo que quiero, porque a este punto Honduras para mí son solo efemérides atroces, ya ni pertenezco acá o allá. Después de haber perdido a mi hijo tomo cada día como viene, y procuro no enfermarme de la mente, porque en ella reside la decrepitud, y de a poco te envenena por dentro.

A Tomás se le encendía la mirada al mencionar a su hijo muerto, como si lo volviese a ver. El que fue asesinado por la milicia hace once años, justo cuando iban a irse para Florida. Suceso que cambió para siempre la vida de Tomás. Apenas estuvo en esa ciudad unos meses, y como espantando al dolor, escogió venirse a California con su primo Marcelo, y juntos abrieron el almacén en la playa. Hoy solo pasó a saludarlo y comprar su café, lo bebería en el camino al encuentro con los del canal. Y al despedirse de Tomás pensó en el viejo George. Cierto es, cada uno tenía razones para haberse ido de su tierra, pero el arcano que cautiva de este país descomunal es un reto. Ninguno sabemos por qué permanecemos acá. Sin contar los añares que estuviera uno aquí, siempre, alguien te preguntaba: "Where you coming from?" Y los más gentiles agregaban: "you English is very good, but I can tell you not from here!". Aunque los maestros en las escuelas te dicen: "The accent is not principal; the most important thing is people understand when you talking to them". Siempre seremos de afuera, tanto acá, como allá, ese país del cual venimos. Y muchos nos preguntan: "Why you left your country? What are you doing here?". "¿Será que siempre buscamos más de todo? ¿Lo natural no sería nacer, vivir y morir en el mismo suelo? ¿Para qué irnos, encontrarnos y despedirnos, para qué ser un inmigrante?". Vicente no le daba tregua a su mente, y de súbito cayó en cuenta que lo observado en los demás, en cierto punto, le sucedía a él mismo. Vaya que en ocho años jamás se enredó en esas menudencias de por qué y para qué. Son las mujeres quienes examinan, es que por el mero hecho de ser hombre, eres práctico, él decía, todo es como es y ya. Y a lo lejos divisó a parte del equipo de filmación, los aproximó para descargar los bultos, e iría al punto acordado con 20 artistas que participarían en la escena. Cada uno esperaba por él, entre la 5ta y 6ta calle. Era una diversidad espléndida, entre atuendos y tonos de piel, pero, aunque ella no pertenecía a esos puestos, pensó en que su cabellera dorada le daría un encanto a la muchedumbre. Así que, sin consultar a nadie, le dijo al grupo que ya regresaba, y corrió hasta la calle once a buscar a Catalina, aunque no se lo había dicho, y llevaba varias semanas sin verla. Vicente corría esperando verla, y poder integrarla a los participantes. Al verla se alegró, pues leyó sus 18 canciones, y la chica era un potencial tremendo, sumando sus atributos anatómicos. Ella se sonrió al verlo, y dijo que creía jamás pasaría otra vez por su puesto. El respondió:

—Pues acá estoy, ¿vienes ahora conmigo para una filmación de escena en la 5ta calle? Te pagaré por las horas que dure, a 50 dólares cada una, tienes cinco minutos para decirme que aceptas.

Y la muchacha, atónita, exclamó:

—Pero ¿de qué me habla señor? Yo no soy artista, ni hablo inglés, usted ya lo sabe. No me haga bromas."

—Sí eres una artista —dijo Vicente— pasa que tú ni nadie lo sabe, y no necesitas hablar en la escena. Te quiero ahí con nosotros, llama a la dueña del puesto que venga, le dices que has de irte ahora. Mejor espero por ti allá con el grupo, te doy veinte minutos, a los veintiuno comenzaremos.

Y la dejó hablando sola. Anduvo hasta los otros, y empezó a organizarlos para el maquillaje, para cuando a los quince minutos posteriores que dejó a Catalina, la misma, a todo dar se le paró al lado, robándole una enorme sonrisa a Vicente, y le preguntó:

—¿Y qué hago señor?, estoy asustada, pero wow qué maravilla es esto, cuando le cuente a mi mamá.

Él le tocó el hombro diciendo:

—Gracias por venir, ahora te van a maquillar, y ponte esta camisa color negra para que realce el esplendor de tu cabello. Luego te unes al grupo, y esperas instrucciones para empezar la filmación.

La chica se quedó estática, mientras que Vicente, atareado en el medio de la calle, la miró por el rabillo del ojo, para cuando justo Gretchen la tomaba de un brazo para dar inicio al maquillaje. Y eso le fue un gran alivio. Daba directivas a unos artistas y camarógrafos, pero fue interrumpido por Ronny, el director de la película, amo de un carácter agrio, quien lo tomó aparte e indagó:

—Dijiste eran 20 personas para tu escena, ¿quién es esa última que llegó? No está incluida en la lista. ¡No me digas que me sales ahora con uno de tus disparates Vicente! Esas ideas raras tuyas, no eres el Papa Francisco, así que yo pago por 20 extras, el que sobra que se marche.

—Pues mira Ronny, como para ti todo es el dinero, y la raza blanca, ni reparas en los talentos. A la muchacha la traje yo, es un potencial, lo que escribe es brillante, y sus costas corren por mi cuenta. No te remorderás de darle la oportunidad de brillar, aunque más no sea por hoy.

Ronny lo dejó con la palabra en la boca, y haciendo ademanes se apartó, a poco se volteó y vociferó:

—Haz lo que quieras chiflado, pero ante el primer traspié, se van tu protegida y tú.

Vicente se salió con la suya, y estaba feliz. La grabación comenzó, y al mirarla Catalina parecía otra, o, mejor dicho, esa era ella, bellísima. Y su luz realzaba entre el resto, junto a su sonrisa franca y esos cabellos al viento, tan dorados como el trigo. Acataba las directrices de filmación como si lo hubiese hecho antes, y Ronny, aunque no omitía vocablo, se veía sorprendido por la muchacha. Vicente se comía los sesos en cómo haría para ayudarla. Y de no equivocarse con su presagio de las aptitudes de Catalina, conocía que el canal era irrefutable en la cuestión de papeles. Alguien debía ayudarla, alguien la estaría esperando, tal como ella espera ser ayudada.

El verano se allegaba, con céfiros sutiles de vaivenes eremita. En esas noches de cielo abierto, en el que las estrellas te incitaban a asemejar en ellas a los que la muerte vino a buscar, o invocar tus esperanzas. Y sin saber cómo le resurgió la melancolía, esa tirana que lo visitaba en las puestas de sol, como los domingos, peor aún, si se encontraba en casa. Esa media hora entre las 7 y 30 y las 8 de la noche le resultaba un sopor, desde las calles o en la playa le era menos peor. Es que, en el portento de la puesta del sol, entre principio y final, llegaba el fantasma de ella, como el rostro manso de Josefina. Y la soledad le abría resquicios, la casa le resultaba un yerro, y el azul de ese cielo eterno lo recelaba por una compañía. Salía al jardín, inspiraba el aroma exquisito del parque, y el sonido de los regaderos un poco lo distraía de su locura. Mientras el criterio lo atosigaba, él le susurraba: ¿Para qué la congoja?, este vacío se volverá a llenar, este momento también pasará. ¿Será que con la caída del sol todo te punza más? Pero ¿por qué añorar a los que ya no están, o a los que emprendieron el viaje al más allá, a donde dicen que nos volveremos a encontrar? Quitó los ojos del cielo que amaba, pero en el que se extraviaba, entró al *living* por una copa de vino, se quitó la ropa, entró a la ducha, y logró detener al pensamiento. Casi sin querer hubo caído en la trampa del tiempo. Secaba su cuerpo, y quiso huir de esas paredes que gritaban mucho. A poco se vistió, anduvo hasta uno de esos lugares que en la antigüedad se llamaban "casa de citas", y hoy en día, refinados "Spa", que visitan los caballeros en busca de algo de placer. Subió las escaleras, y salió a su encuentro una joven de piel cobriza, semidesnuda. Era la única disponible en ese instante, y como hubo química entre ellos desde que se miraron, sin oscilaciones Vicente pagó $200 dólares, y anduvieron al cuarto, donde empezarían por los masajes, y quizás lo complacía con algunas de las habilidades femeninas, sin llegar a consumar el sexo.

Una hora más tarde, ya despejado, caminaba por esa calle tupida de bares que le encantaba, entre risas, y música. Y la magia de una guitarra le atajó el paso, se detuvo frente al hombre que la tocaba, le echó unos billetes a su balde, y pensó en las manos de la chica que lo acarició, tal vez ser libres no era hacer lo que nos venía en gana, sino lo que nos convenía. Minutos posteriores entró al bar mejicano, donde de seguro encontraría a alguien, y de lo contrario, Vicente siempre entablaba diálogo con anónimos, lo que al fin y al cabo, hacía que todos fuesen conocidos. Se sentó al bar, ordenó unas fajitas de pollo, y apenas bebía el primer sorbo de una cerveza vio a Karla, que movía las caderas al compás de la música de fondo. Ella, tan contenta, como si en vez de estar haciendo el aseo del bar, estuviese en una fiesta. Se le acercó a saludarla, y la invitó a comer junto a él, ni bien terminara su turno. La mujer que tenía una figura agraciada, y cabellos color rojo que le rozaban la cintura, era propia de admirar. Su porte era de una administradora, no una doméstica. Hubo llegado a los Estados Unidos desde Rumanía junto a su ex marido, con una visión de negocios. Poco luego tuvo a su hijo, y también decidió disolver ese matrimonio tormentoso. Es hasta el sol de hoy, que ella no tiene papeles. En quince años nunca salió de California, y limpia hasta doce horas algunos días. El salario no le es suficiente para pagar la renta de una casa, así que comparte vivienda con amigas, roda de una casa a otra. Vicente la conocía desde hace algún tiempo, en que no le hubo preguntado mucho, pero ahora inmiscuido en ese misterio de los inmigrantes, lo hizo. Y a poco percibió el extingo en sus ojos, ella encendió un cigarrillo, y soltó letra. A la sazón él le dijo:

—¿Y por qué permaneces acá, mujer?

—Es que acá nació mi hijo, aunque ya no viva conmigo, él no querría irse a Rumanía, y aunque yo tenga madre y una casa allá, no deseo volver, Vicente. Mejor me quedo acá, mi única alternativa es casarme con un norteamericano, y así obtener un permiso de trabajo, y dejar de limpiar porque el cuerpo ya me está pasando factura. Pero como no encuentro a nadie, seguiré esperando otros seis años hasta que mi hijo sea mayor de edad y a través de Marco, adquiera mis papeles. Si conoces a alguien que se interese en casarse conmigo, me avisas, por favor. Hasta estoy dispuesta a convivir con el sujeto en cuestión, y pagarle.

Vicente, consternado por ella, que como millones, era un potencial aplazado. La acompañó a la parada del ómnibus, mientras en la espera, conversaba otro poco. Cuando llegó el autobús le dio un abrazo, poniendo en su bolso un billete de 50 dólares. Y en sus pasos a casa pensó en Karla, y en cómo sería eso de que la gente se casa por la ciudadanía norteamericana. Si ya es un desafío casarse por sentimientos, que difícil, o quizás no, hacerlo por negocio. Entrando a su casa, miró la hora, la noche era joven aún y mucha concentración para escribir reportes no tenía, así que mejor seguir la pesquisa. Llamó a Gaspar, de seguro él le contaría acerca de aquello. Dio media vuelta, y anduvo hasta la cantina de Don Enrique.

Brenda se acomodó el escote al verlo llegar al local, y lo besó en la mitad de los labios, la muy fresca. Para cuando llegó su amigo, echándole broma con la muchacha, y enseguida se dispusieron a jugar pool, mientras se ponían al tanto de Veneice Beach. Hasta que su amigo le dijo:

—Pero mi hermano, pareciera que quieres escribir un libro, o postularte para senador más que hacer un programa de talentos, me asombra tu interés por nosotros, los indocumentados.

Y Vicente no paraba el carcajeo, respondiendo:

—Es que los admiro, y me parece que he despertado de un largo sueño, cómo se puede ignorar lo que está contigo a diario, es que antes no los veía.

—Pues así es, mi hermano, mujeres y hombres nos casamos con los gringos para obtener los papeles. Algunos mezclan negocio con placer, conviven o no. Unos son aprovechados, toman el dinero, y se desaparecen, lo que hace que el que estaba sin papeles, después está peor. Otros, pasado años munido a un cónyuge, lo consiguen, y a poco se divorcian. Es un riesgo, si la migra descubre el fraude, es un delito federal. Pero también lo es cuando usamos documentos falsos. Eso a lo que se dedican los hacedores, que se conocen todas las artimañas, es que hecha la ley, hecha la trampa, ellos siempre llegan a los desesperados. A éstos jamás los agarran. Otros, usamos el seguro social de niños o muertos. En esos casos, muchos fueron descubiertos, puesto que esos seguros sociales fueron reclamados por sus dueños, que denunciaron la estafa. A consecuencia, esas personas han debido huir, porque los persiguen a modo minucioso, hasta que los deportan. Y el caso se complica cuando cometes delito federal. No es lo mismo vivir acá sin identidad, que con una simulada. Lo peor es que, las empresas piden papeles a gente que ellos mismos saben que no los tienen. No obstante, se sabe que es para cubrirse ante las autoridades, es decir, si hacen una redada, ellos exponen la documentación que les dimos, y de este modo, la falta no es de ellos, sí, nuestra. ¿Comprendes?

Y Vicente hacía sus tiros de billar, a poco preguntaba más y más pensaba a cuánto se exponen. Vaya epopeya que trazaban con sus leyendas. Cavilaría en esos relatos hasta que los párpados lo vencieran esa noche, mientras la lluvia incesante le haría compañía hasta que ya el sueño lo venciese esa madrugada.

Se despertó de mediodía, y retomó la memoria, el aire húmedo la traía consigo, ¿qué haría Noah, con quién habría pasado la noche? ¿Cómo menguaría el domingo, estaría tirada al lecho dando pitadas a su hierba, y prendida al teléfono buscando compañía? ¿Y dónde habría ocultado las prendas de él, para que ninguno otro amante las pueda ver?, ostentando ser esa hembra libre, a la que ninguno puede cazar. Bebió café, trabajó unas horas en el reporte semanal, tomó unos menesteres y fue hasta Pasadena. Conspicuo unirse al gentío entre las olas del pacífico, surfeando hasta que el recuerdo se haya consumido, y el cuerpo no le resistiera más. Ahí era parte de ella, al agua todo le entregaba. A poco terminaba el día, se encontró con Aretha, al cruzar la calle, en un restaurant al que iban pescadores como surfistas. La mujer, tozuda, capitalista del canal, le mencionó haber visto los pilotos que se grabaron con los artistas. Ella llevaba añares en la industria, y todo lo que tocaba lo convertía en oro. Pero le preguntó por qué se empeñaba en buscarlos en la calle, si todo sería menos complejo si operara por reseñas, o mejor lo hiciera en el extranjero. A propósito, agregó:

—¿Quién es esa chica de cabellos dorados, en qué arte se destaca? Le he preguntado a Barry al respecto, y me dijo es uno de tus delirios.

Vicente, cruzando las manos, le respondió:

—Es escritora, su nombre es Catalina. Escribe canciones preciosísimas, las cuales podrían adaptarse para cualquier guion, o bien ella tiene la capacidad de escribir libretos. La conocí en la playa, te enviaré su material para que lo leas. Y entenderás por qué me incliné a rescatar talentos ignotos. Esos que los llaman callejeros, allá en Veneice Beach. Te quedarías boquiabierta si te dieras unos días para conocerlos, y apreciar la idoneidad que poseen ellos.

Aretha lo miró fijo a los ojos, y recalcó:

—Yo no haré eso, pero confío en tu aptitud visionaria. Envíame el material que hayas reunido de quienes participaron en ese piloto, y mientras los estudio, ahora mismo te digo que daré entrevista a ellos el martes 24, tienes que venir tú también querido.

—Vale, —respondió Vicente— pero permíteme aclararte algo, tú conoces que muchos de ellos no tienen papeles para trabajar ¿verdad? Por si lo ignoras, te aclaro desde ahora que hay siete, y me atrevería a decir los más perspicaces, que no los tienen.

Vicente, a secas, añadió:

—Si te es inalterable el criterio, mejor ni les demos ilusiones. Y que se queden con la experiencia y buena paga que se les hizo en el extra, y ya mujer.

Dejándola perpleja, a poco ella le dijo:

—Eso es inadmisible, pero confieso que esa tenacidad es la que me encanta de ti. Dices las cosas sin rodeos, como son, y solo lo que quieres te importa.

Él, poniéndose de pie, aguardó por ella, y la acompañó hasta su auto, la saludó diciendo: "hablamos pronto Aretha, gracias por haber venido hoy". A Vicente no se le movió un pelo por los comentarios de ella, él, desde niño ha sido frontal. Y mejor no jugara con las ilusiones de nadie esta señora. Todo es como es, así que a abreviar. Bien sabía que constaba con siete meses para lanzar su programa, y con certeza absoluta sabía que lo lograría. Pensó en desviar el camino hasta Veneice, quizás encontraba a Catalina, pero siguió su ruta, aunque mañana no la podría buscar, lo haría el martes. Imaginaba la cara de fascinación de la argentina cuando le diera la buena nueva. Tampoco quería aumentar expectativas, mejor esperar la respuesta de Aretha, antes de contarle.

En la tarde sucesiva asistió a un evento en el Grove, llevaba algún tiempo abstraído de esas fruslerías, pero debía cumplir, y si bien le alegró ver a algunos de sus compañeros, a otros, simulaba oírlos, mientras se transportaba con la música en vivo. Es que el pianista era un esplendor. A pronto lo auscultaba, una imagen lo invadió.

Y alguien le tocó el hombro; al voltear, vio a Peter, un empresario extranjero que se unió a la compañía hacía dos años. Este le hizo una propuesta meses atrás. Y Vicente, mientras lo saludaba, visualizaba el proyecto. ¿Será que para llegar a destino hemos de andar otros caminos? Y se apartaron en conversación a solas. Quien como si le pudiese le indagó:

—¿Has pensado acerca de mi propuesta?

Peter producía su propio programa de turismo mostrando las excentricidades de California, entre las cuales deseaba atraer a los trotamundos a Veneice Beach y alrededores, ya que la consideraba única en Estados Unidos: una pasarela que muñía al mundo con sus diversidades y riqueza en arte. Y le ofrecía a Vicente la conducción y coordinación de 45 minutos semanales al aire, debido a que él grabaría desde Islandia por un año entero.

—Sé que has renunciado a tu puesto para armar un programa de talentos, lo cual me parece magnífico. Pero mientras persigues lo tuyo, puedes trabajar para mí, no te insumiría demasiado tiempo, sería un lujo tenerte —agregó.

Y quizás debía aceptar, porque esperar por tanta burguesía lo hartaba. A poco conversaban, Vicente le dijo:

—¿Cuándo lanzamos?

Peter, estupefacto acotó:

—¿Entonces aceptas?

—Pero claro, contestó el otro.

Acordaron en verse al día siguiente para desayunar, e ultimar contrato. Ambos se despidieron en el estacionamiento. Y subiendo al auto Vicente se encontró con Jeff, el joven músico al que hacía harto no veía. Caminó hacia él, y fueron por un trago a un bar del Grove. Este, al mencionarle de su éxito en Rusia, aludió se tomaría un año sabático. Así que lo invitó a una grabación en Veneice la semana entrante, mientras le narraba de su programa de talentos, idea que le fascinó al joven. La presencia de Jeff y su grupo encantaría a Peter, también daría un rating increíble.

Y de tanto que avenía, interrumpido durmió esa noche. Y al sonar la alarma a las 7 revivió el sueño nítido en que Josefina de pie junto a su cama le sostenía la mano izquierda. Mientras lo despertaba, le decía: "Tengo que irme, mijo, no puedo quedarme más, allá ya no estoy enferma, pero vine a verte". Y le sobrevinieron unas avideces profundas de tocarla que las resignó en el agua que le lavaba el rostro. A los muertos no los podemos tocar ni ver. Es un todo y nada, en tan solo sentirlos. A la ligera se vistió, y sin mirarse por dentro, fue hasta el café italiano en donde veía a Peter. La reunión fue triunfante, firmó contrato con el británico por doce meses, con un salario prominente. Saliendo del lugar, en el santiamén de la luz roja del semáforo, envió mensajes a Gaspar, así como a Karla. El centro protagónico de sus pilotos sería su amigo, y a la muchacha le ofreció trabajar para él cómo su asistente personal. La quería ver esa misma noche. Ahora iría hasta el canal a presentar los reportes, mientras Peter informaba al directorio general de la conducción lo que Vicente haría en su programa "Aventuras". En medio de un tránsito voraz, pensó que la suerte lo acompañara para hallar a Aretha de buen humor, y mientras fuese la hora de otra reunión podría hablarle acerca de Catalina. Vicente era un hacedor innato, tal como su madre. A todo le encontraba un recurso. No obstante su optimismo, desde la puerta de la oficina de ella, concibió su apatía, y lo aturdía con los gritos que vaya a saber a quién le pegaba por teléfono. A la sazón siguió hasta la oficina general, ese no era el día, mejor recogía los cheques para los artistas que participaron en la escena de la película que, por cierto, plácidamente se dispuso a mirar, ¡qué buen trabajo resultó, cuanto talento! Terminado el acto fue hasta la cocina por agua, y cruzó a Rony, quien se mostró satisfecho con aquella escena grabada, y entre dientes le dijo:

—Mal que pese, sí que sabes lo que haces, también conducirás el programa de Peter.

Palabras estas que a Vicente ni lo inmutaron, no más respondió:

—Thanks, see you later.

Cumplidas las reuniones de directorio, y con varias carpetas en mano, dejó el encierro del canal, que lo mareaba. Entre tanta burocracia, precisaba de un poco de aventura. Entonces detuvo el motor de auto en el parque, descendió llevando consigo el bolso que cargaba en su baúl, se cambió de atavíos en el baño público, y se sumó a esos tres muchachos que jugaban básquetbol. Es que el deporte, al igual que las sonrisas, mágicamente une a las personas.

Vicente, de un modo u otro, huía de la engañifa del absurdo por el pasado. Es que privarse del esplendor de los atardeceres le resultaba un pecado. Por ello los recibía entre el aire, alejado de las memorias que ocultan esas paredes. Qué ironía, que en el instante más sublime lo apresaba la desidia. Y cada tarde, de no encontrarse trabajando a esa hora, algo inventaba que lo retuviese por las calles, rezagando la vuelta a casa. Esa emboscada asceta que nos apresa a muchos. Y con la despedida del sol, callaba la bravía que le aullaba dentro, y otra vez la aceptación le favorecía. Anhelaba devastar esa torpeza humana de pensar en quien no nos ama. Condujo hasta el bar donde hacía el aseo Karla, y ahí esperaría fuesen las once de la noche que llegase su feligrés. A ella le regresó el brillo en los ojos, que vaya uno a saber en el antaño que los perdió, y entre lágrimas le preguntó:

—¿Por qué me ayudas, Vicente?

Y él le dijo:

—Y dime ¿por qué no?

La esperaría la mañana siguiente para dar manos a la obra. Llegado Gaspar, le propuso participar en las grabaciones cada tarde. Otro que saltaba de contento, y dijo: "Pero mira mi hermano que me harás famoso". Ya pasada la medianoche, volvió a casa. Puso los bártulos en el sofá, y se tendió en la hamaca del jardín a vislumbrar la luna llena. Cuando sin querer reparó en el crecimiento de los árboles en medio del parque, entre ellos y la oscuridad le ocultaba el sur, ese punto en donde Noah vivía. Vaya que no solo el destino, sino hasta la sabiduría de la naturaleza los hubo apartado.

Ahora, a duras penas, desde su jardín, lograba avistar la fuente, y pequeños reflejos que las arboledas reflejaban en el agua. Y desconoció el motivo por el que se infligía aquel desatino del pasado de aun tenerla consigo. Le fue innegable que necesitaba de una compañía, como bien le decía su gran amigo Emilio. Tal vez por esa soledad de las noches, y otro poco para nutrir al ego, de sentirse querido, es que por donde pisase encontraba a quien hablarle. Pero muchas veces, como ahora, las manos de una mujer que lo amase le harían tanto bien al cuerpo y alma. Y en comunión con la estrella de mayor esplendor, a media voz, exclamó: "¿Dónde estás, compañera mía?, dame una señal del lugar a donde te voy a encontrar". Poco luego, encendió el conmutador para trabajar, como aliciente para detener el pensamiento. Y mientras leía perfiles de artistas, concibió que ellos innovan para los demás, desnudando el alma, en entrega absoluta, creando para unos tantos que ni conocerán. Como los inmigrantes sin documentos que, en sus pasos, la humanidad ni ve sus huellas. Y nunca supo por qué él mismo dejó Méjico, poco reabría esas fronteras, solo cuando alguien le preguntaba de su naturaleza. A decir verdad, allá él no más que una tierra dejó. Y esa reflexión lo desconcentró, un aire frío le recorrió la espina, y pensó en las madres que se hubieron desprendido de sus hijos, dejándolos al cuidado de otro, porque no existe uno irremplazable más que tu madre. Como Nadia, la mujer que en un periquete hacía trenzas con hilos de colores, sentada en una silla alta, bajo un dosel tornasolado que ataba a cuatro vigas que clavaba en la arena. Hastiada de una realidad exigua, siendo madre soltera, partió de Ucrania hacia América para emplearse como niñera para una familia adinerada en Malibú. Pero al cabo de un tiempo, ellos se rehusaban a renovarle la visa laboral, y prefirió marcharse de la casa puesto que, para quedarse de modo ilegal, lo haría al menos por más dinero, aunque haya cosas que no tienen precio en la vida. Y desde aquel momento arma su tienda cada día en Veneice, se siente menos cautiva, y algunos días gana el doble de la paga que recibía en la casa de los ricos.

—Estar al lado del mar me hace dichosa, soy gitana. Y mientras pueda mover mis manos, nada está perdido, así que no hay razón para que me quedase encerrada en esa casa —agregó.

—¿Y qué edad tiene tu hijo? —inquirió Vicente.

—Seis años —dijo ella— mira, acá puedo trabajar, y así mi niño y hermana pueden comer. Mejor echarlos de menos a verlos en la miseria, y yo mancillando mi cuerpo en la entrega a cualquier desgraciado que, con la paga por el sexo, apenas nos alcance para comer dos días a los tres.

—¿Y cuánto llevas sin verlos? —le preguntó.

—Tres años.

Vaya peripecia que nunca se detuvo a pensar él, eso de desprenderte de carne de tu carne. Y admiró la entereza de la mujer, y la fe que le ponía a sus palabras. Era una guerrera. Y ¿cómo crecen los hijos sin la presencia de la madre? Tal vez para ellos que viven eximidos del tiempo, siempre es ahora, y después de todo eso es muy sabio. Pero ¿coexistía algo más valioso que la vida misma? Y el sueño lo venció.

Abriendo preguntas bajaba y subía el telón del ensayo que es vivir. Y a toda sonrisa emprendió una caminata por Veneice Beach esa mañana nublada, en la que el océano cesó su atrevimiento después de la lluvia caída. La playa te acogía en su remanso. Tomó el café sentado en la costa, esperando los artesanos armaran sus puestos, y así darles la paga del extra que se hubo filmado para la película semanas atrás. Y llegó hasta al primero que se armó, es que jamás hubo visto a esta señora. Vendía carteles que ella misma pintaba sobre pedazos de cerámicos, con frases ocurrentes, o bien solo una palabra. Y a Vicente le atrajo el que decía: "Acá vive un pintor". Entonces se lo compró. Se llamaba Hoshi, que significa "estrella". Aunque compleja su fonética, hablaba bien el inglés. Con una expresión constante de simpatía, engalanaba un sombrero que bien le cubría el rostro como pecho y hombros para proteger la piel del sol. Un día lejano vino desde Japón a San Francisco, donde entre subidas y bajadas, pintorescas la comunidad asiática le ha dado vida a una plazuela donde se reúne a jugar dominó. Y la emplearon en una fábrica textil, en la cual aparte de trabajar catorce horas diarias, también vivía en ese galpón, bajo la falsa promesa de una visa de trabajo, tanto para ella como a los otros 58 que estaban allí. Pero aquel suplicio perduró dos años. Más que empleados, fueron rehenes, puesto que se les hubo prohibido salir del establecimiento. Y la paga que se les daba por sus labores en principio fue ínfima, y poco luego era comida y lienzos; los mantuvieron amenazados de que si salían serían deportados. Hasta que un día Ayumi, uno de sus amigos, se escapó por un boquete el cual ingenió durante meses. Llegando a la autopista, detuvo un camión al paso. El conductor, que era un chileno llamado Felipe, lo llevó a la estación de policía, y en horas allanaron el *warehouse*.

—Aquello fue pavoroso —añadió Hoshi— fue una madrugada de tiroteos y llantos de niños. Inverosímil que gente nacida en la misma tierra te engañe en un país extraño, pero cierto es. Gracias al cielo fuimos rescatados de ese túnel. Otra vez estuvimos incomunicados por unos días, pero finalmente vimos la luz. La jueza dictaminó que me podía quedar en este país hasta que salga una reforma migratoria, porque no he cometido delito alguno. Así es, pues, que en pos de cambio de aires me vine a Los Ángeles y abrí este puesto hace diez años, y por solo ver la luz cada mañana me sonrío.

Y Vicente, pasmado, con una sonrisa en los labios le preguntó:

—¿Sabe usted qué es una artista?

Sin más palabras por enunciar ante esas revelaciones, pensó en cuánto abriga este cielo. Siguió camino por la pasarela hasta entregar los cheques que debía a cada uno. Y al alejarse, oyó su nombre. Era Mario, quien lo llamaba. Le pidió que por favor le pagase en efectivo. Es que a nosotros los indocumentados nos sacan alto porcentaje en esas casas de cambios. Y ese monto equivale a una jornada trabajada para mí. Vicente, atónito, le ofreció sentarse en el bar de Teresa, y le dijo le contase más sobre él. Se quitó las gafas de sol, y mirándolo a los ojos profesó:

—Vaya, que no deja de asombrarme el negocio que hacen con ustedes. Disculpa mi ignorancia, cambia el cheque, y yo mismo ahora te doy lo que ellos te quitan.

Mario era peruano, de una sensibilidad delicada, y escribía sonetos. Aunque hacía el aseo de un bar, en sus momentos libres, se mezclaba entre los transeúntes y les ofrecía su cuaderno de poesías por lo que ellos quisieran darle. Este poseía una idoneidad, que sus escritos podrían adaptarse a baladas y guiones a la perfección. ¿Qué hacía Mario en el lugar errado? Privando al mundo del primor de su arte, y atando sus alas. Él había venido a los Estados Unidos hacía diez años, mientras su esposa y dos hijos permanecían en Lima.

—El pequeño tenía dos años cuando lo vi —dijo— casi ni me recuerda. Pero el mayor si, ya tiene 16. Mi mujer es maestra —añadió— así que no desea vivir acá, ni aprender inglés le interesa, puesto que dice que el mismo es para los negocios, y el español para el amor. Rosana solo viene cuando tiene licencia en el colegio, lo hace por tres meses cada año, y limpia cuartos de hoteles.

—¿Y cómo resistes esa lejanía? —le preguntó Vicente—, ¿por qué estás aquí?

—Pues mira, he venido a chambear, y juntar un dinerito, ya hicimos nuestra casita en Lima, con el salario de mi mujer comen y algo más, y con lo que yo mando se paga todo, y ahorramos para abrir una tienda textil. A la soledad te acostumbras, como perro callejero, y a extrañarlos también.

—Pero ¿qué hay del paso del tiempo, y lo que pierdes de ver a tus hijos crecer, tu madre envejecer, y los más viejos morir? —le inquirió Vicente.

—Solo dejas de pensar, y hasta sentir, aceptas que en la vida del pobre hay que dejar sueños para tener otros.

Lo despidió con un abrazo, y le expresó:

—La gente como el dinero se irán, y volverán o tal vez no, pero tu don nunca te abandonará, a menos que no lo utilices, nunca dejes de escribir Mario.

Y algo distraído por los relatos entró al restaurant para almorzar con tres directivos del canal, junto a Aretha. Ese día Vicente deseaba resguardarse en su aislamiento, ese mismo que lo mantenía despierto por las madrugadas. Ese opresor que, como el amor, era un mal necesario. Es que tanto ruido externo le infringía a su fragilidad gitana. Y que más que poner proa a sus dos mundos. A modo práctico se inmiscuyó en los negocios, detrás de ellos estaba alcanzar su sueño. El nuevo *sponsor* estaba satisfecho con el empeño de Vicente en la idea de su programa, y ofreció doblar la inversión sin enjuiciar la fuente de la cual pretendía extraer los talentos, hasta lo llamó visionario. Opuesto la dama, que mientras Vicente profería las anécdotas de la experiencia en Veneice Beach, Aretha alegó:

—Tú más bien pareces concejero que un empresario, creo estás personificando sus leyendas, vamos al grano y ya, olvídate de los ilegales.

Él la miró bajo el rabillo de ojo, con una sonrisa perspicaz, y simuló no prestarle oídos, continuando la conversación con los demás. Terminado el almuerzo, la acompañó al auto, como en cada ocasión, y le preguntó:

—Mujer, ¿has leído las canciones que te di? Son fantásticas, ¿cierto?

Ella, a tono satírico exclamó:

—Confieso que sí lo son, pero olvídate de esa chica, el talento ha de ir añadido a un estatus migratorio, y punto final.

Y a la sazón él anduvo por el mismo camino que hubo venido permitiendo al sol, que hacía destellos en la montaña rusa de Santa Bárbara, lo mimara un poco, mientras veía la gente patinando o montando bicicleta, rebozando esa preciosa libertad que la simpleza te da. Pareciera como que esta felicidad no se puede comprar. De pronto recordó su niñez. Y antes de buscar su automóvil, compró un helado cubierto de chocolate, como los que saboreaba con su abuelo allá en Querétaro, cuando vivir era tan simple como difícil.

Después de deponer la infancia en su sitio, y darles a los muertos su descanso, como príncipe se engalanó. Mirándose al espejo, inquirió:

—¿Cómo yo me metí en este que no es mi mundo, el del poder y competencia, si soy un bohemio?

De eso estaba compuesto cada uno, un poco de todo. Y aunque no sabía bien qué quería esa noche, recogió a sus flamantes colaboradores, y fueron a la fiesta de presentación de "Aventuras". Peter lo recibió con calidez, y a poco su esposa, como Celestina, le introducía mujeres, todas eran bellas. Es que a Claire le intrigaba su soltería. Y después de todo, ¿cómo sería vivir basado en los prototipos ajenos? A los cuarenta años, si no cargas un divorcio traumático, o un matrimonio infeliz, de seguro mucho está mal contigo, o peor aún, eres un homosexual reprimido. Y ¿por qué la sociedad le atribuye expectativa a la belleza física? Allá cada uno con su análisis, solo yo sé lo que he amado, sufrido y entregado. Claro que Gaspar, a súbito, encontró compañera. Y tocándole el brazo, le dijo:

—Pero mi hermano, diviértete al menos con la equivocada, y veremos si llega o no la indicada.

Vicente no más las observaba, y con diplomacia se apartaba. Prefirió quedarse en compañía de Karla, quien con su alegría lo contagiaba de entusiasmo. Es que esa ocurrencia de seducción era un riesgo. Hasta un hastío, preguntas repetitivas con el afán de agradar al otro, y si bien él precisaba de alguien, ese proceso de descubrimiento lo espantaba. Y pensó que lo mejor sería dormir con alguien unas horas, y después saber qué esperaba ella de la vida, o bien, seguir en la zona conocida, por más que mil veces fuese un tedio, y hasta la soledad te quemase. ¿Qué le pasaba? ¿En qué fallaba? Se hubo vuelto un trabajador compulsivo, ya poco más que la gente que entrevistaba, y el deporte lo colmaba. Su dicha era el arte, la realización de su programa, en fin, todo lo que atañe a su carrera. Para esas alturas el permitirse conocer a alguien le significaba otro trabajo, quizás el más significativo, ese para el que fuimos diseñados, no lo sabía. Pero a ciencia cierta el que mayor inversión requería, siempre con el presagio de ser lastimado. Dejó a sus amigos bailando, y salió al patio de la casona preciosa. Adoraba contemplar la ciudad durante las noches, que al igual que un buda, siempre estaba despierta, con las luces encendidas sobre las montañas, y la divinidad palpitando en las estrellas. Cuando de repente vio a una señora empujando una silla de ruedas, y fue a ayudarla. De pronto recapacitó, era la tercera que veía en el día de hoy. "¿Somos los hombres tan débiles que las mujeres resultan siempre las que nos cuidan?", pensó. Y a pronto le sobrevino una frase de su madre: "No te quedes solo, hijo, busca a quien cuidar, esa que te cuidará". La mente no le daba tregua, el sentimentalismo le hubo despertado en todos los sentidos. Con facilidad se disociaba del "Ahora". ¿Será que eso les sucede a todos los gitanos que estamos aislados de nuestra tribu?

Sus estadías en Veneice le resultaban muy plácidas. Una vez terminadas las labores, en ocasiones se quedaba con los artistas en alguno de los bares hasta la madrugada. Y poquito a poco hizo de aquel la parte más sustancial de su mundo. Karla era la asistente más eficaz que hubo contratado. Mientras que Gaspar, un feligrés incondicional, dejó a cada uno de ellos en sus casas, y como a los hombres la carne los apabulla se detuvo en el Spa. Y se entregó a unos masajes con final feliz, de las manos y cuerpo de la mulata que estaba de turno. Posterior a eso, era capaz de adentrarse en casa, la noche le sería corta. En pocas horas, y en cortejo a la inauguración del verano, se lanzaría al aire, y en vivo su primera conducción de Aventuras.

A poco fueron las 9 de la mañana, Vicente ya estaba en la playa, quiso ser el primero en llegar. Y se sumergió en el Pacífico, nadando con la alegría de un niño. Vaya que, a este azteca, el sortilegio del agua lo renacía, dándole una gracia indescriptible. A pronto se secó, anduvo hasta el puesto de Catalina. Ella también saldría al aire aquel día, le invitaría un café. Pero al aproximarse vio a la dueña, y creyó la chica llegaría para el programa. Así que saludó a Julie, le compró un refresco, y preguntó por la argentina. Si bien habló con ella el domingo, no la veía desde la semana anterior. Ante el interrogante, la mujer detuvo su quehacer, y le dijo:

—¿No sabes lo que le ha pasado a Catalina? —y le negó, entonces ella siguió— El lunes por la noche la chica fue a la fiesta de la luna llena en Laguna Beach, y unos borrachos armaron una pelea. Interactuó la policía que pidió documentos a los involucrados, entonces, estos en cuestión enfrentaron a los oficiales. Y súbito llegó la migra. Se corre la voz que les tendieron una trampa, que la migra tenía esa redada pendiente. ¡Y yo que le dije a la muchacha que dejara esas juntas de mal vivir!

Y a Vicente se le heló la sangre, y exclamó:

—¿Pero dónde está Catalina, por Dios, cómo esto le puede haber pasado, y yo en ascuas? Tengo que encontrarla —agregó—. Hoy es viernes, y dijiste que esto pasó el domingo.

Mientras Julie, explicó:

—A mí me avisó una de sus compañeras de cuarto, sé que está detenida, pero desconozco a qué centro la llevaron —y le dio el número de la amiga de la chica.

Vicente se alejó, puesto que la nulidad lo invadió, y esa mujer lo sulfuraba más. No sabía el modo, pero la encontraría, y le indignaba Catalina no estuviese allí en aquel momento. Llamó a su vecino James que era comisario, fue lo único ocurrente. Y el hombre dijo investigaría a qué centro de detención la habrían trasladado. Pero para aquel proceso debía ser paciente. Acabada la conversación con él, Vicente fue hasta su auto, quedándose por un santiamén a solas. Escuchando su interior, sin saber de dónde venía su conmoción. A ciencia cierta los inmigrantes le sacudían el corazón.

El estreno fue victorioso, los transeúntes alrededor de Gaspar fueron cientos. Y se mostró tendencias artísticas de varias características. No obstante, echó de menos la presencia radiante de Catalina. Desde Islandia Peter vio el programa, y dijo superó sus expectativas. Y Vicente se sintió gratificado, vaya que en la correcta decisión de dejar las oficinas dio vida a sus dones. Será que interferimos en labores apresando las alas del alma, permitiendo que la rutina gane la batalla. Pero una vez que nos llega el hartazgo, el duende despierta vivificando las gracias, y por fin caemos en cuenta de que somos capaces de tanto. Y quizás ahí está el secreto del que hablan, ese, en que todo consiste en reinventarnos a nosotros mismos. Llegó a su morada en otra madrugada, apenas dio una mirada por el jardín, y al cerrar la lumbrera de reojo echó vistazo a la luna. Dejó sonara Barry White con su melodía "Can't get enough of you love, baby", y a pesar del recuerdo empezó a armar la maleta. A primera hora de la mañana saldría hacia Sausalito a encontrar a su amigo Craig, y de ahí irían hacia Wedding Point a la boda de Thad. Entre tanto, pensaba, estaba la argentina, a decir verdad, la iba a invitar lo acompañase a esa fiesta. Y James, que brillaba por su silencio, lo llamaría antes de dejar Los Ángeles. Y con esa intención se durmió. Al sonar la alarma a las siete, fue como si recién se acostaba.

Y nuevamente el afán por saber de Catalina le emergió, entonces habló con el comisario, el cual supo dónde estaba la muchacha, y pidió a Vicente le buscase un abogado competente, si deseaba la trasladaran de ese centro al menos a una penitenciaría. Mientras él, desde el aeropuerto, contactó a Efraín, el único legista que conocía, y le instó tomara cartas en el asunto de súbito. Es que no ayudarla le parecía desalmado. Y por fin, menos ansioso, abordó el aeroplano. Si bien toda tierra bordeada de aguas lo conllevaba a un embeleso místico, esa ciudad con su extravagancia lo transportaba. También el abrazo de su amigo de la escuela le dilató las tensiones. Desde la taberna del hotel no le quitaba la vista a la playa, mientras la mente hilaba las leyendas más confinas sobre cualquiera se descubriese allá. Puesto que el comensal acertado del tedio, a prontitud en todas las cosas, lo visitaba, a Vicente le era de menester la novedad. Así que salió de caminata, buscando ser encontrado, eternamente buscando, será que así no más de ininteligibles somos los humanos. Sin prisa ni memoria anduvo la costa. Y a medio camino de regreso al hotel encontró a Craig, quien era un seductor innato, en una barra de cocteles bien acompañado de dos mujeres con diminutos trajes de baño. Se les acercó, y entre risas su amigo dijo: "Te estábamos esperando".

Entre la brisa nocturna y algo subido de copas se le avivó el ardor de macho, entonces del modo que caviló en la fiesta de Peter, así terminó la noche, como en antaño, con un sexo ardiente, despertando al lado de una que apenas supo su nombre. Bien sabía nada más lejos de lo que quería, pero mientras el ideal llega ¿hemos de infligirnos aniquilar el deseo que nos quema? Desconfío, basta de vivir en las extremidades, que más que de ellas, de puntos medios se ha perfilado la vida. Fueron a la boda donde la finura de los pormenores figuraba perfecta, como de principado. A pesar de todo, Vicente volvió a la consulta invariable: "¿Qué hago aquí? Este ridículo no me pertenece, mi lugar son las calles, los bohemios, esos que dándolo todo, no te piden nada". Tomó otra copa de champaña y se integró a los demás a la pista de baile hasta que la música se detuvo poco luego de las dos de la madrugada. Volvieron al hotel con Craig, donde cayó a la cama con el peso de plomo, en pocas horas otro avión lo devolvería a Los Ángeles. Y al despertar, el dolor de cabeza que lo ofuscaba, le pasó factura de tanto sexo y el abuso de alcohol en esos tres días. Tragó unos analgésicos, y se dijo a sí mismo que mejor se compusiera porque harto trabajo esperaba por él.

A poco aterrizó el vuelo, encendió su teléfono celular, y llamó a Efraín con la noticia aflictiva de que poco se podía ayudar a Catalina, y solo el abogado consiguió permiso para verla en los días venideros. El destino de la argentina sería una lotería. Vicente pidió pasara por su casa, exigía detalles que por teléfono le reflejaban herméticos. "Bien", le respondió su amigo, "See you in two hours". Y desde entonces cavilaba a más no poder.

Aquella mañana, al entrar a casa, tal vez como ya ni recordaba cuándo profesó haberla extrañado. Se quedó de pie detrás del ventanal avistando la caída de la lluvia, que todos repudiaban. Encandilado con ese vaivén en las ramas de las arboladas, como en los charcos de barro que el llover creaba allá en el parque, esa magia lo apaciguaba. Complacido daba oídos a los truenos, también el diluvio lo serenaba. Preparó unos mates, como le hubo enseñado

Catalina, y vaya que degustaba de ese sabor de la yerba. Mientras ella atendía el puesto de la playa, tomaba mates sin pausa, pues decía, era una compañía que le abreviaba el destierro. Tomó un baño, y mientras desarmaba la maleta, inquirió en ese misterio femenil, es que, a modo de confidencia, siempre es atraído por mujeres fragmentarias. Noah, Cloe y ahora Catalina, las tres con esa presencia a medias, como con un mesías que consumar muy lejos. ¿Será que quien no está listo para ser descubierto soy yo mismo, y hago difícil que me amen? Y alguien tocó a la puerta, que con la impertinencia de un rayo, le sacudió cada irreflexión. Era Efraín, que se acomodó en el sofá, por otro lado, Vicente parado no más, con su mate en mano lo abrumaba con consultas:

—¿Cómo es posible que a una persona se la detenga por tan solo no tener un documento, mezclándola con gente de toda calaña, se la vista con esas prendas color anaranjado igual que a los criminales, sin tener en cuenta el acto, al fin y al cabo, todos son juzgados bajo el mismo peso de la ley? Incomunicados, presos. Y que cualquier buen día te lleven a un tribunal, para después depositarte en un avión con los pies y manos encadenados. Perdiendo tus posesiones, y como punto final privándote el regreso a los Estados Unidos por el lapso de diez años?

—Pero así es —replicó Efraín— las leyes son intangibles, hechas para ser cumplidas. Y dime tú, ¿por qué tanto afán en esa chica?

—Difícil expresarte mi amigo, ella me conmueve, posee un algo inefable. Quizás me deslumbra el modo en el que escribe.

—Bueno, —agregó el abogado— no es contundente, pero comprendo tu benevolencia, mejor me atrevo a decir que te gusta. Sea lo que sea que no me atañe, soy tu amigo y sin pelos en la lengua te soy claro con la situación. No vaya a ser que tengas expectativas delirantes, como es tu modo de vivir, bajo quimeras. El error de la chica fue comprar una identificación, ¿entiendes? Grave delito federal. Por ello no amerita a salir bajo fianza alguna. Tal vez, si solo fuese una indocumentada, el juez actuaría con indulgencia. Pero el panorama es complejo, mi amigo, y el único aliciente es que con mi intervención se acelere el día del juicio.

Vicente, desanimado, dijo:

—Pero algo hemos de hacer, es inadmisible que se quede ahí encerrada con mucho talento.

Efraín le dijo ya habérselo explicado todo. Y de la única manera que el azteca sabía aplacar sus zozobras era trabajando, o bien jugando basquetbol. Pero la lluvia no cesaba, y entró al gimnasio, aunque aquel encierro lo asfixiaba. Reparó en ese individuo tan cursi con prendas ceñidas al cuerpo, y en ambas chicas de prendas a medio cubrir mirándose al espejo. Con la necesidad de no pasar inadvertidos, sin el deseo de interactuar. Tantos con esos dispositivos a los oídos moviendo los labios al compás de lo que escuchaban, en completo aislamiento de los demás. Entonces, ¿cuál es el fin? ¿Dejarse ver por ese gentío, pero seguir estando solos? Algo más que lo desconcertaba. Hizo una rutina de ejercicios, charló un poco con Jonathan, y con alegría se marchó, sin darle importancia que era noche de viernes, en las cuales a menudo pensaba en la hebrea. Pasó por el supermercado, y pensó para qué le serviría la nostalgia, no más que para destruirlo. Conspicuo, iluminó la casa entera, dejó sonara "Budha bar" y cocinó salmón. Mientras cenaba encendió el conmutador sin certeza en lo que trabajaría. Por aquellos tiempos eran más quienes se marchaban que los que llegaban a su vida. Y esos que elegían permanecer estaban muy sumidos en sus quehaceres, entonces poco convergía para compartir. Pensar que cuando no tienes familia, los amigos son esas lámparas que mantienen la chispa del alma. Vicente era de un talante carismático, quien a menudo precisaba compañía, y siempre el que rejuntaba a los demás. No obstante, fue como si un hechizo lo mantuviese en armonía con él mismo, y con esas paredes que conformaban su casa. Y por esa época hubo exonerado las carestías, y tomaba los días como venían. La cuenta de las conducciones de "Aventuras" llegó a diez, y cada programa era un desafío. Le encantaba fuese en vivo, porque lo impredecible de la espontaneidad lo divertía, y a menudo obtenía más de lo que esperaba. Igual que Dios, que siempre te regala más de lo que le pediste. Los artesanos contaron cuánto sus ventas habían subido desde el nacimiento de la presentación. Así, el céfiro que envolvía a Veneice Beach era prodigioso. Y cualquiera que pusiese un pie por allí hallaba un sortilegio. Y a él lo rebalsaba un regodeo por ese progreso, sobre todo el entusiasmo que reflejaban los rostros de Gaspar que soltaba las alas a su talento, tanto como a Karla que libraba sus dones.

Conforme desempeñaba su rol de conductor, el de empresario a toda pompa le resultaba otro tanto. En breve eso que presumió delirante, se definía. A la sazón viajó cinco días a Londres, es que cada vez que renovaba paisajes, renacía la inspiración, esa inminente para un artista. Puesto que ellos no nacieron para someterse a las rutinas, ni horarios, más bien resurgen cada amanecer según su palpitar. Pisó aquel suelo verde, que sin saber por qué hubo postergado por añares. Precisaba retraerse en el anonimato, esa otra parte de él, que debía defender, para así responder a las exacciones de lo profano. Le urgía una ruta donde ninguno lo conociese, ni mencionar al trabajo. A pesar de aquel cielo cegado que resentido encubría las estrellas, la lluvia casi constante, el aroma de la hierba mojada le encantaba. Sentado a la banca de una plaza, como observador nato, advirtió que en todos los rincones del mundo yacen almas insociables. Aunque por otras tierras se critique tanto a América y la soledad con la que en ella se sobrevive, el desierto humano es una calamidad. Y ¿cuándo se elige estar solos?, ¿por qué? ¿Es un dilema o un sufragio? ¿Cómo hace la humanidad para vivir sin una pasión? ¿Y aquellos que la conocen y aun así la acopian al último rincón del espíritu, yéndose de la vida sin haberle liberado las aletas ni dejado entrever al mundo? Otra incógnita que nadie podría despejarle. Y ese vicio suyo de razonarlo todo. A súbito se levantó del banco, y fue hasta la estación de tren que lo llevaría al Soho. Al rato de andar sus calles, y la noche que llegaba, fue atraído por las luces de un farol que iluminaban una escalera estrecha entre dos edificios en construcción. Intrigado, las subió. Era un club refinado donde daban espectáculos en vivo. Pagó la entrada, y al mejor estilo de los caballeros, se sentó a la barra, y pidió un trago. Comenzó un show. En aquel sitio la beldad reinaba, tal vez como requisito para trabajar allí todos debían constar con esos atributos. Y propio de esperarse, Vicente no se iba de una ciudad sin alguna presencia femenina que interfiriera. Conoció a Marina, de Bulgaria, quien llevaba tiempo en el club, cambiando divisas. También en ocasiones reemplazaba alguna bailarina, puesto que a perfección sabía todos los números, y bailaba como un cisne. Cuando ella dio a conocer su historia, fue como en un parpadeo volver a Los Ángeles. Pues la muchacha vivía en Londres de manera ilegal. Y dijo que, llegada a ese país, mientras hacía el aseo de los trenes, conoció a la dueña del club, y bajo su protección trabajaba allí. Mientras ni tomaba respiro para dejar de hablar, hizo un trago al licor, y se percató del asombro de Vicente, como leyendo su mente. Entonces, agregó:

—¿Creías tú que solo en América hay ilegales o negros marginados? Pues no, habrá por el mundo. Y jamás sabremos por qué ese color es sufrido, segregado y visto con otros ojos. Pensar que todo ha sido innovado por la raza humana. Toda esa malaria que nos desune, fronteras, documentos y razas. Y bajo aquel señuelo de su compañía pasó las dos noches postreras. Vicente merodeaba en el motivo del por qué cada suelo que pisaba como persona que interactuaba estaba conexo. ¿Será que de acuerdo con nuestros deseos nos llegan los vestigios para consumar el camino? ¿Y es que los encuentros son reciprocidad de energías muy breves? ¿Es por ello por lo que así de repente nos vamos de las vidas de los demás?

Llegó a casa y se detuvo en el umbral de la puerta sin ni siquiera soltar la maleta. Todo tal como si él no se habría marchado, sintió su propio aroma dentro de ella, y después cerró la puerta. Esa a la que nadie tocaría sin haber avisado antes, como las citas con los médicos, así poco era espontáneo. Por ahora solo tiene la certeza de que lo único planeado es que vivirás y morirás. Nunca lo pensó antes, las cosas yacían intactas, de no ser movidas por él mismo, nadie lo haría. Así fue consciente de la soledad, esa misma a la que busca y de la que huye. Y entre esas paredes sentía los contrastes sobrenaturales, un vendaval lo impelía desde lo insondable hasta lo somero. Entre amor, inquietud, tirria y paz. Depuso las prendas sucias al lavadero, y calentó el agua para el mate. Era inevitable pensar en Catalina, acaecieron diez semanas desde que la llevó la migra. Ya hubo aceptado que sólo la vería el día del juicio, que bien vaya la suerte a saber cuándo será. Si bien la ciudad de Los Ángeles hacía de nido temporal para esos segmentos indisolubles que sellaron su ruta, como bien centenas de rostros que jamás volvió a ver. Con sus emitidas y venidas, devoto era de ella. Convincente, bajo ese cielo su alma se desglosaría de ese cuerpo. Pero, por favor, que fuese habiendo dejado estelas, quizás como esos que engendran hijos, o conspicuo como Nelson Mandela, defensor de una causa justa, pero sin holocaustos desatinados. Mejor con valentía de los artistas, en entrega imperiosa. Vicente disentía morirse sin diseñar vestigios en los demás. Fatal, como le sucedía a menudo, al cabo de unas horas con él mismo ya le resultaba algo superfluo, entonces salía sin rumbo fijo. Así como le dijo el despachante de la verdulería, "un espíritu como el tuyo nunca estará solo". Él no cesaba el sondeo de los encuentros, puesto que lo fortuito lo reavivaba. Y fue al café situado a unas cuadras de donde vivía. Infalible Mohamed trabajando en la computadora, y con él las charlas siempre resurgían. Entre tanto, la vecindad entera paseaba por ahí a esa hora del día, tal como si todos urgiéramos de ser rozados por la brisa vespertina antes de irnos a la cama. A poco conversaban, los arrimó Madeleine, y sucesivo llegaron Richard junto a Aiko. Todos sumidos en párrafos en ese idioma que lo llaman "mundial", el inglés, siendo que para ninguno es su primera lengua. Y maravillado, Vicente pensó en ese detalle. Alzó la mirada a unas mujeres que pasaban, las tres embarazadas, mientras una cargaba un niño en brazos, y detrás de la misma caminaba una señora empujando un changuito. Mohamed, tan perspicaz, le dijo: "You wonder where their husbands are!" Pero sin darle chance a responder, una de ellas arrimó una silla a la mesa, saludó a Aiko, y se presentó al azteca. Se llamaba Zoya, y estaba a punto de dar a luz a un varón. Tanto la joven mujer rusa hablaba con Richard, Aiko puso al corriente a Vicente de las circunstancias en las que su amiga se encontraba.

—Pues mira, amigo, —prosiguió la asiática— ellas llegan aquí solas, o en su defecto acompañadas por sus madres, como la dama que caminaba con el cochecito. Vienen tan solo a dar a luz, y algunas para ese día cuentan con la presencia de los progenitores. El caso es que eligen darles a sus hijos la ciudadanía americana. Y cuando el bebé cumple los tres meses se marchan. Varias alquilaron sus vientres a familias norteamericanas, y tal vez sea que las eligen a ellas por las similitudes físicas entre ambas razas. Han sido traídas al país con las costas cubiertas, el día del parto ya el contrato caduco. Zoya también se irá, al parecer su esposo llega esta semana desde Moscú, la pobre ha pasado su embarazo sola.

Intercedió Mohamed desde su pragmatismo:

—Sin olvidarme de aquellas que llevan harto acá criando a sus hijos, viviendo en los apartamentos más costosos, y sin ver a sus maridos durante años. Ellos, desde Rusia, les envían bastante dinero, pero nunca han venido. Vaya Dios a saber el motivo. Y quizás por pretenciosas merecen eso.

Por tanto, a Vicente estos eventos, como de los que venía enterándose los pasados meses, le resultaban novedosos; no obstante, este en particular, irracional. Sea cual fuese la cuestión, todos convergíamos en ser inmigrantes, a divergencia de los latinos u otros europeos, los rusos en sus talantes bien parecidos, y atuendos extravagantes, revelaban el poder adquisitivo. Suficiente para elegir el lugar de nacimiento de sus hijos, e irse. Desconocía si constaban rusos ilegales. El fin abreviaba al mismo entresijo. ¿Una mujer se lanzaba hacia una tierra apartada, recóndita y sola para dar a luz? ¿Y que había de esas tan jóvenes que venían en busca de un norteamericano que le mantuviese los brillos de sus prendas costosas, y el pago del auto del año? ¿Por qué elegían América? ¿Esta raza de que huía? Mohamed, saludando a quien pasase, sin dudas era una celebridad del barrio, soltó su sarcasmo, y lo invitó a fumar hookah. Y como quien no quiere la cosa, deleitaban los ojos con tanta belleza merodeando. Porque vaya, que casi todas lucían guapas. Con apenas una pizca de simpleza se entretienen los hombres. Ellos fumaban y sin gran motivo otro poco reían. Hasta que le preguntó a Vicente:

—¿Cómo no estabas al tanto de este asunto de las rusas, mi amigo, si llevas añares en la vecindad?

—Es que apenas miraba a la gente, ahora las veo. He vivido desde mi propio ombligo ignorando que más allá de mi mundo también hay vida.

Y luego de discernir que, en algunos momentos, más cuenta hacer eso que nos alegre, en vez de lo que deberíamos. Volvió a casa, y desde aquel santiamén hasta cerrar los ojos caviló ensimismado en ese vicio de comparación. Sin excepción todos prodigamos gran parte de la existencia en un "algo". Persiguiendo el amparo, ya sea en un amor, la carrera, los hijos, la enfermedad de los padres en la vejez. Siempre un "algo". ¿Por qué no desperté antes? ¿Cuál es mi carestía honda? ¿Qué no encuentro yo todavía, qué me quita el sueño?

Y con esa prisa para ser parte de cada fracción de la vida, en los primeros rayos del alba se levantaba. Sin embargo, se igualaba con los demás, auscultaba su palpitar, para ser él mismo. Antes de empezar a trabajar, o mejor dicho, continuar cada día, puesto que jamás paraba de hacerlo, caminaba el parque en toda su dimensión. Se consignaba minutos al agradecimiento, y después en el acto de ver a las personas descubría tanto. Y se detuvo a dar oídos al agua que caía de la fuente, y sobre todo al silencio que se revelaba entre los manantiales. Y fue abrazado por un estado sereno, como si fuese un ángel. A poco volteó, vio una vez más a aquella mujer morena, con una bandana color amarillo en la cabeza. Ella había desparramado sobre la mesa contigua a la fuente, pinturas, pinceles y lienzos. Mientras con templanza, pintaba un cuadro que hubo apoyado en una piedra. Vicente se paró detrás de ella, a unos pocos metros, a observarla. Era digna de admirar. Pero él, curioso, no se iría sin hablarle. Así que se le acercó, apenas la saludó, la mujer le respondió sonriente. Se disculpó por interrumpirla, añadiendo su pasión por el arte. A pronto ella detuvo el movimiento del pincel, y lo invitó a sentarse mientras llegaba su esposo.

— ¿Desde cuándo pinta? —preguntó Vicente.

—Desde siempre y nunca —respondió Shannon.

Y él le pidió le explicase un poco más.

—Pues mira, muchacho, hasta que no me harté de estar muerta en vida con un empleo que detestaba, siempre fui postergando mi don, sin admitir que así lo inmolaba. Tenía como una amenaza adentro, un algo incompleto. Y no fuese porque tenía conflictos en mi diario vivir, sino porque ponía en juicio mi capacidad. Una falta de confianza espantosa.

Un buen día después de discutir en el correo con mi jefa que me traía a mal llevar por añares, me dejé llevar por el corazón, y renuncié. Mi esposo y yo teníamos tiempo pagando una hipoteca costosa en la que nunca nos dieron una reforma del crédito. Entonces, seguir con esa carga y en una casa que ya ni disfrutábamos sería un sacrilegio. Yo en mis momentos libres hacía banquetes para algunas pequeñas fiestas, y vecinos. Porque aparte de comer me fascina cocinar. Por tanto, Paul se las ha arreglado muy bien con las labores de plomería. En resumidas cuentas, la noche que regresé de la oficina postal inundada en lágrimas de riña, entre ambos decidimos rentar esa casona, e irnos a un departamento por la mitad de precio. De aquello que en apariencia sería un revés, ganamos una primacía. A fin la hipoteca se pagaría de la renta, y nosotros trabajando sin presiones, y en lo que nos agrada, viviríamos más felices. ¿Para qué complicarse?, muchacho. Uno mismo se hace rollos. Desde niña me encantaba pintar. Y ahora lo hago con amor, y también por dinero, porque importante es ¿sabes? Apenas renuncié al trabajo que tuve por 15 años, empecé a pintar de verdad durante largas horas. De eso ha pasado un año. Voy de parque en parque ofreciendo mis cuadros. Como por magia, los días que no vendo ninguno, me encargan más banquetes. Y a Paul tampoco le falta el trabajo.

Y justo en ese santiamén que Shannon terminaba la narración llegó el esposo. Al parecer se complementaban muy bien.

El hombre, afable al igual que la señora, le relató que él entregaba panfletos ofreciendo sus servicios mientras la esposa pintaba en el parque, y de paso vendía pasteles, agregando: "Una vez que sabes lo que quieres, el secreto está en dejar los miedos, atreverse, confiar y jamás desertar. Cuando uno no les da uso a sus dones, ellos se pierden, ahora nos dimos cuenta de que no necesitábamos esas cadenas, sino fuerzas para soltar las alas". Vicente estaba absorto con esa historia, ambos lo habían colmado de entusiasmo. A poco les contó algo de él, y se despidió dándole a Paul su número telefónico. Deseaba volver a verlos.

Salió entusiasta hacia el canal, sin dejar de pensar en la pareja del parque. Vaya que fueron valientes, y por un soplo quiso tener esa osadía de ellos, e irse a vivir a la playa en un furgón. Dormir y despertar entre arte, y protegido por la eufonía del mar. En esa elipsis de reata a cada ola que lo desglosaba. Pero ¿qué vendería Vicente? Si no sabía ganarse la vida por mérito de alguna gracia, como lo hacían los artífices. Aunque lo juzgaban de talentoso, se preguntaba en qué. Si desde que estuvo en la escuela secundaria trabajó para otros. No más que estudiar Comunicaciones hizo. No obstante, la muerte de su madre fue un despertar, y de buenas a primeras dejó el puesto jerárquico en el canal. Tendría su programa, y su vida procuró un giro abismal. Hubo alcanzado esa etapa en la que la hartada de no reconocerse lo engañaba. Podía subsistir cuatro años con el capital de un retiro voluntario, y así mantener ese mismo estándar de vida, pero dejar de trabajar ni le rozaba la mente. Entrando a la sala de reuniones, no discrepó si mejor era escaparse algunos días a quedarse. Pues el retorno le era arduo. Sobre todo, aquella mañana. Será que, al encontrarnos con nuestro propio espejo, el alma echa a volar, y negamos la realidad. Y el haber conocido a esa pareja fue avivar sus deseos más recónditos. Pero para qué pensar más en ellos, si para cada uno se ha trazado un destino. Respiró profundo, hizo un sorbo al café tan amargo como el rostro de Aretha, y poniéndose la máscara de pragmatismo se adaptó a la realidad. Cierto era que en un mes su programa "Talentos" tendría espacio al aire, ahí estaba su sueño. A la sazón tenía que trabajar a todo pulmón, administrar su tiempo a modo de magos, revisar contratos a filo de navaja, pero sobre todas las cosas ser dichoso.

Tal vez una parte de cada conmoción de lugares como personas, lo hubo entusiasmado. Y al poner un pie en Veneice Beach, descubrió lo mucho que la había extrañado. Los aledaños con gozo lo saludaban, y se sintió feliz. Mientras Gretchen ponía las vendas a Gaspar para su personaje, y el equipo se iba acomodando. Vicente levantó la mano, y prosiguió revisando la planilla. A súbito lo interrumpió Karla. Como advirtiendo su incertidumbre, ella llegó junto al caballero que ataviaba turbante. Se llamaba Bulbul, quien era uno solo con el fuego. Caminaba entre llamas. Y lo acompañaba Adimu, su esposa, que leía el futuro en los caracoles.

—Hola, ¿cómo te fue en el viaje? —le dijo.

Por otro lado, Vicente, a secas, le respondió:

—La pasé muy bien, gracias. Pero mejor me explicas acerca de estos personajes de hoy. Dime, ¿qué es esa tienda que has armado allá? Y no le veo relación a una adivina con nuestro programa.

—Pues, el tendal es para que la gente consulte a Adimu —agregó ella—. ¿Quién no quiere conocer su futuro?

—Y no pretenderás que me lea los famosos caracoles a mí —alegó él—, y para colmo de males al aire no.

—Bueno —replicó ella—, si no te parece, elige alguien más. Es que me pareció diferente, ya que por aquí solo leen cartas, y ellos son africanos.

—Pluralidades atípicas. ¿No estás de acuerdo? No obstante, persuadido.

Tampoco lo negó, Karla poseía un carisma con el que todo conseguía. Conforme se grabó el programa con extravagancias, como la de la pareja rara y el niño que bailaba rap al compás de la capela de su madre. Un gentío yacía en línea para consultar a la africana, al término del mismo. También lo llamó Peter, fascinado, ese, hasta aquel momento, fue el de mayor rating alcanzado. Vicente boquiabierto, le relató que aquello había sido mérito propio de Karla. Todo ella lo armó en su ausencia. Pues vaya que ambos son visionarios, no me sorprende que trabajen juntos. Felicitaciones amigo, concluyó Peter. Por otro lado, Gaspar muy jocoso por aquella conquista, le invitó a la fiesta de Nerea, su amiga que vivía en el valle. Y ante el titubeo de Vicente, agregó:

—Y ¿qué motivo te impide ir?, no me vengas con el trabajo, vamos hermano. Yo también estoy algo cansado, pero si no ¿cuál es el incentivo de uno a seguir?

Así que a todo dar salieron hacia el festejo. La casa se situaba en una ladera de la que podías avistar la ciudad en plenitud. Los Ángeles, que hasta en la elipsis de la penumbra del valle era bella. Al entrar en la casa se dio con el ambiente familiar de la fiesta. Niños corriendo por el patio, una mujer amamantando a su bebé, y hasta el abuelo, orgulloso, vistiendo una camisa sin mangas ceñida a la barriga, bien integrado. En total constaban unas 20 personas. Nerea hubo nacido en Albania, y hoy celebraba el haberse convertido en ciudadana americana. Gaspar y ella se conocieron en las clases de actuación hacía unos años. La muchacha era desenvuelta y simpática. De trato afable, como si te conociese desde siempre. Hacía teatro infantil para discapacitados. Un día saliendo del supermercado, se dio cuenta que hubo cerrado su auto dejando la llave adentro. Una epopeya que le tejió el destino. Porque fue Axel, un anglo oriundo de Michigan, quien la auxilió. Naciendo desde allí un amor que los incitó al matrimonio. A simple vista parecían disímiles, pero uno complementaba bien al otro. Ellos vivían con los dos hijos del primer matrimonio de él, su hermano solterón y el padre. Al cabo de un rato, Nerea se apartó a un lado a conversar con ellos.

—¡Cuánta gente! —exclamó Vicente.

—Así mismo —respondió ella—, en esta casa, como si no fuésemos pocos, siempre hay huéspedes. Ya me he acostumbrado, no sabría cómo vivir en silencio, y solo con Axel. Creo que toda su familia nos distrae de nuestro propio drama de pareja. Sobre todo, la imposibilidad de Orián. Él nació con una sola pierna. ¿Es que sabes algo? Cuando los demás te necesitan, ya no le das tanta vuelta a las necedades que a uno mismo le suceden, siempre reconoces que por aquello que pasa el otro, merece más atención que tu rollo. Yo tomo la vida como se presenta muchachos. Cada mañana abro el telón de un escenario, y desempeño una actuación. Con esmero les enseño a los demás a dar lo mejor de ellos, a redescubrirse. Ayer, al permanecer durante horas en la oficina de salud, viendo esas madres abatidas esperando una ayuda estatal para costear la enfermedad y educación de sus hijos incapacitados, me invadió el coraje. Inadmisible que, en un país de primer mundo, como le llaman, donde te evalúan por el puntaje de tu crédito, más deudas contraes, y mejor te consideran. Atravesemos por esto. Muchas de esas criaturas dependen de una medicina para llevar a cabo un día más de vida, y otros tantos no podrán ir a una escuela de enseñanza superior. La ortopedia de Orián está valuada en $60.000. ¿Quién puede comprarla? Y el gobierno la pospone a un plazo aletargado. Entonces tomé con fuerza la mano de Orián y recapacité. ¿Qué sería si su padre no tuviese un poco de dinero, y yo la paciencia y tiempo para requerir? ¿Cómo sería su vida, dentro de sus limitaciones, en otro país? Quizás para ellos que han nacido acá sin haber conocido algo más, la aceptación está correcta. Y en otros países puede que te otorguen la prótesis sin tanta burocracia, pero los riesgos en crimen e inestabilidad son una amenaza constante. Así es la supervivencia, sálvese quien pueda y al mejor modo. Vine a Estados Unidos por una beca en artes, en mis planes ni por error estaba casarme, ni hacerme ciudadana de un país extranjero. Para mí, Albania era el lienzo virgen donde un pintor haría su obra magna, la que sería mi destino. Como tampoco proyecté que una vez caducada la beca, me sería insostenible pagar mis estudios. En esa oscilación, entre persistir en el trabajo de mis sueños mientras durara, pero quedándome de modo ilegal en el país, lo conocí a Axel. Y he aquí mi cuento.

Gaspar advirtió el interés en los ojos de Vicente acerca de la historia de Nerea, y tocándole con el codo, le dijo: "Sabía que te encantarías con ella, por eso insistí que vinieras." Antes de responderle a su amigo, el azteca ya hubo tomado la decisión de que la quería en su programa de talentos. Una fracción de las ganancias de rating se donaría a una fundación de apoyo al deporte de niños con deficiencias físicas. Más allá de ser sagaz, la labor de ella con el teatro lo maravillaba. Poco luego se lo propuso a Nerea, con la certeza de que el directorio la aceptaría. Y al menos ya contaba con la ventaja de no ser repudiada por tener papeles.

A la tarde siguiente saliendo del canal, ya de camino al estadio donde jugaría básquetbol con el equipo escolar de Orián, se detuvo en la panadería de Lorenza, deseaba llevarles algo de las exquisiteces que ella preparaba, a los niños. Es que su visita coincidía con la del tesorero de la fundación, y Vicente deseaba ofrecerle las donaciones. Saboreó un capuchino mientras Lorenza le narraba de su viaje a Calabria. Y le alistaba la orden. Seducido por el aroma de la masa recién horneada, probó una. Le dio un gran abrazo, y tomó las madalenas artesanales. A poco saliendo escuchó a un hombre que blasfemaba contra una mujer, justo en el medio del aparcamiento. Por un santiamén creyó sería asunto íntimo, así que siguió cargando sus enseres en el baúl del auto. Los gritos subían el tono. Hasta que oyó un correteo, y volteó a mirar. La mujer sacaba bolsas de un taxi que estaba detenido cerca de ambos, y pegó un portazo. El hombre la siguió. Y Vicente al oírlo todo con claridad, conducido por su instinto humano, anduvo hacia ellos. No eran esposos, el caballero era el chofer del taxi, y ella la pasajera. Empezaron a discutir cuando él se negó a ayudarla a bajar los bultos, con el pretexto de que le diera propina. Y una palabra siguió a la otra. Él le gritaba:

—Pues vete para tu país, maldita, dónde se ha visto que te ayuden sin que pagues, esto es América.

—Cállate infeliz, atrevido —respondía ella.

La mujer en desatino había descendido del taxi, y el hombre no le permitía bajar las bolsas, hasta que a modo desenfrenado ella lo hizo. Pero ahora el chofer, ya atado sus diantres por la presencia de Vicente, solo le reclamaba le pagase la tarifa del viaje. El joven intervino, pidiéndoles bonanza, preguntó a la dama si tenía el dinero le pagase y ya. Él mismo la ayudaría a subir las bolsas hasta su apartamento. Y en cuanto al hombre que la amenazaba con una varilla, le dijo que de no marcharse ya, llamaría a la policía. Cooperó con la mujer que se llamaba Katiuska. Tendría unos 50 y tantos años. Y aunque de talante deportivo, se hacía notorio un defecto en la espalda, puesto que, aunque elegante, le costaba mantenerse erguida. Ni bien largó las llaves sobre la mesa, apoyándose en ella, se sentó. Aun furiosa por el proceder del moreno, replicó:

—Eres muy gentil muchacho, pero ¡qué se ha creído aquel negro! No comprendo esa raza, se alardean de discriminados, pero ellos en un proceder jactancioso se excluyen solos.

Vicente, boquiabierto, intentó aplacar a Katiuska, puesto que aquella furia tanto como el léxico que empleaba destemplaba su garbo. Y echó vistazo a esas fotografías divinas que se esparcían por toda la casa. Entonces, con la intención de apaciguarla, dijo creía haberla visto antes. Ella llegó desde Bélgica para bailar en la compañía americana de ballet a sus 20 años, y entre el embeleso del suelo californiano, sus anfiteatros de ballet, y un amor, jamás se marchó. Brilló en los escenarios insignes del mundo representando a los Estados Unidos, y al retirarse fundó su escuela de danzas. A tanto Katiuska narraba, él supo que la hubo visto junto al grupo de niñas que bailaban en el evento del día de Acción de Gracias allá en Santa Bárbara.

—Oh, ¿tú estuviste allí? —inquirió la dama.

—Sí, —replicó Vicente—, también recuerdo haber visto su retrato en puntos de la ciudad, su escuela es popular.

Y ella, a modo dócil, ya más serena, se lo agradeció, contándole de un viaje a la Florida que planeaba en los días postreros:

—Una jovencita se hubo ganado una subvención para la academia. Y por tanto haría una presentación en aquella urbe. Es que en apoyo al ballet busco talentos por todas partes. Anhelo que alguna joven tenga la buena estrella que me acompañó a mí a ser traída por la compañía de ballet. Y en esta oportunidad apunté a Miami porque es donde se encuentra la mayor población latina.

A Vicente le provocaba una satisfacción oírla, es que hasta el temple de su voz era angelical. Parecía que luz le salía de sus ojos al hablar, por la devoción con la que se expresaba de la danza. Así que él sentado a la mesa con ella, les contó a grandes rasgos de su trabajo. Invitándola a participar en alguna de las grabaciones, no obstante Katiuska lo interrumpió con la propuesta de que fuese con ella a la Florida. Muy sonriente, Vicente le dijo que le parecía fantástico.

—¿Cómo se explica usted, señora, que la encontré en un estacionamiento hoy? Estoy perplejo.

—Todo pertenece a un orden divino —agregó ella—. Ahora ve, muchacho, a conectarte con tu llamado, con ese propósito que has sido puesto en uno de los vagones del tren de este viaje que es la vida.

Y con el intento de captar aquella utopía de vocabulario, deliró hasta la finitud del día. De repente lunes, y viernes nuevamente, así las semanas sellaban de prisa. Y tal como si Vicente hubiese encontrado una rúbrica en su interior después de oír a la mujer belga, como manantial fresco, sin ardores, las connotaciones renacían en fulgor. Nunca prestó atención al orden de los sucesos, llamadas, ni mucho menos el viaje que sería vivir. Y se proponía analizar menos, pero bastaba que aquietara el cuerpo, y el pasado le caía encima.

Pieza a pieza se escurría en el rompecabezas un recuerdo tras otro. Aromas, rostros, partidas, momentos. Alicaído se ponía de pie, y retomaba el movimiento, porque la quietud lo volvía nada. Anduvo hacia el jardín, y se preguntó: "¿Qué falta? ¿Sabrán esos muchos con los que interactúo diariamente lo difícil que es estar conmigo mismo en ciertas ocasiones? ¿La energía que invierto en disuadir al enemigo, en extirpar el auto rechazo?". Así que, una vez más, salió a buscar fuera la carestía de adentro. Anduvo a la cantina de don Enrique, al que hacía un tiempo que no visitaba. Sentado a la barra, muy pegado al escote de Brenda, bebió una cerveza, y mientras reía del parloteo de don Enrique y sus anécdotas, por un santiamén se sintió feliz, puesto que se puso al corriente de que no pensaba, solo sentía. Al cabo de un rato, era capaz de regresar al silencio inmutable de su casa. Y como en cada noche, lo sorprendía la madrugada trabajando.

Katiuska lo llamó sobre las siete de la mañana, es que se había adelantado el viaje a la Florida.

—Antes de comprar tu boleto, he de consultarte si puedes volar junto a mi equipo, nos marchamos el lunes a las dos de la tarde. ¿Puedes?

Vicente algo adormecido, le preguntó:

—¿Y qué día es hoy?

Ella se carcajeó…

—Pues hoy es viernes.

Entonces él, algo más integrado a la conversación, asintió. Saltó de la cama, preparó café, revisó los emails. Se vistió a la ligera y fue al parque sin llevar nada que lo distrajese de esa ceremonia. Apenas llegó, se quitó el calzado, pisando el césped. Hubo creado una conexión sacrosanta con la naturaleza, y recapacitó. Ella coexiste desde antes que la vida humana, estuvo en todas partes enviándome reseñas para que la viera, sin que la tomara en cuenta. Y ahora que su primor me extasía, nada, nadie entorpece este culto entre nosotros. En medio de la arbolada y el correr del agua nítida de la fuente, acomodaría su mundo interno, y luego el de afuera. Y apenas unos pocos merodeaban, envueltos en el aire ardoroso del mes de julio. Como el caballero de piel oscura que juntaba material reciclable desde los enormes cestos de basura, vestía un sombrero de color blanco que le acordaba al esmalte de sus dientes. Y en la cintura sujetaba una radio pequeña en la que sonaba tango. Mientras que en unos de los lados de la presilla del pantalón, la correa de su perro, que con lealtad seguía cada uno de sus pasos. Con habilidad tumbaba esos canastos sobre el carrito que le hubo añadido a su bicicleta oxidada, con llantas gastadas de tanto camino andado. Vicente le dijo:

—Good morning.

A poco él lo miró, y con simpatía le respondió:

—Buenos días.

—¿Por qué escucha tango? —le inquirió.

—Wait, wait, wait —replicó el hombre—. I am learning Spanish, that's the reason I listen this music.

—That's awesome —dijo Vicente.

Se llamaba Wayne, oriundo de New Orleans. Luego de que el huracán Katrina devastó vidas y posesiones en el 2005, él, no más que con lo puesto, se vino a Los Ángeles.

—El tifón, inclemente, se llevó a mi esposa y mi casa, entonces también le pedí inclemencia con mi memoria, así que me lo llevó todo. Al menos a mí me dejó en pie. Me mudé de aires, piel y vida, muchacho —dijo el buen hombre.

Y desde aquel tiempo vive en una pensión junto a otros jubilados. Recoge desde cualquier suelo californiano reciclados, y los vende por donde quiera. Juega dominó, recorre la ciudad en bicicleta junto a Rocco, su mascota, y compinche. Ama los latinos, con ellos se divierte mucho, dice.

—A pesar de que ustedes, los blancos, siempre tienen esa cara de pregunta, mientras que nosotros los negros, tenemos respuestas. A todo le encontramos una vuelta, en vez de complicación, ustedes me caen en gracia. That's why I will love to speak Spanish fluently.

Wayne, sin detener la labor ni por un instante, sonreía en cuerpo y alma. Sumido en el canturreo del tango "Vuelvo al sur" y a todo dar se alejaba en su bicicleta, mientras Rocco, a modo de festejo le relamía el rostro. Vicente lo miraba irse, y se preguntaba de dónde extraía ese ímpetu para seguir, y sonreír de tal manera. Vaya su sabiduría para renacer sin el apego dañino de la memoria hostil. Y con esa sensación inspiradora lo dejó ahí de pie.

De camino al aeropuerto delegaba a Karla los detalles pertinentes con los participantes, maquillaje y vestuario de la siguiente grabación de "Aventuras." Y como era normal, la conversación se extendió. Para entonces, el chofer del taxi detuvo el motor en el aeropuerto. Y Vicente se percató del tiempo. A la sazón, le pagó y cortó la comunicación telefónica. Al descender avistó a Katiuska caminando hacia una de las puertas de la aerolínea. Corrió para alcanzarla. La mujer le dio un abrazo tan afectivo, como esos que, sin pedirlos, te lo dan quienes mucho te quieren y se contentan por verte. La ayudó con el equipaje, y a súbito otras siete personas llegaron. Ella le introdujo a su equipo, y abordaron de inmediato. Sin embargo, para el azteca el mero hecho de descubrir paisajes como personas disímiles lo estremecía al punto de ansiedad, el viaje de cinco horas y media se hizo ameno. Pocas veces lograba dormirse en los aviones, así que al ya no encontrar atractivo en sus actividades en la altitud del cielo, y el enrojecimiento en los ojos, se disponía a observar a esos que dormían como en sus casas, deseando él, ser uno de ellos. Oía la canción de Tina Turner "Let's be together", aunque fue destapar la tumba de Noah. A decir verdad, solo remover la tierra, porque no más que por lapsos ella yacía. De un modo u otro, siempre le merodeaba en alguna parte del cuerpo, sobre todo en el corazón. Especialmente en los pasados días la pensaba en demasía. ¿Podrá su alma reconocer que la mía la aclama? Ella amaba la estación del verano, ¿dónde estaría fumando la hierba? ¿A quién le estaría exhibiendo su piel clara? Aquello que describen como que el paso del tiempo todo lo disipa, le era contradictorio. Tal vez en la soledad las ausencias subrayan aún más. Vaya Dios a saber. Y a súbito, la música que fue interrumpida, por bonanza, para apartarlo de su escrupulosa reflexión. Iban a aterrizar.

Coincidió con su llegada la portada dramática del diario. Se señalaba a Miami como la peor ciudad del mundo para vivir por la superpoblación, tráfico, y otro poco el crimen. Vicente, a modo sarcástico, soltó una carcajada. Pero qué exageración desmedida, no solo él la encontraba preciosa. De seguro esos que crearon el juicio disparatado jamás habían vivido en otros países, pasado hambre, ni fueron víctimas de asaltos a mano armadas, ni secuestros. ¿Cómo se puede reprender a un paraíso, que te regala amaneceres celestiales, y noches de un cielo vasto? Allá cada uno con sus aceptaciones y manías, pensó. En esas calles se respiraba libertad, y una diversidad particular, sin paralelo a ninguna otra ciudad de los Estados Unidos. Por un instante creyó estar en Camagüey, junto a su padre, inventando dibujos en el humo del tabaco que Doménico fumaba. Y su índole latina le avivaba la sangre. Apenas tomó un baño, y salió a andar por la costa. Devoraba la vida en todas sus expresiones, sin quedarse quieto. Mientras ese cielo de quimeras, el cual se teñía de rosa, mezclándose con el blanco de las nubes enormes junto a ese color azul profundo, lo incitaba al enamoramiento en un desborde a efemérides indisolubles. Y a poco desvió los ojos de ese edén, los puso en los transeúntes, vaya que todos eran bien parecidos. Una vez leyó en un periódico que en Miami vivía la gente más linda del mundo. A ciencia cierta a Vicente le agradaba todo de esa urbe. Si alguna vez decidiera irse de California, sin fluctuaciones allí se mudaría. Y mientras se encantaba con tanta belleza junta, a paso lento fue hasta el restaurant donde cenaría con Katiuska y su equipo de la academia. La belga era preciosa por donde la mirase. Contemplando ese grupo, insistía en la sensibilidad de los artistas. La sutileza con la que viven, sus credos, es un desborde de entusiasmo. Y ¿qué más que la pasión por lo que haces puede mantenerte tan vivo? Acompañó a la dama hasta su cuarto, y él, previo a entrar al suyo fue a sentarse en el jardín del hotel. A modo de hábito, antes de dormir, precisaba de su culto con las estrellas bajo cualquier cielo que lo acobijase en el mundo. Bebió un coñac, perdiéndose en ellas, y después se marchó a descansar.

Como si la noche no habría bajado el telón, y apenas le entregó un espacio en el infinito a la aurora, la luz temprana entraba por la ventana. ¡Qué bello le reflejaba despertar en otro lugar, con las ilusiones a flor de piel y aromas nuevos! Se asomó a través de la lumbrera, inspiró la fragancia marina, y al mismo aire le preguntó: "¿Con qué me asombrarás hoy?". A poco se vistió de modo informal, bajó al comedor a desayunar, mientras los demás llegaban, se pondría al corriente con sus informes cotidianos. Si bien muy compenetrado en su lectura, un acento le captó la atención. Quitó los ojos de esas carillas, y siguió la voz. Una pareja que llegaba al hotel hablaba, sin asomo de dudas, argentinos, y como por epopeya del destino, la chica se asemejaba bastante a Catalina en la apariencia física, y hasta en el timbre de su voz mansa. Le resultaba inevitable mirarla. ¿Será que la ilusión permite que veamos a quienes queremos en otros? ¿Cuán infalible es el mito de que todos tenemos un clon dando vueltas al otro lado del planeta? ¿Qué sería de ella? Llamó a James, quien le dijo la citación al tribunal fue otorgada, y tendría lugar en un mes. Pero más que eso, añadió el abogado:

—Nada nuevo bajo el sol, Vicente.

Y este altercó:

—Creo estoy peor que antes de hablar contigo amigo, pero gracias.

Y después de cortar la comunicación, él deliberó de todas sus reacciones impensables, puesto que mayormente le abrían grietas. Y en ese santiamén llegó Katiuska radiante, y a modo de prisa le mencionó que se marchaban en diez minutos hacia la Pequeña Habana. La audición empezará a las diez en el anfiteatro local, y hemos de estar ahí, con nuestro jurado impecable.

Viajaron cerca de media hora en una camioneta, y la llegada a ese distrito animado fue un jolgorio. La música latina hacía cimbrar el cemento, y menear cuanta cadera rondase por esas cuadras. Tiendas por doquier, y otros vendedores ambulantes. Los abuelos en una plaza bien avivada jugando dominó, y las damas sentadas a las bancas tejiendo. Niños sonrientes correteando por las veredas. Y el aroma del café era tentador a pesar de los 35 grados de temperatura. Te provocaba mirarlo todo a la vez, es que ese ánimo festivo te envolvía. Todos parloteando al unísono en español, con ese talante ocurrente que caracteriza a los cubanos. Esa raza que padece la inclemencia del comunismo, las prohibiciones más impías, las puniciones más ruines. Entonces ya hartos, pero con la llama aún viva, le entregan todo a la buenaventura del mar para escapar de una isla privativa de los derechos humanos. Y todavía los cubanos por cada poro dérmico segregan contento. Tal vez por tanta decrepitud que atraviesan fueron agraciados por la beatitud de un ángel, que les regaló el don de la alegría en su naturaleza innata. Vicente, seducido por la novedad, se detuvo en la puerta del teatro a contemplarlos. En aquel aire había magia entre los detalles, un aire que no hubo sentido antes. Le compró un habano a la muchacha que los ofrecía en un cajón de madera que hubo sujetado a unas tiras improvisadas, pero muy bien atadas, que colgaba a su cuello delgado. Hasta que fue el momento inaplazable de entrar. Se ubicó en la silla que le fue designada como parte del jurado, y poco luego se apagaron las luces centrales. Hubo un silencio en el que apenas se oía girar las aletas de los ventiladores. Katiuska se acomodó a su lado. Y de repente sonó el lago de los cisnes, una luz blanca brillante iluminó a la concursante, de aspecto pulcro, en su tutú color blanco. Y la jovencita dio lugar a su desplazamiento, entre giros y saltos en movimientos agraciados. El mirarla era una delicia. Una tras otra, a poco de la primera, presentaba sus dones. Las participantes alcanzaban la suma de 25. Posterior al número 14 hubo un receso. El jurado se levantó de las butacas, y anduvieron hasta otro salón contiguo por un refrigerio. Vicente se asomó a la vereda encantado, a poco se percató de la compañía de Katiuska, le sonrió y murmuró:

—Todas son talentosas, en qué situación me has puesto de elegir a una.

Mientras ella respondió:

—¿Viste la maravilla de estas criaturas, y lo excelso del ballet?

—¡Pero vaya que sí mujer! El arte me enajena, solo en los hijos y en él puedes trascender. El arte es lo único semejante al amor, ambos son eternos. Me afianza mi dogma de que hay muchas razones por las que vivir —él respondió con los ojos humedecidos.

Y en sus pasos de retorno al salón distinguió su naciente sensibilidad entre el desconcierto de los semblantes de Noah y Josefina.

Las audiciones se retomaron con pujanza, y a medida que transcurría la misma, optar por una sola niña era casi imposible. Vicente, como en cada generalidad suya, una vez que alguien lo cautivaba ya le resultaba arduo apreciar más allá en el horizonte. Y con la participante número 20 se quedó boquiabierto. Advirtió la simpatía de Laksh ante la misma, el hindú que integraba el equipo de la academia. Si bien, de acuerdo con los paradigmas, otras concursantes conservaban figuras más esbeltas. Y hasta mejor maestría del ballet. Esta joven dejaba entrever en su rostro precioso una resignación impasible, en la mirada un ahogo que la condenaba, y en sus movimientos trasmitía amor inagotable. Reseña de alguien que en una danza desesperada suspiraba por cuidar de alguien. Y en aquellas esencias obsequiosas, Vicente se quedó prendido, como del ala de un ángel. Es que tal cual las palabras de Aretha, él reparaba en lo que muchos ni se percataban existía. A poco se escurrió el día en la audición, que pareció un leve parpadear. Y los votos fueron equitativos entre la número tres, como la 22. Excepto los de Laksh y Vicente por la número 20, a secas.

—Al fin y al cabo, se le obsequia una beca para cultivarse en el ballet, no es una representación universal como lo hiciste tú —señaló a Katiuska.

—¿Entonces cuál es el obstáculo? Considero que, en cuanto a sus faltas, como la imprecisión en los saltos, y esos pocos kilos de más, se las puede refinar. Para eso será la beca, ¿no te parece, mujer?

Y con esta observación coherente, dejó a todos irresolutos. "No me den la razón ahora mismo", agregó Vicente, con un tono axiomático, como el que utilizaba para la delicadeza en su trabajo. Y todos le devolvieron una mirada penetrante, sin emitir vocablo alguno. Así pues, el equipo completo se retiró del establecimiento, y se dispusieron a andar un poco por la calle ocho para que circulase la sangre de las piernas, y vivificarse en ese festejo constante. A propio en la suntuosidad del hotel, prefirió irse a la playa para concebir su liturgia en el silencio de la noche. Abrió una manta a orillas de la costa, tendió el cuerpo sobre ella, encendió el habano. Y soltó la imaginación entre el humo que echaba a la luz de la luna, enlazando el alma con las estrellas. Aquel perfume la traía, infalible a esa hora, sin importar el suelo del mundo que pisase. Ni cuanto cuerpo besase, o cuantos galanteos y sugestiones recibiese, Noah perpetuaba.

Al despertar supo que la hubo soñado, y le dio pesar. Sin embargo, con esa reflexión pasaba la hoja de cada día. Suerte que justo cuando se disponía a deshilvanar el sueño, y sus palpitares, lo llamó Karla. Y ella con su regodeo inherente, de todo le hizo olvidar. Ya era tiempo de bajar al comedor, lo esperaban Katiuska y sus feligreses para ir hasta el teatro en la Pequeña Habana, hecho que le resultaba gustoso. Pero primero, el equipo entero debía ponerse de acuerdo en lo que a la elegida incumbía. Y esa disputa llevó más energía y tiempo del previsto, sin llegar a una alianza. No habría otra audición, ni cuestiones de ninguna índole, al asunto urgía concretarlo hoy. En dos días todos tenían que regresar a Los Ángeles, y punto. La inclinación de Vicente y Laksh les sonaba desatinada al resto del jurado, que actuaban menos accesibles que la noche anterior. No así a Katiuska que se mostró viable, como con una chispa en los ojos por el desafío de limar a la chica en cuestión. Vicente se puso de pie, puesto que creyó la conferencia fue bastante, y a tono tajante expuso:

—Hemos de marcharnos ya, y propongo que a las tres muchachas las entrevistemos por separado, poniéndonos al corriente de sus vidas, y ese será nuestro ultimátum. Si les parece, señores, por mi parte está todo dicho.

Entonces cada uno lo siguió hasta la camioneta. En el viaje continuaron las disputas, pero llegados al anfiteatro hubieron convenido en esa opción. Se llamaba Ileana, y tan solo tenía diecisiete años de edad, habiendo ya vivido tanto. De piel tan blanca y cabellos negros, como Blancanieves. Desató en lágrimas cuando la llamaron a reunión con el jurado. Hablaba bien el inglés. Y hasta su lenguaje corporal era agradecido. El solo escucharla inducía un ligero apetito de abrazarla. Extrovertida ella, hacía contacto visual con cada integrante del jurado, mientras se le hablaba, sin dejar de frotarse las manos. A poco acabaron la breve entrevista, Vicente fue con ella hacia el comedor, sentía que sus ojos amparaban un secreto. Esa niña, clamaba amor a gritos. Con ligereza se soltó la trenza, y pasó ambas manos por la cabeza, tirando el cabello hacia atrás, como despojándose de una atadura. Nació en Santa Clara. Relató que desde la infancia bailaba ballet en un instituto del barrio. Apasionada por la lectura y la danza bajo la sombra de las arboladas que la amparaban del sol fogoso durante aquellos veranos, leía cuentos. Y en las nochecitas bailaba en la plaza pública de La Habana. Una aurora, dos años atrás, junto a otras catorce personas se subieron a una balsa, echándose mar adentro. La travesía duró tres días perennes e indelebles. Y desde entonces vive espeluznada por las aguas azules.

—¡Ahora solo desde lejos, es que con ese trauma nos quedamos los balseros! —exclamó—. Trabajo en la cafetería de la esquina, y desde que leí el cartel de la audición ensayaba cada noche al salir del trabajo la "Danza del Fuego", con la que gané un premio en Cuba, y todavía puedo ver la cara de mi abuela en primera fila rebosante de orgullo. Y a pesar del tiempo, aun me estremece. Ella me apoyaba en mis sueños, me llamaba "Ángel". Pero el día que se fue de este mundo se llevó mucho de mí, como también me dejó su todo. Su muerte me dio la fuerza para subir a esa balsa. Emprendimos la osadía quince personas, entre los cuales dos murieron. La provisión de agua era exigua, entonces Lázaro se inclinó a beber la salada, cuando un tiburón lo feneció, comiéndole la cara. Y mira que he visto atrocidades, pero como aquella jamás. Vaya destino el del pobre viejo, que sin cumplir su sueño murió. Si bien, él siempre repetía que pertenecía al mar, aunque harto lo lloramos, no fuimos capaces de arrojarlo de la balsa. Y con el hedor de su carne fermentando, y el alma hecha trizas, seguimos viaje. Y a la adversidad no le bastó esa sátira, puesto que Carmelita, la hija de Maylen, se adoleció de un modo extraño, y la fiebre no le bajaba, hasta que en el segundo día tuvo una muerte súbita, creo que es esa a la que llaman "Muerte Blanca en los niños". Y eso fue desgarrador, porque para cada pérdida se le ha conferido un epíteto. Viuda, huérfano, pero para el vacío que te deja la defunción de un hijo no hay adjetivo que lo pueda describir, ni oro que lo pueda llenar. Las lágrimas que derramé en esos días quizás serían las que se lloran durante toda una vida. A la sazón, los que sobrevivimos, siguiendo la cruz del sur nos entregamos a la buena de Dios y aquellos océanos vastos. Insultando a la ambición, y otro tanto a Cuba, creyendo que de no habernos marchado, la desgracia no nos habría alcanzado. Y cuando la corriente nos llevó hacia Méjico, fuimos capturados por cinco hombres poseedores de armas blancas. Que nos robaron lo poco que teníamos, amenazándonos de muerte. Y sin más remedio, antes que morir, asentí una violación, al unísono por cuatro de ellos. ¡He pasado por tanto para llegar aquí! Y disculpe usted, señor, apenas me preguntó por qué vine a este país, y sin ni siquiera conocerlo le he confesado tanto. Tampoco vaya a creer le quiero inspirar lástima. Pero sí deseo la beca, solo cuando bailo me siento feliz, olvidándolo todo.

Y con esa frase Ileana puso fin a sus confidencias.

Precisaba aislamiento para acomodarse por dentro. Anduvo hacia la playa a oír no más que la cacofonía del agua, esa que asustaba a Ileana, y a él, le devolvía la calma. Pasaría la noche allí, hasta que fuese la hora de marcharse al aeropuerto. Absorto de ese cielo portentoso teñido por el blancuzco de sus nubes, tuvo una impresión liviana, como si de repente un hálito se hubiese llevado todo, dejándolo en un estado sereno. En paz consigo mismo, contemplándose desde adentro hacia afuera, solo siendo Vicente, ni de aquí, ni de allá. Es que no imaginaba palpar el privilegio de su vida sin viajar, ni que cada día fuese igual al de ayer. Y desde lo más hondo se estremeció hasta las vísceras por el genocidio humano. El agua le rozó los pies, y se sentó en la costa como lo hacía de chiquillo. Apartándose de su palpitar volvió a la artimaña del arcano pertinaz, aun entre mucho sufrir, los inmigrantes están aquí. Por otro lado, pensó en la chica que veía a menudo en el gimnasio, y cada vez que Vicente le preguntaba cómo estaba, ella se quejaba del viento, del cielo nublado, y del cansancio, nunca le respondió que se encontraba a gusto. Según contaba, allá en Jalapa, tenía un buen pasar, como hija de un burócrata del gobierno guatemalteco, pero si en abundancia vivía ¿con qué fin vino a California a lamentarse y contar los centavos? Qué acertado le sería escuchar a Ileana, que no se queja. ¿Por qué la gente vino a un país donde nadie los invitó, criticándolo todo, siendo tan infeliz? Y con el rompecabezas pendiente, se durmió sobre la arenisca mojada. Unos gritos lo despertaron, y vio cómo la gente corría por la playa muy cerca de él. Todavía era de noche, se incorporó y pudo ver a unos zambulléndose al agua, de súbito las sirenas, y un helicóptero que lo aturdía e iluminaba el océano. Fue de prisa hacia la muchedumbre, poniéndose al corriente de que buscaban a unos cubanos que habrían llegado en balsa a Key West, pero otros seguían en altamar habiendo atravesado el puerto de Miami. Cuando de súbito unos tres entre nado y alaridos asomaron sus cabezas en medio del mar, mientras rehuían ser tocados por las autoridades que desde unas lanchas los circundaban. Y una mujer que estaba de pie junto a Vicente, exclamó:

—¡Que los dejen pisar tierra! Porque cierto es que nosotros, los cubanos, una vez ponemos un pie en suelo estadunidense somos amparados por las leyes migratorias, pero peligrando la vida. Y si nos agarran en agua, somos deportados a Cuba, marchando presos.

Y tanto alboroto ponía los pelos de punta a cualquiera, aunque apenas fuesen las dos de la madrugada. Vicente pensó en Catalina, puesto que lo invadió la impotencia. Solo cabía quedarse ahí en medio de ese gentío, a ver quién ganaba la batalla del poder por encima de la libertad. Y al cabo de un rato un hombre, con aspecto raquítico, a duras penas llegó a la costa e inmediatamente fueron tras él paramédicos y policías. Otra vez la voz de la misma mujer soltó:

—Se ha salvado uno, faltan otros dos, que el favor de Dios los acompañe. Ay, muchacho, es que esto me abre la herida que cerré hace 20 años cuando llegué. Y nada cambia, esta cantinela de los gobiernos que cobra tantas muertes me tiene harta.

Mientras él, enmudecido, le apoyó su mano sobre el hombro. Más tarde los guardavidas arrimaron un cuerpo tieso a la costa, y por más que intentaron revivirlo, no se pudo con la hazaña del destino. El joven se hubo ahogado teniendo solo unos pocos años. Todo sucedía con la prisa y pausa de las tragedias, que es ahí donde asumes que basta con un leve parpadeo para que el vagón se desprenda del tren donde ibas andando la vida. Como dijo Ileana, habrá penurias, pero ninguna peor que ver fenecer a un niño. A los lejos, bajo la luz radiante del helicóptero, se avistaba los brazos del tercero, que ojalá llegara sin que la debilidad lo rindiese, pero ni en esa ruina dejaban de atosigarlo los mandos que hacían el cumplimiento de la ley. Y la gente no paraba de llegar al lugar, el suceso unió la sangre latina en una cubana vivaz, que clamaban justicia hacia una libertad que desconocen.

Sin embargo, rodeado el hombre, a pasos aletargados salió del agua echándose de boca a la arenilla, y en el último aliento vociferó: ¡Que viva la libertad!

Aunque tras él cayeron dos uniformados, lo apresaron por detrás con unas tiras plásticas, las mismas con las que se ata a los criminales. La multitud ovacionaba esa llegada, mientras que acorde, algunos suspiraban, puesto que se llevaban el cadáver del niño. Y Vicente caviló la grandeza del espíritu, ¿cómo es posible que en las condiciones más pavorosas aquel hombre aún agradeciera la libertad? Alejándose taciturno cruzó la calle hacia el hotel. En la entrada vio a Laksh, quien al parecer tampoco hubo dormido, ya listo con su maleta. Lo saludó al pasar, y subió hasta el cuarto a recoger la suya. El reloj marcaba las seis de la mañana, hora de partir. Y de camino al aeropuerto Katiuska lo advirtió ensimismado, diciendo:

—Te noto muy místico hoy, como si una parte de ti se quedase aquí, ¿es que no deseas regresar a tu casa?

—Certera tu observación, mujer, me he renovado bajo este cielo, por ello es por lo que mi corazón se queda aquí. Hoy supe que, de no haber venido, ni alejarme de los ajuares insípidos de mi espacio jerárquico, tampoco habría descubierto tanta verdad, y que en ocasiones he sido ingrato.

Ella le devolvió una mirada de asombro, y entre el hilo de un suspiro le expresó:

—Bien, anoche decidí que la beca es para Ileana, ojalá puedas visitarnos en la academia, me ha colmado de alegría el que nos hayas acompañado en el viaje.

Así que él soltó un grito de júbilo:

—¿De veras? ¡Bravo por ella! Ay, mujer, me llenas el corazón, esa niña tiene un ángel.

Tres días que pueden cambiarte el modo de apreciar la vida, que siempre ha sido, es y será la misma. Solo basta con dar oídos al llamado que se te ha hecho cuando abriste los ojos. Ese que desalineas andando los caminos ajenos. Aunque de lo errado y certero esté hecho el hombre. Palpitando esa emoción llegó a casa. E hizo ritos de los detalles cotidianos, esos a los que ejecutamos de manera instintiva. Se dio el tiempo para sentir el agua correr por la entereza de su cuerpo, abrió el ventanal, y envuelto en una toalla, se sentó en el diván a contemplar cuanta más gota pudiese de la lluvia encantada que caía. Añoró hacer de ese instante eterno. Uno al que, solo cerrando sus ojos, tuviese el privilegio de resucitar. Sin saber cuánto duró aquel hechizo, advirtió que dejó de llover, y la tarde se pintó preciosa de color grisáceo, con el retoño súbito del arcoíris. De quedarse allí abriría las remembranzas, menos consiguió dormir. Entonces, poco antes de prorrumpir esa armonía, salió de caminata entre los charcos que formó el aluvión. Exaltar esas proezas de la niñez lo entusiasmaba, avivando unas memorias que jamás se esfuman, que siempre te esperan allí para hacerte sonreír. Y entre su jugueteo vio a Hannah limpiando su jardín. Quien desplegaba inspiración en toda tendencia.

—¿Cuándo me visitas, Vicente? —indagó.

Y él, que se lo hubo prometido durante meses, contestó:

—¿Te parece ahora?

Así que entre ambos juntaron las bolsas con hojas caídas de las arbóreas, y entraron a la sala. Ella era un poco menos bella que una estrella, su cercanía como su sonrisa entrañable, eran una complacencia. Una joven pianista, quien se mudó de New Orleans hacia Los Ángeles para hacer de su diario vivir una nota musical. Si bien mantenía atareada constantemente, desde casi dos años hasta el sol de hoy, ella para rebosar el alma en cada oportunidad que le fuese posible tocaba en el hospital para los enfermos terminales los domingos. Es que decía: "La vida es la gestación de la muerte, y en ese soplo en que nos desglosemos de la identidad que nos fue prestada, el viaje será liviano por la energía que se hubo acumulado, y cuanto hayas dado." Y aunque para Hannah sus manos un todo encarnaban al apoyarlas en el piano, ninguno éramos el trabajo que hacíamos o las cosas que poseíamos, más bien éramos lo que dejábamos al irnos. Por ende, el arte de dar la revivía y esas personas le enseñaban harto, como la excelsitud de morirte con una sonrisa en post de gratitud al regalo que se te hizo de estar aquí. Hasta entonces, solo creaba y se volcaba en unas teclas, nada más lejos que pronunciar "gracias", al terminar un concierto. Pero un buen día quiso dar principio a la práctica de comunicarse con las palabras.

—Es que he hablado muy poco, en mi juventud siempre hubo alguno que lo hiciese por mí, y conforme fui creciendo, pagaba a alguien para que hiciera esa labor —añadió—.

Como si el hecho de tocar melodías fuese la entereza de la vida. Hasta que una mañana, detuve al aíslo de la mudez, y seguí el instinto de hablar con una enfermera, en vez de tan solo dejar las risibles donaciones, e irme como alguien que no tiene penuria alguna. Y ¿dónde he censurado mi voz estos años? me dije apenas entré al comedor del sanatorio, y dialogué con Renata. No podría regresar al silencio, aquellas voces me han hecho despertar. Y desde ahí cuando me contaban que si tuviesen más tiempo lo dispondrían para abrazar y reír, compartir mucho más con los seres queridos. No seguir viviendo para adentro, hasta el último suspiro. Entonces aquellas palabras dieron lugar a un renacimiento. La humanidad entera anhela lo más importante al instante en que salimos del caparazón del trabajo que desempeñamos esa jornada, ninguno de nosotros ahí pensamos en subirnos a un yate o manejar el mejor auto. A gritos clamamos contención, y todo lo que atañe al amor. Lo mismo que cuando nos ha venido a buscar la muerte.

Todos deseamos eso que no se compra, lo que no tiene precio, como el cariño de la familia, una sopa caliente hecha por la abuela, la sonrisa de tu hijo, el consuelo de tu madre. Y antes, yo no lo concebía así. Más trabajo tenía, y más buscaba. En mi foro interno eludía la intimidad, porque pensaba me inhibiría la inspiración para mi carrera, es que no sabría cómo respirar sin la música. Mientras más dinero ganaba, más quería para ahorrarlo, pensando que en él estaba mi seguridad. Y de no encontrarme atareada con los conciertos y pagando mis impuestos, ese silencio de los momentos libres me asustaba, mortificándome hacia dónde podría ir, entonces me infligía tormento con algún vicio, y añorando el pasado. Así de desacertada he vivido, hasta que un solo movimiento, el abrir mi propia ventana del alma, lo cambió todo.

Hannah se destacaba de manera pulcra en sus dones, y adoraba vivir en la simpleza. Todo lo hacía con esmero.

Aunque se conocían desde años, ahora que ella estaba al corriente del giro de la carrera de Vicente se empaparon en ese argumento. Y como de la nada, ella soltó letra sobre su privacidad. Un buen día ya no se vio más al marido, pero él, discreto, nunca le preguntó algo. Resultó que Roger y ella se conocieron en Jamaica, y a poco fueron las nupcias. El idilio duró unos cuatro años. Y aunque juntos se los veía felices, dentro de su enamoramiento, ella revelaba una fase algo sumisa a su lado, como de quien convive con ansias. Hannah relató que ya hacía un año que él se fue.

—Es que cuando una mujer es indeleble, el poco respeto por sí misma se deja entrever hasta en el modo en que camina. Y se desenvuelve con actitud de reverencia hacia el hombre por poco que haga por ella, como deudora de todo. Y a la locura que ello te arrastra, es repudio. ¿Sabes que me casé con Roger para que obtuviera la ciudadanía pensando que también él me amaba? Pero ahora veo que fue un sainete, a poco consiguió su residencia mostró las garras escondidas. Se ausentaba con frecuencia, escondía condones en las maletas como prueba de su perfidia, y a duras penas me hacía el amor. Así que discúlpame, Vicente, pero mi opinión en cuanto a los inmigrantes contradice a la tuya. Me siento la persona más utilizada del mundo, de no haber sido norteamericana, Roger nunca se habría casado conmigo. Puede que existan algunos desprendidos, pero los aprovechados a poco luego nos despojan como harapo viejo.

Y a súbito, ella hizo un silencio prominente, levantándose del diván con ahínco. Elipsis que rompió golpeando las teclas del piano, dando vida a una melodía aguda, como reseña de la inquina que todavía le corría por las venas.

Vicente, consternado, llenó las copas con vino, y se sentó en la misma banca junto a Hannah, mientras tocaba como fuera de sí. Aunque vulnerable rebosaba su beldad. Él la vio más preciosa que nunca, y seducido le tocó los cabellos, entendiendo el motivo por el cual se negaba a entrar en su casa desde que ya no la vio junto a Roger. Y uno con el otro se miraron, a súbito se detuvo el sonido del piano, y con pasión se besaron. Es que, al parecer, al unísono se estuvieron deseando tanto. Entre no más que resuellos de placer, y el encanto del silencio, hicieron el amor durante horas. Y con su torso tendido sobre sus senos, Vicente fue acogido por un atisbo de felicidad. Mientras Hannah, perceptible, lo acarició en la espalda diciéndole:

—Nos hemos estado esperando, ven aquí.

Y los asombró el alba, con un estremecimiento mutuo. Instante en el que el único pensamiento que te roza la mente es un apetito de fundirte en los brazos del otro, entregándote desde adentro hacia afuera, sin reflexiones, sin pasado, sin nada más que el palpitar que te incita a quedarte ahí, enalteciendo el ahora. Algo que no le sucedía a Vicente por largo tiempo. Al mirar el reloj tomó contacto con la realidad que ya eran las nueve de la mañana, y sin dejar centímetro de la piel de Hannah la recorrió con sus labios, para luego irse como chaval enamorado, entre saltos por la vecindad, sumido en la inspiración a la que el romance te eleva. Al apoyar la llave en la puerta de su casa, fue abstraído por la belleza del rosal del jardín, que de seguro nunca hubo mirado antes, y caviló: ¿Hasta qué cima este idilio me hará volar?

Gaspar estaba sentado al muro que separa la playa con la pasarela de Veneice Beach, sujetando un lápiz que punteaba sobre papel, seguro lo hubo visitado la musa. Esa doncella que se escapa y llega a su propio placer. Vicente se le paró al lado, y el otro al verlo se incorporó de un brinco.

—Hola, mi hermano, ¡qué bueno verte!, y por la sonrisa que traes, una alegría le has dado a ese cuerpo —exclamó.

Su amigo le dio un abrazo, y entre sonrisas, respondió:

—Te cuento luego, ¿tomamos algo antes de alistarnos para el programa de hoy?

A rato estaban en la cafetería de Tomás llegó Karla, y detrás de ella un tipo de tez blanca, con rugosidades palpables en su rostro afligido, quien estaría rasgando sus 70 años. De caminar lento, arrastrando las piernas, abatido, se acomodó en el medio del salón, y deshizo la envoltura de los cubiertos sobre la mesa, para secarse el sudor con esa servilleta. Mientras Karla salía del cuarto de baño, y antes de seguir hacia los muchachos, se detuvo ante el señor. Hablaron por unos minutos, y después ella a toda prisa buscó un vaso con agua, volviendo hacia él, arrimó una silla a su mesa y se sentó allí. Premisa que tenía intrigado a Vicente en la otra punta del salón. Hasta que de repente, ambos se dirigieron hacia la mesa de los muchachos. Ella introdujo al mismo, quien se llamaba Barney, un americano de Ohio, quien entre lágrimas y tembleques, intentaba relatar su pesadilla. Se sentía perdido, puesto que no conocía a nadie, ni la ciudad. Y Karla hubo sentido su desesperación al mirarlo, por ello fue por lo que lo aproximó. Resultó que el buen hombre condujo desde Ohio hasta Los Ángeles para encontrarse con su amigo de la escuela. Nuncio y Barney planearon unas semanas de aventuras, pero la cuita del destino no lo hizo posible. Un día antes de que Barney llegase, Nuncio tuvo un accidente, y falleció. Y sus revelaciones dejaron boquiabiertos a los muchachos. Mientras éste, maravillado los avistaba. Es que hasta entonces desconocía esa parte de su país, la amenidad de lo disímil, la asonancia del español, los sabores de Latinoamérica. Ya menos angustiado, dibujó una sonrisa, le extendió la mano a Karla, y dijo ella era su querubín. Y en cuanto era la hora de aprontarse para el trabajo, le invitaron a quedarse con ellos, dejarlo solo sería un perjurio.

—De veras —exclamó Barney—. Es que han de entender, chicos, soy un americano torpe, y solo deseo morirme. Todo esto es una pesadilla, y en el medio los encuentro a ustedes que están llenos de vida, y voy a estar en la grabación de un programa. Sin duda acá está la mano de ese Dios que me devolvió con vida desde la guerra.

Y entre su ánimo versátil, soltó una carcajada que fue contagiosa entre el resto. Desde la preparación del escenario, Vicente contemplaba al caballero, quien figuraba un padecimiento solitario de una carga tenebrosa, aun así, con una expresión desconcertada en su rostro por la benevolencia que lo rodeaba. Allí, humildemente sentado junto a Karla, hechizado por su belleza. Y pensó qué factible es darle felicidad a alguien con un pormenor, después de todo a Barney le sucedió lo que a todos nosotros. ¿Dónde será que los seres humanos nos prendemos de una usanza, aferrándonos a ella con frenesí, clausurando las puertas que le den acceso a lo nuevo? Aun suspirando por un acontecimiento que cambie nuestras vidas, pero qué sentido tendría probar, si en la comodidad de lo familiar se está mejor. Al nacer todo es inédito, pero conforme crecemos, precisamos una rutina, un algo que nos refleje confianza. Esa que, aunque tediosa, exprese el nombre que se nos dio. Y muchos mantienen las puertas abiertas por decreto propio, pero para casi todos, la apertura llega cuando la vía que recorría el tren de sus vidas es devastada. Y entrar en lo ignoto ya deja de ser voluntario, es forzoso. Barney había comprado refrescos para el equipo entero, como bien para muchos de los artistas de la playa. Y terminada la salida al aire, se hubo inmiscuido entre los trabajadores echando mano a recoger los dispositivos. Dibujaba una sonrisa, entre otro poco soltaba un gemido por los dolores de sus limitaciones físicas, mirando por el rabillo del ojo cada movimiento de Karla. Por su lado, Vicente no cesaba el develar su aura, que lo confundía. Se le acercó, y le dijo que mejor descansara, mientras el hombre hizo caso omiso. Y agregó:

—No tengo a dónde ir, estar aquí es Disney World, imagínate cuando les cuente a mis hijos que estuve con artistas, y en la escena de un programa de televisión.

Vicente le estrechó la mano, y siguió a responder el llamado de Peter. Cuando supo también, Hannah lo llamó, y ahí apreció que el corazón se le inundaba de conmoción. Todo sucedió a velocidad, el viaje, el trance que experimentó en su casa, el contacto de piel con ella, el trabajo, y la aparición de Barney, que en ese preciso santiamén, caviló en que ya hasta ni recordaba la última vez que recibió un llamado de alguien que lo movilice. Todavía abrigaba su aroma, y pensarla le avivaba el deseo de correr a buscarla. Pero Gaspar lo abstrajo de sus fantasías señalando:

—Seguro olvidaste que esta noche es la fiesta de celebración por el aniversario de Veneice.

—Claro, ese ha de ser el motivo del llamado de Peter —rebatió Vicente.

—Pues ni te preocupes, mi hermano, tú ve para regresar luego, que hoy es mi día libre de trabajo en el restaurant, yo me encargo de los detalles de desmantelar el escenario, eso sí baja del limbo —le dijo Gaspar, que a todo le sumaba humor.

Vicente le dio palmadas en la espalda, y salió a todo dar hacia el canal a entregar informes. Tal vez era muy pronto, si bien se conocían desde hace algunos años, jamás hubo entrado en su intimidad, y así de talante inesperado. Pero las horas en que se amaron no se iban de su mente. Al dejar el agua correr por su cuerpo, le ardió la piel en sed por Hannah. Y pensó en sus palabras, el artista es egoísta con sus espacios, por ello recela la llegada de alguno. Y si ese entra a su casa, puede que se lleve harto tiempo que pertenece a su musa. Cuando el artífice no puede crear se le oprime el pecho. Aunque a veces cruel, precisa de la soledad y el silencio junto a su poesía. Solo en su mundo de torbellinos y paz el artista es capaz de soltar, soltar y crear. Abrazándose a la eternidad de ese ahora, y que nadie vaya a interrumpir la luz de su obra. Para él, un solo día sin crear es como no respirar. Siempre que le falte espacio y tiempo, o la musa no se presente, será un palpitar a medias, así como el sol del invierno que entibia y no calienta. La llamó de camino a la fiesta en la playa, dudó en invitarla. Es que quería disimular ese alucine por ella frente a la gente. Vicente era reservado en lo que a su intimidad atañía, aunque para los demás ponía en tela de juicio su masculinidad. Ya él se despojó de las prudencias sociales. A modo inteligente, precavía los interrogatorios. Tan solo le pasaba lo que a todos, que por temor al después, se perdía del ahora. Nutrió sus entrañas al escucharla. Y antes de cortar la comunicación con ella, sin pensarlo exclamó:

—I miss you.

—Me too, I wish you were here —respondiendo ella.

¿De dónde ha nacido esto?, él pensó. Vaya que Veneice Beach te magnetizaba al igual que la tarde en que miró a Hannah, aquella noche, lucía más hermosa. Al llegar a la quinta calle, donde encontraría a sus feligreses, el primero que gritó su nombre fue Barney. El tipo permanecía ahí, ahora de porte galante, y cargaba con él una cesta llena de artesanías. Es que, a modo benevolente, hubo comprado a los artesanos. Aproximó a Vicente como un amigo de antaño, y le hizo entrega de medallas de honor que conservaba. Le dijo eran sus amuletos de buena estrella. Él, atónito, buscó a Karla. En fin, el hombre no se le hubo despegado ni un minuto. Y ella relató:

—Me apena, él se siente maravillado con nosotros, así que cómo iba a decirle que se marche.

—Él está maravillado contigo mujer, no con nosotros. Ya se ha tejido toda una fantasía en su mente. Has de saber a estas alturas, que los estadounidenses disciernen en pensamiento a los latinos. Viven en un hermetismo tan inmenso, que muchas veces, para ellos el mero hecho que le demuestres algo de carisma, ya lo interpretan como que tienes otro interés, ¿comprendes? —rebatió Vicente.

—No te vayas a preocupar, querido —respondió Karla con carcajadas.

Barney saboreaba whisky como si fuese el último día, pidiéndole a Karla no le permitiese beber demasiado, sentado entre algunos de los aledaños. De a momentos se ponía de pie, y bailaba de lado, alzando el vaso al cielo. Avanzada la noche desató confesiones profundas. Tenía 58 años, que representaba muy mal. Usaba sujetadores en ambas rodillas, su postura era inclinada, sordo de un oído, y carácter vulnerable. Deficiencias que le atribuía a la guerra en Vietnam. Contrajo nupcias cuatro veces, con el saldo de tres hijos, que terminaron en divorcios costosos. Se sentía totalmente arruinado por las pérdidas humanas, y no cesaba de repetir: "I heat my life, just want to die." Ahí brotó su negatividad, esa porción de su aura que a Vicente lo consternaba. A poco añadió que la culpa de haber matado inocentes o culpables en la guerra lo atosigaba, entonces su modo de alivianar aquello, era la dádiva hacia el prójimo, sin personificar a nadie.

—Ignoraba de vuestras existencias, ustedes los latinos, allá en Ohio somos todos "gringos" — agregó—. ¿Y por qué viven en un país donde ladrones, drogadictos y vagos se paran en las luces de semáforos mendigando, con un cartón colgado al pecho que dice "God Bless you", ¿será que conocen a ese que mencionan, a ese Dios?

Enunciado que dejó pasmados a quienes lo escuchaban. Barney, a pesar de su demencia, hablaba de Dios. Y siguió:

—He tenido una buena vida, y Dios me salvó en la guerra, aunque enclenque, he vuelto entero. Y dime, Vicente, ¿qué puedo hacer por ustedes, hay algo de un veterano solitario que le sea útil, chicos? De no morirme ahora, quisiera vivir acá, en una barca o bien algún furgón de esos, y a pronto me opere mis rodillas recuperar mis fuerzas e irme mar adentro a cazar cangrejos.

Para Vicente, aquella energía del buen hombre era excesiva, cierto era que estaba deshecho, pero verdad contenían sus reflexiones. En algún punto furtivo, él mismo convenía con Barney. Meditabundo se apartó del grupo. Incitando al silencio que lo acompañase hasta el encuentro con las estrellas para alcanzar la sabiduría de ese espejismo al que llaman balance.

Esa madrugada se durmió con el brazo extendido hacia el sobrado de la cama, como si con el deseo bastase para abrazarse al calor de su silueta. Y entre suspiros titubeó en caminar esas pocas cuadras para buscarla. Tampoco volvió a llamarla. Sumido en deseo lo atrapó el sueño. Y a horas tempranas Peter lo despertó.

—Te necesito conmigo en New York en dos días, amigo. Te harán una entrevista junto a los presentadores destacados del año, y revisaremos la oferta de la competencia para otros doce meses al aire con una paga doble —le dijo—. No te vayas a preocupar por la grabación de la semana entrante, ese día televisaremos el reportaje. Ya te compré los boletos, te veré en el hotel a las dos de la tarde el miércoles —y cortó.

Vicente se incorporó de la cama, miró el reloj, siendo apenas las seis y treinta de la mañana. Anduvo hacia la cocina por agua, y se detuvo frente al espejo de la sala, mirándose firmemente a los ojos, diciéndose: "Yo, ¿presentador del año de un programa ajeno, otro viaje, y a dónde van mis sueños? Porque por más que crezca, los tengo metido hasta las raíces. ¿Hacia dónde va el tren de mi vida? Solo en la naturaleza podría hallar las respuestas, o bien seguir el viaje".

Con rapidez se vistió y hacia el parque fue, a fundirse en la puesta del sol. Ese astro solemne que sin esfuerzos nacía como fenecía cada día. Y apenas culminó su nacimiento, llegó un joven que con parsimonia abrió su puesto de bicicletas. Mientras solfeaba alguna canción, Vicente fijó su mirada aún algo encandilada, hacia la fuente, ensimismado otra vez. Cuando a súbito oyó una voz muy cerca que cantaba "Lay down a list of what is wrong, the things you had told him all along, and pray to God, he hears you." Al voltearse, vio al muchacho detrás de él. Desorientado, le preguntó:

—¿Cómo se llama esa canción?, ¿cuál es tu nombre?

—*How to save a life* —me llamo Arí.

Y como un augur leyendo sus pensamientos, sonriente, ataviado con prendas blancas, inquirió:

—¿Qué le sucede, señor?, no se preocupe, cada vez que le dé más valor a la mente del que ella tiene, escápese a su jardín interior. Ya ve que el sol le ha revelado el camino a seguir.

Y con un caminar lento sumido en el tarareo se alejó a vaciar su paraje. Dejando a Vicente atónito, y una sensación serena, como si el muchacho en su andar se hubiese llevado el peso de unas piedras. Cerrando los ojos se dejó llevar con cada gota de agua, y al reaccionar de aquel estado, fue hacia el puesto de bicicletas en busca de Arí, pero otro le dijo ya se hubo marchado.

—¡Tan rápido! —reclamó Vicente.

—Sí, debía ir hacia el otro parque, este es mi lugar de trabajo, mi hermano solo vino hoy. Él es un gitano, anda de aquí para allá. Dice que cada alba le declara el camino a trazar ese día. Y si usted habló con él, ha de haber sido por algo especial —añadió.

—Vaya que lo ha sido —respondió Vicente—, y ¿cuándo puedo verlo otra vez?

—Ay, eso no lo sé porque se va para India mañana —le confesó el chico.

Quizás como salido de aquel trance después de la lluvia, o nunca antes, volvió a su casa. Había detenido la fatalidad de pensar, solo sentía no menos que amor. A poco recuperó el raciocinio, abrió dos interrogaciones. ¿Quién envió a Arí, por qué sufro yo? Y sin amplio espacio para esos testimonios, como por arte de magia recordó a Catalina, entonces se puso al corriente de la fecha de hoy, no en vano la pensó. Era el día del juicio, llamó a James, y a toda prisa salió hacia el tribunal. En el camino canceló su junta con Aretha, el trabajo podía esperar. Si al final de cuentas, bien como dijo Renata, éramos lo que dábamos, y a quienes queríamos, no los títulos ni las posesiones triviales.

Al entrar en la corte que jamás hubo pisado en su vida, un temblor le sacudió todo el cuerpo. Prudente se sentó al lado del abogado, y en la misma banca constaba una pareja con un niño que apenas caminaba por lo pequeño. Y les sonreía a todos, mientras Vicente pensó en la pureza de la infancia que te absorta de espacio y tiempo. De repente policías abrieron una puerta y comenzaron a escoltar a los detenidos con vestuarios color anaranjado, eran catorce personas. Él, en su nerviosismo de no ver a Catalina se puso de pie, e inmediato un oficial le exhortó sentarse. Para entonces la última que atravesaba aquella puerta era ella. El oficial que la escoltaba le puso un cuaderno en su regazo al santiamén que se sentó junto a los otros. Y el verla vestida de ese modo, y con las manos atadas, se le estrujó el corazón. Y ahí fue consciente de cuánto la quería, contuvo las lágrimas, y se secó el sudor de las manos en el pantalón. Buscaba que su mirada convergiera con la suya, pero ella, con los ojos perdidos en la pared como alguien que está fuera de sí, no sentía la energía de él, y esos deseos desenfrenados de llevarla muy lejos. A pesar de aquellos meses de cautiverio, Catalina resplandecía entre ese gentío y seguía siendo impecablemente bella. Otra puerta se abrió, se acató silencio voraz, todos se pusieron de pie y la magistrada entró a la sala. Vicente, que era devorado por los nervios, inquirió a James, pero él le sujetó el brazo diciendo que cuando fuese el turno de Catalina ellos podrían acercársele.

—Calma, amigo —le dijo.

Y se dio inicio al juicio. A esos se los acusaba de delinquir, por matanzas, tráfico de drogas como humano, violaciones. Pero ella no hubo más que comprado el documento de un muerto para trabajar, y la tirria abrumaba a Vicente que le exigía justicia a la vida. Hasta lo que llevaba vivido, eso solo lo había visto en las películas. La energía de ese sitio lo aplastaba, y caviló a lo que por amor uno es capaz de hacer.

"¡Si lo que siento bastase!", exclamó. Pasadas unas horas, se la llamó a declarar, y recién ahí cuando él se aproximaba, Catalina lo vio. Detonó en llanto, y mencionó su nombre, dejando que Vicente la abrazara, mientras como nunca jamás, se besaron en los labios.

—Esto es para ti, son las canciones que he escrito en estos ocho meses —dijo ella.

Y Vicente tomó el cuaderno y respondió:

—Te quiero tanto.

Comenzó la jueza con interrogaciones para que ella corroborase las causas por las acusaciones. Contundente, y sin amplitud a la intervención de James, aclaró las costas que tenía para la población retener a otro individuo en prisión cuando el caso no asumía envés. Prosiguió enfatizando en que la compra de documentos es un delito federal, y concluyó:

—El estado de California encuentra culpable a la señorita Catalina Betancur, sin privilegios de permanecer en los Estados Unidos, y la orden de deportación inmediata. Que se proceda a trasladar a la acusada.

El veredicto los desplomó. Catalina soltó gritos desesperados, mientras Vicente la apretó junto a su pecho rasgando lágrimas, con un afán de retenerla junto a él, sintiéndose el ser más inútil en la faz de la tierra. Un policía intervino a desprenderlos el uno del otro, y la llevó por la misma puerta que la trajo horas preliminares, cuando el espejismo del amor, junto a la fe, los hacía conceptuar que este hecho no sería más que algo para borrar de la memoria, y ella volvería a Veneice Beach, y desplegar sus dones en la gloria de la libertad. James, por su parte, intentaba calmar a Vicente, quien le exigió lo dejara solo. Así salió de la sala, enceguecido, hacia el cuarto de baño, sin contener el lloro.

Puso la casa en penumbras, que era el reflejo cabal de su alma. Apartó el teléfono, y todo objeto que lo comunicara con el mundo allá afuera. Le fue inminente estar a solas, zurcir los añicos de su propio mundo, amansar la furia, soltar el llanto hasta que la aceptación le rozara la piel. Por primera vez no le importaba nada más que lo que el mismo sentía por el dolor de Catalina. Y se dejó hamacar por la promesa del tiempo, ese bienhechor que absuelve. Bebiendo, echado en la cama valiendo nada. Y de mucho alcohol se adormiló, despertando entre luces, atormentado por ella. Salió al jardín, y se dispuso a leer las baladas que hubo escrito Catalina en la penitenciaría. Aquel ramalazo le afinó la musa. A ciencia cierta, en los reveses de la vida el artista prorrumpe sus obras magnas. Ellos, como ningún otro, aun desde la fuente del dolor encuentran amor, que es los huesos de la perfección. Y cada segundo en que logran crear es un regalo de la divinidad. Como respirar.

A poco continuaba la leída, más lágrimas brotaban. Vaya la proeza inusitada del destino, que entregó sueños a las paredes ascetas de una cárcel, y ató cadenas a las alas de un alma alumbrada con talento. ¿Qué será de Catalina de ahora en adelante? Y el tan solo pensar que no la volvería a ver le constreñía las entrañas. Acopió aquel librillo en su maletín, dando palabra de honor a las huellas que ella dejó en él, que aquellas canciones iban a trascender. Llenó otra copa con vino, miró a las estrellas que sujetaban el telón de la noche, cuando los espacios se cierran, y las nostalgias a llama viva se abren. Y exclamó: "Donde quiera que el tren te lleve siempre brillarás desde lo hondo de tu palpitar, doncella de cabellos dorados". Otra vez en la cama, cerró los ojos deseando un estado de ausencia lo rebosara huyendo de los reclamos de las rayas del alba. Los lémures le eran intolerables. Hubo despertado algunas horas más tarde, con una impresión resignada. Su cuerpo le resultó liviano, tal como si se hubiese desprendido hasta de él mismo. Preparó mate, y mientras bebía el primero cedió a la apertura del mundo que no espera, como si nadie muriera. Vicente, con su presencia inalterable, ante su ausencia despistaba a cualquiera. Gaspar, Karla, Aretha, tanto como Peter, lo buscaban. Otro poco ella, ese acaso amoroso que durante algunos años estuvo muy cerca, sin que él la viera, y hoy desde su entrega, lo estremecía hasta la médula del alma. Entonces consultó al íntimo temible que le conspiraba justo antes de encontrar a Arí en el parque. Y antes de hacer algo más la llamó. Precisaba del lenitivo de la ternura de su voz, que avivaba la quimera anhelada de un buen amor.

Lo que una vez lo sedujo, ahora le resultaba un hastío. Así de complejo preexistimos, deshaciendo el arnés de las sumisiones cursis. Hasta que tal vez la mitad de nuestras vidas se nos ha escurrido, y conocemos la verdad de la esencia, que al final de cuentas fue la intuición de la que rehuíamos. Ahí de pie en el aeropuerto, aturdido por los retintines sujeto al tiempo ajeno, mientras se ponía de nuevo los zapatos, pensó en cómo este trajín pudo haberle fascinado antes. Abordó, sentándose al lado de unos anónimos que si apenas inclinaron la cabeza, al parecer el saludar les demandaba un esfuerzo fingido. Y cuando las luces se apagaron y las puertas se cerraron fue consciente de que ahí no importaba quién fueras. Todos eran uno, dentro de un tubo metálico que se eleva para cruzar el cielo y atraviesa piélagos. Vaya santiamén aleatorio de tu vida que compartes con un gentío desconocido. Y a poco se detuvo el aeroplano, tomó los bultos y le cedió el paso a los apresurados que creen llevando a todos por delante llegarán más lejos. Anduvo entre la construcción, y los desvíos para buscar un taxi. Al primer hombre que le saludó afuera, éste le respondió: "Hace calor, pero qué más da". Por su parte, Vicente sintió aquella brisa exquisita. Llamó a Peter, y abordó el coche que lo llevaría a Manhattan. De haber estado en Los Ángeles, de un sopetón se hubiese bajado del auto. El chofer, a regañadientes, le dijo que las calles cortadas y el tráfico hasta allá serían un desastre, y a poco avanzaba tampoco paraba las quejas por todo. Pero a Vicente le fue indiferente, bajó la ventanilla y sentía el céfiro externo mientras añoraba a Hannah, y otro tanto pensaba en Catalina. Es que el desentrañar de la vida surgía a tanta prisa que apenas discernías entre un día y otro, pero las conmociones le eran insondables.

Llegó a la gran manzana del mundo, en la que detener la marcha pareciera negado. Edificios altísimos que si apenas le dan permiso al sol para rozar las aceras por la que la muchedumbre se despliega. Cada uno ensimismado, y a los que la luz del semáforo le merma el paso, se encubren con los teléfonos celulares. No vaya a ser que por accidente la mirada se cruce con la de otro al que el tiempo lo apremie más que a él. ¿Adónde es que van con tanta ligereza, y así entremezclados, pero muy aislados? Y cerró la ventana diminuta de su cuarto de hotel, porque la destemplanza exorbitante de las sirenas no cesaba. Peter se tardaría en llegar, así que tomó un baño y a poco se echó desnudo en la cama. Recorriendo en pensamiento la silueta entera de Hannah, y el efecto que su piel tersa le simbolizaba el idilio más glorioso que haya conocido jamás. Ella le hacía el amor sin que hubiese penetración, lo creaba con sus palabras, sonrisas y caricias inacabables. Si bien, solo nueve días de tenerla, y aún era muy pronto, le faltaba su presencia.

Él, ya hubo aprendido muy bien la trampa de coexistir en soledad, ahora deseaba aprender a estar con ella. A decir verdad, su hondo palpitar deseaba que la misma se quedase prendida al vagón del tren de su vida. ¿Y cómo es que la sombra proterva de Noah todavía me alcanza?, juzgó. ¿Cómo es que el engaño más mezquino de aquello que disimuló ser el gran amor desde su madriguera despiadada me espía, cómo es Dios que a pesar de su malquerencia la pienso, y cómo la lobreguez se atreva a rozar la luz de este nuevo amor?

Exhortó a los fantasmas que a solas lo dejaran, y pegó un salto de la cama, se vistió e iría a caminar por la calle 49. Ese lapso entre la siesta y la tarde le profesaba entrega y omisión. Y entre pasos lo cautivó la arbolada de la biblioteca pública, no recordaba haber visto el esplendor de ese color verde antes, y tomó fotografías. Cuando de repente le captó la atención una jovencita, al otro extremo del parque, que caminaba sosteniendo del brazo a una anciana, y la misma encantada en la conversación no advirtió los peldaños que tenía en frente y resbaló. Y pudo atisbar que ninguno se detenía a socorrerlas, más bien apuraban el paso evitando rozarlas. Él corrió hasta ellas, pero cuando llegó la joven de talante fuerte, ya hubo incorporado a la abuela, y no paraba de acariciarle la pierna, asegurándose de que tuviese todos los huesos a salvo.

Vicente le preguntó:

—¿Se encuentra bien, cómo puedo ayudarla?

La muchacha le sonrió respondiendo:

—Sí, gracias, ha sido un susto. Y sabe que ni esos hombres haciendo nada ahí sentados ni siquiera se nos acercaron, y otros por poco nos pisaban, mientras que usted llegó corriendo. Dígame señor, ¿cómo las personas pueden helar la sangre así, ignorar al prójimo, vivir desde la egolatría como en una isla? Yo no viviría aquí.

—Tampoco yo —le respondió Vicente, y las acompañó a entrar a la iglesia.

Se despidió de ellas, y salió de regreso al hotel cavilando en la introversión atinada de la chica, aun siendo dueña de una mirada resignada a su pasado afligido que grabó en las pupilas de sus ojos color azul, trasmitía un temple sereno, el tono de su voz silbaba paz, y al sonreír abría esperanza, quien por cierto era otra exótica belleza que vivía en la arcana Florida.

Ahí yacía Peter, un caballero de personalidad tangible y garbo, íntegro, al que, como a pocos, su devoción por la vida le retoñaba en los poros. Y Vicente, al verlo, se contentó muchísimo, tanto que hasta la idea de las entrevistas y entrega de reconocimientos ya dejó de parecerle un fastidio.

A poco se pusieron al corriente de menesteres financieros, entre unos aperitivos marcharon hacia el canal. Mientras, en el camino, el ejecutivo soltó:

—¿Eres consciente de tu éxito, de cuánto te aprecia el público, de tu pulcritud en el desempeño?

Y Vicente apenas le respondió:

—Solo tengo cognición de que el motor de mi inspiración es la gente.

—Pues mira. Eres talentoso, pero lo que decreta la victoria es el amor que se le pone a lo que se hace, tú lo tienes todo. Considero que "Aventuras" te pertenece a ti, te cedo mi programa, ya no me pertenece. Es un triunfo porque tú estás ahí. No me respondas ahora.

—Vaya que me conoces amigo —acató Vicente—, claro que no te responderé todavía, mejor entremos al estudio.

Y a súbito los recibieron como celebridades, dieron mano a la obra con el maquillaje, y en otro santiamén comenzó la entrevista, en la cual a Vicente le faltaban palabras para tantos rendibúes. Solo cerró la misma diciendo:

—Es demasiado lo que estoy viviendo, gracias.

Y la simplicidad era uno de sus atributos, tal vez el más admirado por la audiencia y sus colegas. Salieron de ahí hacia un restaurant junto al equipo que deseaba agasajarlo. Y él, entre tanto, la deseó ahí adherida a su piel, sin que detuviera tocarlo ni un instante. Dos días sin verla, entre nueve de los once en que hubo llegado, le era un laberinto. ¿Dónde el destino ostentaba su faena durante esos diez años, privándolos de tal efusión primorosa que hoy los une? ¿Cómo se puede estar tan cerca y lejos de esa mitad que te perfecciona? Y ahora que probó la fragancia de su piel, aunque los fantasmas de la malquerencia y las aprensiones lo intriguen, tiene la certeza de que nada de lo viejo puede ser mejor que lo nuevo, este cariño de ella lo enajena. Hannah es el designio ameritado en la belleza humana. Una mujer que como ninguna de las tantas que subió al tren de su vida, lejos de practicar el sexo en cada encuentro, aspira a descubrirle las entrañas. Innovando en él, que solo un alma como ella puede permanecer a su lado cuando la lujuria se apague y los cuerpos hayan dejado de ser jóvenes. Una que estaría ahí para tenderle la mano cuando no sea capaz de levantarse, caminando a su lado. Antes, cada uno de aquellos furores le fue en vano, pero ahora la entelequia de amor, y cuanto le corría por las venas lo desconcertaba. Descubrió que unos días no muy lejanos a la aparición de Hannah, él hubo sentido la acústica de "el llamado", como bien le dijo Katiuska ese mediodía. Una luz que le relumbraba adentro.

A súbito se detuvo el motor del auto que los transportaba, y junto a éste, su reflexión en cuanto a la realidad y el deseo. Mientras se adentraban al local, Peter atajó el paso, agarrando a Vicente con fuerza del brazo, a tanto otro poco se sostuvo de la pared. Los demás que se hubieron adelantado ni se percataron. Pero Vicente, despavorido, sujetó a Peter, quien temblaba como las hojas de un árbol bajo una tempestad, y hasta el matiz de su dermis lucía pálida. Lo sentó en la banca de la puerta del restaurant. Y con su propia chalina comenzó a secarle el sudor de la frente, cuello y manos. El ejecutivo le sonrió entre su temblequeo, aun si apenas era capaz de mantener los ojos abiertos.

—Voy a llamar una ambulancia —exclamó Vicente.

—Por favor no lo hagas —objetó Peter—, enseguida me repongo.

—Bajo ningún aspecto —replicó el azteca.

Y al tomar el teléfono, el otro tuvo el vigor de empujarlo, hasta escurrirlo en la acera. Estupefacto Vicente, ya con actitud arbitraria, le dijo que si hubo perdido la cordura. Pero, en ese instante, el otro, a modo infantil emitió:

—Llévame al cuarto de baño, muchacho, por favor, usemos la puerta trasera, para que nadie advierta mi estado deplorable, nada de médicos.

A la sazón le ayudó a que se incorporara, ya con la piel seca, sin titilaciones, y los ojos más abiertos. Una vez asilados, Peter se sentó en la letrina, pidiendo humedeciera unas toallas y se las alcanzara, prorrumpiendo su confesión:

—Todos vamos a morir, Vicente, mi guarida en Islandia fue para la gestación de mi muerte.

Hizo una respiración profunda, y ya más recuperado, prosiguió:

—Me detectaron cáncer de hígado un mes antes de encontrarte en el Grove, y de algún modo yo te estaba inquiriendo. Dicen que todo lo que buscamos está en un lugar esperándonos, y tú ahí estabas aquella tarde. En una época deseé vivir en Reikiavik, no obstante, jamás detuve el carrusel, tal como si el mismo fuese de un molinete eterno. Entonces bajo la presión de una huida inminente, también elegí Islandia para mi tratamiento de quimioterapia. Mientras tanto me extasiaba de la beldad de esas acuarelas, y de a poco iba desprendiéndome de las ataduras humanas.

Vicente, mirándolo fijamente a los ojos, y sin contener las lágrimas, le preguntó:

—¿Es que no me lo ibas a decir, he tenido que enterarme así?

—Discúlpame amigo, desde que tuve la certeza de cuándo será mi muerte desquicié en el cautiverio de mi dolor. Entre aletargadas noches en vela con la vanagloria de desenlazar el absurdo cuestionamiento: ¿Por qué a mí Dios? Hasta no mucho atrás que develé otra: ¿Y por qué no? Entonces renuncié a esa prolongación de muerte en vida e intoxicación que es la quimioterapia, volé hasta aquí para cederte el programa, deshacerme de unas posesiones, puesto que tampoco a ellas las cargaré en el ataúd y me marcho a Uruguay. Destiné San Ignacio para la finitud de mi vida, otro cobijo del cosmos en la que estuve con la prisa de un directivo, sin llegar a conocerla, deseando siempre quedarme allí. Y créeme que lamento la firmeza me jugara una mala pasada hoy, y trastabillé con mi propia mentira. Ahora, hazme el favor de disculparme, adapta mi corbata a la camisa y vamos a la mesa.

Peter le pasó la mano por la cabeza a Vicente diciéndole:

—Ni en el día en el que me vaya llores por mí, solo alégrate de tanto que uno al otro nos hemos enseñado, y de que nuestros caminos se hayan entrelazado. Una parte de ti me llevaré conmigo, y una mía se queda contigo.

El azteca se secó las lágrimas que le pertenecían a la infalible muerte, acompañó a Peter hasta el salón, esperó se sentara a la mesa, excusándose que debía hacer un llamado se dirigió hacia el callejón adyacente al restaurant. Y lloró con sentimiento insondable. Le resultaba inverosímil regresar adentro como si nada sucediera, pero no podía permitirse fragilidad ¿Es que de dónde extraía Peter entereza? Dio un alarido de tirria, entró por la puerta de atrás al cuarto de baño, se lavó la cara, exhortándose fortaleza, y al cabo de un rato fue capaz de reintegrarse a los demás.

Tal vez como la madrugada en que Josefina emprendió el viaje, entre mínimo durmió, despertó desvanecido, con la impresión de vacío irremplazable. Dio media vuelta en la cama, queriendo permanecer ahí, riñendo al destino. Añoró a Hannah, no menos que con la sensación de aferrarse a los vivos y entre el espejismo, decidió rezagar las obligaciones en Los Ángeles para quedarse al lado de Peter. Más tarde, desolado, anduvo hacia el cuarto de baño, dejó el agua correr permitiendo ese sonido lo solazara de la tragedia de su mente. Y con los ojos cerrados, como quien se resiste a las circunstancias, se introdujo en la ducha.

Fue a esperar a Peter al comedor del hotel, pero mientras este llegaba, la llamó a ella. Porque escucharla le era una celebración. Entre su alegría constante la percibió ensimismada en su obsesión con marcharse a Madrid, aunque nunca estuvo allí. Quizás lo creaba en autodefensa por la estadía extendida de él en New York. Si bien lo cierto era que Vicente esperaba en algún momento que Hannah ya abandonara esa idea. Sobre todo, ahora que él hubo afianzado sus raíces en Los Ángeles. Y a pesar de ese derramo de sentir por ella, fue dominado por la memoria de sus desidias, y el incienso de la muerte que se avecinaba, en vez de hacer caso omiso y pedirle que viniese ella a verlo, soltó los repasos del temor. Es que tanto sus nuevas ilusiones como la enfermedad de su amigo lo aturdieron. Junto a la pavura ansiosa de volver al horror de la soledad. Como fuera de sí, Vicente le señaló que mejor lo ponga al tanto de la evidencia de su mudanza, por otro lado, él ya no invertiría energía ni tiempo en alguien que se marchará. Es que ya de partidas tuvo exuberante. Desatando en Hannah una reacción en la que no tenían lugar más palabras que apelativos de querella, agregó ella:

—¿Tú me dices esto a mí, que eres un Peter Pan, quién es el que se va, y te has preguntado qué sucedería si en esos viajes conoces a alguien más interesante que yo? Nunca te he excluido de mis planes. ¿Acaso yo no invierto en ti? Eres tú quien hoy no está.

Dejándolo boquiabierto por la claridad, concluyó:

—Sabes que mejor terminamos este diálogo ya mismo, has de distinguir el presente, y que yo no soy tu pasado.

A la sazón, Vicente, que deseó haberse mordido la lengua, intentó disculparse, a poco caviló. ¿Cómo lo remoto nos evidencia las llagas, cómo la muerte tiene más peso que la propia vida, dónde extravié mi audacia? A ciencia cierta aquella renuencia atañía a Noah, solo que ya había dejado de amarla; sin embargo, todavía por ella sangraba. Y esa conducta lo hundió en su fallo de olvido. Y mientras recorría la maraña de su fábula, Peter lo asombró tocándole el hombro. Con la sensatez de que en el camino de la vida no hay tiempos para extensos duelos. Vicente, por su parte, se sintió el ser más mezquino. Es que ahí estaba frente a su amigo soslayando la muerte segura que tocaba a su puerta, mientras él caía en fullerías insípidas, que de tan reiterativas, ya eran un hastío. Conmovido, le echó una broma con intención de disimular su banalidad. Pero el otro, siempre astuto, exclamó:

—Mira, que es notorio no has dormido, y tienes cara afligida, con nombre de mujer.

—¡Pues nada que ver! —replicó Vicente—, ¿cómo te sientes hoy? Vamos a desayunar.

Y ambos se dirigieron hasta una mesa del comedor. A poco sirvieron el desayuno, le hizo saber a Peter que tomaría el programa, e incluso que se quedaría con él unos días más. Bajo actitud de extrañeza, el otro, ajustando los anteojos a su nariz, le dio una palmada en la espalda, y prorrumpió:

—Si volviese a nacer, sería más consiente de la muerte. Daría utilidad a las cosas por el lapso que me fueron prestadas con la convicción plena de que nada cargaré el día en que mi corazón se detenga. Daría camino libre de retirada a esos que una vez me lastimaron, con la sabiduría inherente de que las segundas oportunidades son un yerro, puesto que a ellas solo las otorga Dios. Bien cuando te arrepientes de una acción equívoca con intención de enmienda, o vuelves de la muerte. Si volviese a nacer, Vicente, no si tuviese más tiempo, porque el mío ya termina, así fue escrito, y otro poco lo he delineado yo con este rencor desatinado hacia mi padre que en mi niñez nos abandonó. Por los talentos de aquel hombre tragué tanta hiel infectando mi hígado hasta crear este cáncer. Y en tu mundo amigo, tú tienes el mando. Ya deja ir a la hebrea, todo fue como debió ser. Déjala bajo tierra, ocúpate de los vivos que para los muertos está el cementerio. Ábrete a la vida como ella te acogió el día que llegaste. Ya deja de pensar, solo siente, nada y todo importa.

Y detuvo su recitación para beber el café, que de seguro ya se hubo enfriado, dejando a Vicente absorto. Es que desconocía esa faceta inconsolable de Peter, y su sabiduría para verlo desde adentro.

Firmó y cerró los acuerdos. "Aventuras" se extendió por otro año. Sesgo, ya ni pensó en donde irían sus sueños. Estas decisiones conformaban su presente, y seguir lo que le dictaba su palpitar lo colmaba. La vida hoy le figuraba estar al lado de Peter, y asentir a los abrazos del afecto de Hannah. Por fin pudo soltarse de las cadenas del recelo, y le pidió fuese con ellos a Uruguay. Por otro lado, Karla se encargaría de los detalles para que unos quince artistas volaran hacia San Ignacio. En una semana él junto a Peter estarían allá, entonces Vicente haría una presentación exclusiva desde ese portento sureño. ¡Qué sentido homenajearlo cuando ya no esté!, las ofrendas se dan en vida. Sintió que sus feligreses no pudiesen acompañarlos. Pero así de condicionado todo lo es para los sin documentos, solo se mueven dentro de un radio, como los animales en un zoológico. Gaspar celebró la idea de Vicente:

—Tú, tranquilo, que nosotros nos encargamos de que todo salga de maravillas, he oído esa tierra es bella mi hermano.

Sin añadir deseo impasible por no poder ir. Mientras, Vicente atenazó también su anhelo, y aún más lo admiró. ¿Será que Gaspar ya ha dejado de pensar en lo que le falta, y sus ilusiones de libertad cesaron, entonces es feliz con lo que posee? ¿Cómo sus amigos sonríen sin esfuerzo, aunque la libertad no llegue, ni la muerte declina su venida axiomática? Y en el enredo de aquellas ausencias de respuestas, unido al plectro radiante de Gaspar, se tendió a la cama. Percibiendo se dormía, siendo la hora de la siesta, y tal como le sucedía en cada una de ellas desde un tiempo posterior a su muerte, de inmediato retomaba aquel viaje. Entraba a una casa añeja de la cual provenía una luz color dorada desde esa lumbrera mohosa con un cristal roto, que lo acogía en sus pasos hasta la figura femenil que encabezaba la mesa. En contraste entre largos meses, hoy llegó a aproximarla, descubriendo a Josefina, con su sonrisa franca, y mirada algo apagada. Y una sensación aliviadora lo recorría estando enfrente de su sublime presencia, aunque ella abstracta en los vendavales de su alzhéimer apenas lo miró, y a poco desvió los ojos hacia un vacío, todavía emanaba un atisbo de resol encendido antes de emprender su viaje, mientras se infligía malestar arrancando la piel de los dedos de las manos. A la sazón, Vicente, estremecido, le rozó los cabellos color carmesí, y ella, mirándolo a los ojos, pronunció:

— Hola, hijo, ¿cuándo has llegado?

Y él en suspiro respondió:

— Ahora, mamá.

Josefina acercó su mano a sus labios, y se la besó. Igual que si el tiempo jamás hubiese pasado, y la demencia le habría otorgado la gracia de un lapso de cognición. Le apretaba la mano sin omitir vocablo, para después decirle:

— ¿Tomamos un té?

Y sin más ella se levantó de la silla de ruedas, ataviada con un camisón color blanco, y por la misma puerta que Vicente entró, se marchó. Dejándolo sumiso bajo un silencio absoluto que engalanó el cántico de unos pájaros, y en un estado sereno. Despertó buscándola, puesto que el viaje fue tan real que hasta dudó de haber soñado, y deseó que la luz de su amor supremo le sea propicio aún en su certera ausencia para que las sombras no lo fustiguen hasta la represión de la demencia. Se incorporó de la cama para abrir la ventana del cuarto, y sentirla en aquel céfiro otoñal. Miró al mendigo en la esquina, y reflexionó. ¿Cuál será el fragmento que quebranta harto al alma, hasta el punto de negación intolerable en la mente, huyendo de sí para abrigarse en el alzhéimer? Aquel presente les fue tan injusto que mejor se quedaban en el pasado. Y añoró a su madre desde las entrañas. Esa ausencia irreparable, como también esa presencia eterna.

Hasta el propio calendario sospecha de las partidas, es que las horas que mantenía conversando con Peter se escurrían con premura. Ahora que se extinguía, lo conocía, descubriendo el color de sus ojos, y hasta la delgadez de sus piernas. ¿Cómo esperamos la sátira de la certitud de la muerte para así conocer en profundidad al que ella ha venido a tocarle la puerta? Estando bien vivos nos excusamos en la ausencia de tiempo, y pensar que para asistir al funeral somos magos, ideando ese tiempo que según nos faltó antes, para estar de pie al lado de un féretro, cuando ya el difunto no puede oírnos. E inmerso en esa consternación, aquella semana en New York pasó tan de prisa, y de repente ahí estaban ambos ubicados en el vuelo que los llevaría hasta el encantado Uruguay.

Y al pisar otro suelo desigual, respirar aire nuevo, apreciar otros rostros que florecían junto a la primavera allá en el sur, le renacía la inspiración. Más descubría ese país y en hondo enamoramiento caía. Y al poner un pie en San Ignacio abrió la remembranza desdeñada de Málibu. Dos puntos extremos en el cosmos, pero semejantes en una belleza singular. Sirvió una copa con vino, salió al balcón, y en los tornasoles del océano se perdió. Dando rienda suelta al ardor que volver a ver a Hannah le provocaba. Para aquel momento en que la tuviese en frente sólo deseaba la elipsis les fuera cómplices, acariciarle cada centímetro dérmico, y hacerle el amor hasta que el cansancio lo sorprendiese dentro de ella. Y el tan solo pensarla lo abstraía de hasta el mismo suelo paradisíaco que pisaba. Pero unas voces originarias desde el interior de la casa lo distrajeron de aquel espejismo, y en el apuro por entrar le resbaló la copa de entre los dedos al piso. Era Peter rivalizando con su esposa, el muy tozudo rehusaba de tomar los medicamentos, pero el detalle que lo ofuscó fue la falta a la promesa que algún día exhortó. Lo que menos necesitaba era que extraños estuviesen al corriente de su agonía. Y a los cuatro vientos vociferó:

—Pues déjenme elegir a quienes les hablaré de la finitud de mi vida, y el lugar en donde moriré. No quiero las compasiones ligeras de esos a los que solo estuve ligado durante añares por su único Dios verdadero, el dinero.

Así, iracundo, al advertir la presencia de Vicente en la sala, mirándolo a los ojos le dijo:

—Ya que nadie me consultó cómo y cuándo me apetecía nacer, al menos que se me permita elegir dónde y cómo me place morir.

Mientras el otro, en silencio, pensó: ¿Y cómo negarle un derecho inherente?

Mucho antes que el sol se pusiera, Vicente mientras tomaba mates, trabajaba en los pormenores de la edición especial del programa. Y de tanto en tanto, ella interrumpía en sus reflexiones. Vaya que la echaba de menos. Anduvo hacia el balcón, aquel día, hasta el instante de verla, le resultaría inacabable. Peter luchaba en el vaivén protervo de las decaídas del cáncer. Cerca del mediodía, a duras penas, estuvo junto a él unos minutos. Aunque su mente quería permanecer levantado, su cuerpo asumió toda fragilidad, y volvió a la cama. A Vicente se le partía el alma. Y cavilaba en cómo pudiese arrancarle esa dolencia abrupta en cada uno de sus órganos, y qué alegría podía darle. Cada rato iba hacia su cuarto, el constarlo respirando le daba esperanzas.

Y siendo las nueve de la noche salió hacia el aeropuerto en busca de Hannah. Era tanto lo que sentía, no menos que algarabía y tristeza. Deseaba en un cerrar y abrir de ojos abrazarla hasta metérsela en sus propios huesos, y juntos regresar de súbito a ver que Peter estaba bien. Ahí caminaba ella con los brazos abiertos, como rozando el cielo, radiante, aún más bella que antes. Y en un abrazo el presente quemó al pasado, sin dejar atisbo a duda singular de un futuro. Dentro del automóvil, se acariciaban como dos chavales, mientras otro poco a carcajadas ambos reían. Pasarían la noche en casa Puebla, pero antes llegarían a San Ignacio, saber de Peter era apremiante. Y éste, al verlos, se mostró feliz dentro de su extenuación. Entonces ya en la madrugada partieron. Aquel lugar en el mundo te enaltecía el agradecimiento por el aire que respirabas, y el amor retoñaba en su máximo esplendor. Poco luego, desnudando la propia piel uno ante el otro, ensamblaron las distancias. Él, con la punta de los dedos, la rozaba entera, mientras ella, sigilosa, como en noche de su boda, acogía aquel instante como una gloria. Y de próximo al sortilegio del orgasmo, surgió un hálito de apego y libertad, tal como si uno y el otro se fuesen necesarios para resplandecer en plenitud. Ella, sutilmente, se apartó a un extremo del lecho, poniéndose de costado, y con sus propios brazos se abrazó. Él, en quietud, le cedió su espacio, para poco después acariciarle de lado con una delicadeza etérea. Hannah supo aquella madrugada que estaba empezando a amarlo, y bajo esa conmoción deshizo los nexos con el mutismo, ese al que las dudas la emboscaban. Entonces reveló que se marcharía en dos días.

—He aceptado la propuesta del conservatorio en Berlín —pronunció—. Surgió antes de que tú estuvieras, y es ahora cuando he de irme. Será una prueba de tres meses.

Y al terminar la frase es que apenas pudo mirarlo a los ojos. Por su parte, Vicente dejó de tocarla, amoldó los cojines, y sobre ellos se acomodó. Sintiendo no menos que un sinsabor, quiso estrecharla, pero si apenas le dio una sonrisa, diciendo:

—Has venido hasta aquí a decirme que te vas, entiendo lo que la música simboliza para ti, pero no puedo disimular mi asombro, como tampoco negarte que una parte de mí conocía del agito inacabable de tus alas gitanas desde el primer día. Ahora bien, discúlpame, preciso de unos minutos a solas.

Le acarició el rostro, empezó a vestirse, y se fue a la playa. A pronto permitió al aire que lo acompañase, todo le confirió. Le fue testigo ermitaño al amanecer, mientras el estropicio de las olas en las rocas, y el chillido de las aves, lo aclaraban un poco. Y otro tanto la acuarela de aquel cielo maravilloso. Y ahí permaneció, sin desear volver al cuarto. Es que todavía era incapaz de aleccionar esa manía suya de recluirse cuando se valoraba endeble. Cierto era que la hubo extrañado, pero el saber que se iría lo sacudió hasta las entrañas. En vez de abrir su corazón, lo cerró, no quería verla. Dejó que las horas discurrieran, y cuando no obtuvo más de aquella confidencia absurda de su propia mente, se apareció en el cuarto vacío de su presencia, y le resultó más leve. No obstante, el que ella fuese permisiva de su aislamiento hasta lo inquietó. Entonces anduvo hacia el patio del hotel, con prisa, es que de súbito tuvo miedo a perderla. Y al verla de espaldas junto a la fuente de agua tocando su guitarra, le volvió el alma al cuerpo, pero fue penado por un yerro. Se le acercó, mientras ella, desglosada hasta de la misma tierra, abstraída en sus melodías, ni se percató de Vicente, y quiso abrazarla. Hasta que el viento matutino le voló los cabellos, y para despejarse el rostro, quitó los dedos de las cuerdas, y por fin lo vio junto a ella. Le sonrió, como cada vez que lo tenía en frente. Él, prudente, se sentó a su lado al borde de la fuente, sin ser capaz de tocarla, solo exclamó: "Te he extrañado".

Junto a la barricada que desembocaba a la playa de la casona en San Ignacio, estaba detenido el camión del que descendían los dispositivos para armar el escenario de "Aventuras". Por otro lado, ellos, tomados de la mano circulaban las calles de tierra en Maldonado, y entre sus pasos uno que otro perro les hacía jugueteo moviendo la cola y siguiéndolos un trecho del paseo. Sentados a la puerta de sus hogares estaban algunos vecinos, con el termo bajo el brazo y mate en mano, saludando a quien pasase por allí. E incluso podías ver la ropa recién lavada tendida en las sogas de los patios. Vaya que tantos añares en el norte ya se le habían olvidado de esas connotaciones con la que también creció allá en Méjico. Y le despertó al inmigrante que ni el tiempo, lenguaje o distancias puede trasmutar. Ha transcurrido harto, caviló, y aun así de tanto en tanto una fracción de retentiva roza el seno de tu tierra. Y en esa reflexión personal y honda dentro de él mismo se quedó.

—Aquí la gente no vive apremiada ¿te diste cuenta? —pronunció Vicente.

Y Hannah le hizo una pregunta:

—¿Cómo nos saludan sin conocernos, es que tienen tiempo para tomar mates en los jardines?

Él largó una carcajada.

—Recuerda que estamos en Uruguay, y no sé por qué crees que debes conocer a alguien para saludarlo. La sonrisa es como el amor, ambos lenguajes son mera naturaleza. Pero mejor no pienses demasiado, nos demos prisa que Peter, artistas y el equipo esperan por nosotros en San Ignacio.

El albor de aquel gran día, el mismo en que ella se marcharía, se exponía magnífico, y mientras volteó a mirarla como dormía con media pierna fuera de la cama, se le acercó para oler y rozar su piel. De próximo escuchó la voz de Peter procedente de la sala. Y el corazón se le devolvió al pecho. Es que Vicente a duras penas con un ojo durmió, temiendo él no se sintiese lo justamente fuerte para salir, y ser parte de su propia ceremonia. Se vistió, y salió del cuarto, y al verlo fue un propio espejismo. Estaba frente a un hombre rebosante, quien se hubo despojado de la condición sufriente. Y de inmediato, la ilusión de que no muriera le empapó los ojos. Mucho antes de que prorrumpiera palabra, Peter levantó la mirada del periódico, y le dijo: "Buenos días. ¿Por qué te ves entristecido, sucede algo amigo?". Era como si algún otro se hubiese situado en ese cuerpo, dándole un temple sereno y hasta un fulgor en el rostro que le hubo borrado las rugosidades. Y una vez más, el retrato indisoluble de su madre antes del viaje se le hizo tan vívido que lo invadió ese céfiro en la espina dorsal. "¿Es que ésta será su mejoría antes de irse?", Vicente pensó. "Y vaya que aun así era necio de dejarlo alzar el vuelo". Escondiendo su sentir, se sirvió un café, mientras comentaba del arribo del equipo a la playa.

— Pues mira, Peter, desde aquí divisamos los camiones.

Y el otro, arrimándose a la ventana de cristal, acotó:

— Mira la grandeza de tus actos, muchacho, me siento muy feliz.

Y con esa sensación de alegría y dolor que nos dejan las partidas, como el propio paso del tiempo que gasta la vida, Vicente al cuarto volvió, cavilando en cómo alguien puede sentirse feliz bajo la certeza de la muerte. Y desde lo hondo lo admiró.

Entre las montañas y el mar, las aves gorjeaban una romanza, y el sol destellaba sus resplandores en esa arenilla fina. No se podría haber designado mejor escenario para aquel día, donde el palpitar le resultaba enorme dentro de su propio corazón. Pronto le terminaron el maquillaje, vio a Hannah inmiscuida entre la gente, lucía tan bella, que deseó hacerle el amor ahora mismo. Y la cuenta de tres que indicaba la salida al aire le usurpó la apetencia. A súbito hizo el saludo inicial del programa, distinguió a Peter de un aspecto impecable con una sonrisa sincera, y un hálito de paz. Y al echar a ver hacia los costados, exclamó:

— ¿De dónde es que emergió tanto público? Qué agrado. Voy a decirles que este programa desgaja al prototipo, porque es un homenaje a su creador, mi gran amigo Peter Brown, así que el día de hoy, como "Aventuras", les pertenecen.

Y callando su voz Vicente, un niño de las calles del Bronx comenzó la entonación de "I will fix you", la canción del grupo británico *Coldplay* que dice: "When you try your best, but you don't success, when you get what you want, but not what you need. When you feel so tired, lights will guide you home and ignite your bones, and I will try to fix you", brincando al escenario, donde trapecistas al unísono desarrollaban sus travesías en aros rodeados con fuego, y el niño continuaba la canción. Entonces, Morena, una de las asistentes, anduvo hacia Peter para escoltarlo hacia el escenario, donde Vicente, a brazos abiertos, lo recibió. Mientras tanto, el público coreaba ovacionado. Ambos se estrecharon en un abrazo, y así Peter procedió:

—Y vaya que jamás dejas de sorprenderme, Vicente, solo gratitud tengo hacia ti, y a ustedes les digo que no hemos de esperar al olor de la muerte para ser quienes deseamos ser, todo es aquí y ahora. Gracias por este día de vida. Sigamos con el programa y que nada los detenga.

Y al descender de la tarima, Hannah lo esperaba de pie a un costado para abrazarlo con tanta ternura, y así juntos volver a sentarse entre el gentío. Y fue el programa más largo, toda una fiesta, cerrándolo con fuegos de artificio que embellecían el cielo sureño. A continuación, Vicente, Hannah, y Peter anduvieron las escalinatas que conducían a la casa. Se aproximaba la hora indeseada, tiempo de marchar hacia el aeropuerto. Y Peter exclamó:

—No es posible que te vayas hoy, muchacha, el amor y San Ignacio te claman, pero ve a soltar la música que te ha dado tu nombre, tampoco olvides regresar donde el destino te espera.

Ella, en estado desorientado, como de quien no hace lo que siente, sino más bien lo que debe, fue hacia el cuarto por su equipaje. Rápidamente se despidió del dueño de casa, se puso un abrigo y tomada de la mano de Vicente anduvo hacia el automóvil. Prendida a su brazo se mantuvo durante los 45 minutos que duró aquel viaje. Y al llegar al aeropuerto pidió a él se quedase con ella hasta abordar el vuelo. Él asintió, como a casi todos de sus sutiles pedidos, y al instante de que debía irse, Hannah le entregó un sobre, lo besó ardientemente, y anduvo al embarque. El verla alejarse nada fácil le resultó, es que sentía la extrañaría desde el momento en que le confesó se iría. Pero no más que dejar a que ello suceda, así que entregado a la sapiencia del tiempo se fue.

A medio camino, atascado en la autopista mientras desfilaba la maratón que corría hacia Punta del Este, una nerviosidad lo asedió, y aunque esa demora no era ni la sombra de las del tránsito en Los Ángeles, un afán incontrolable por llegar a lo de Peter lo conspiró, y le parecía nunca saldría de allí. Cuando de repente, Hannah le llamó y la acústica de su voz le amansó las ansias. Hasta el santiamén en que su vuelo retrasado se elevara hablaron, y fue como si su aura le hubiese abierto el camino. Estacionó al pie de la escalera del jardín, y la penumbra de la casa lo asombró. Apuró el paso, y al abrir el portal vociferó el nombre de Peter, pero al no oír sonido alguno, afanoso, tropezando con los escalones que conectaban la antesala con el pasadizo, a toda prisa subió. Mientras circulaba en la oscuridad llevaba prendida su alma a un hilo, y tampoco al cuarto parecía aproximarse. La puerta del mismo se encontraba abierta, y la luz grácil de la lámpara de la mesa de noche enseñaba no más que los pies de Peter, que sobresalían del borde de la cama. ¿Por qué se habrá acostado a modo inverso?, caviló. Y paralizado por la duda y el pavor, sin ni siquiera encender alguna otra luz, se mantuvo de pie en el umbral, volviendo a repetir su nombre. Hasta que entró y lo tocó. Y al sentir la temperatura tibia de su cuerpo, se serenó un poco. Aunque extraño le resultaba durmiese con esa profundidad, a la sazón volvió hacia la puerta buscando una llave de luz, y al encenderla lo miró, desconociendo a aquel hombre. Pues Peter yacía con un gesto apaciguo, como si se hubiese quedado con deseos de regalarle una sonrisa a alguien, mientras un libro a medio abrir sostenía con una mano. Vicente pensó en apagar la luz e irse, pero algo en su interior lo hizo voltear hacia el otro para tocarlo otra vez. Qué más daba si lo despertaba, precisaba sentirlo bien. Así que le sacudió el brazo, instando le respondiese. Pero Peter había muerto, de seguro por la templanza del calor de su cuerpo, no hacía mucho. Tal vez al minuto siguiente en que él y Hannah se marcharan, vaya Dios a saber. La única verdad era que su amigo alzó vuelo. Y aquello le resultaba un infierno. Peter hubo muerto del modo que vivió, con una sonrisa. Y como no más que lo que sentimos somos, Vicente, despojado de todo lo banal, sumido en su recóndito palpitar, dio una vuelta hacia el otro lado de la cama, y al lado del cuerpo que fue de Peter, antes de que el hedor de la cruel muerte arrasara con todo, se sentó. Y como un chaval desprotegido lo lloró, abriendo a súbito las reminiscencias. Esas que la resistencia nos hiela el corazón por algún tiempo cuando alguien fenece. Para al cabo de un lapso incorporarse del lado de Peter y andar hasta la sala. Durante esos pasos acompasados añoró a Hannah, tan pronto, pero ya le hacía falta. ¿Cómo aguantaría aquel sigilo en medio de la muerte? Y a poco se secó el rostro con la manga de su camisa, llamó una ambulancia. Se sentó afuera a esperarla, buscando amparo en las estrellas. Porque cuando el alma le sangraba no existía vocablo que lo serenara.

Invitó al aire fresco de enero a que le hiciera compañía, y otro tanto se llevara consigo el olor rancio de esos meses de su propia ausencia. Si bien Karla hubo cuidado mejor que él mismo de su morada, precisaba acomodar todo nueva-mente, como si en el fútil acto de cambiar los bártulos de lugar los vacíos se llenasen, los fantasmas huyeran y todo floreciera, sin el peso del tiempo en la memoria.

Aunque cada viaje lo inspiraba, pensó que esta vez conspicuo tomaba unos días sabáticos, en vez de aturdirse trabajando, como le era su hostil usanza cuando las ausencias lo amenazaban. Desarmó las maletas, y abrió una botella de vino. Sirvió una copa y anduvo hacia la lumbrera a entrever el parque. Y en la rama del mismo árbol que la última vez que se marchó, hubo nacido una flor, que al igual que él mismo en el amor, apenas se abría. Y justo al santiamén en que reincidía en el camino al pasado insidioso, ella, como cada día, lo llamó. Salvándolo de su misma tragedia. Sentía su cariño intacto, y si bien la sabía feliz en Berlín, deseaba tocarla, caminar junto a ella. Y poco luego llamó a Gaspar. Puesto que este lo retraía de la distancia, como otro poco de la muerte. Porque el entusiasmo habitual de volver al lugar que eligió para envejecer, así como los recuerdos, le engañaban. "Me iré a Cuba unos días", expresó. "Tal vez mejor sería ponerme a trabajar, pero por ahora no puedo, preciso de mi soledad." Mientras Gaspar destapaba otras cervezas, después de un sorbo, fue que le respondió:

—Ay, mi hermano, ¿cuál es tu pretensión de irte, cuando será que vas a entender que de la soledad nada puedes sacar?, y ese capricho tuyo de escapar cuando lo que esperas no sucede, encerrando en una maleta los naufragios, en vez de tomar la vida como viene. No habrá viaje o acuarela que te remedie el interior, pero si te parece, tú ve.

Y Vicente se esforzó por un carcajeo, es que todavía se hundía en lo que abrigaba, aunque el mundo diga que hablando todo se arregla, el silencio le sentaba mejor. —Ya conoces de mi peor defecto, quiero irme —profirió.

A pronto pagaron la cuenta en el bar, salieron de andanza por Veneice Beach, esa pasarela que al igual que la vida misma, ni por un soplo hacía paréntesis. Se encontrarían con Karla en la calle siete para cenar juntos. Es que él sentía, con Gaspar y ella podía ser quien ciertamente era, sin esfuerzos por complacencias ni luchas de pertenencias.

—Y vaya que te hemos echado de menos Boss, ha sucedido harto cuando no estabas —la muchacha emocionada le dijo.

—Y yo también a ustedes que son mis grandes amigos —acotó él—. Todos te buscan, Vicente, he rescatado cinco grandes talentos de Santa Mónica, y aquí tengo para que leas la proposición para el próximo programa.

Pero él, sin preliminares, expresó:

—Avisa al canal que "Aventuras" sigue postergado hasta nuevo aviso, tómate una semana de vacaciones, a partir de ahora es como si ya me he ido, parto mañana. Te llamaré desde Cuba cuando esté por regresar, necesito aislamiento.

—¿Cómo nos dejas otra vez? —preguntó Karla—. Al menos espera un día más, por favor, y esto es un pedido de amiga, no de asistente personal.

—¿Qué te sucede mujer? —atónito Vicente, inquirió.

—Voy a casarme mañana con Barney, y me es imperiosa tu presencia.

—No hablas en serio ¿verdad?, has perdido la cordura.

—Fíjate que no —respondió ella.

—¿Desde cuándo te veías con ese sujeto? Me lo has estado ocultando. Ese tipo está loco, te dije que fueses cautelosa.

—Pues no es así, Vicente —aclaró Karla—. Barney y yo hemos seguido en contacto a través de estos meses, y él volvió a Los Ángeles cuando tú estabas en New York. Desde entonces me ofreció ayuda. Es que me he hartado de ser una indocumentada que está anclada a este paisaje por casi 18 años, ya desesperanzada de las falsas reformas migratorias que nunca llegan, que más voy a esperar, a que mi hijo cumpla mayoría de edad y así en otros tantos años yo sea libre, pues te recuerdo que para eso faltarían otros cuatro, y mi punto de tolerancia hasta aquí llegó. Barney está dispuesto a casarse conmigo para que mi condición humana cambie, y lo he aceptado. ¿Me apoyas o no?

Karla hubo soltado la fiera que toda mujer lleva dentro cuando se hubo atiborrado. Vicente jamás la escuchó hablar desde la ira, no obstante, otro poco desde la cruel realidad. Desde esa locura que todos custodiamos a modo sigiloso, cuando optamos por vivir en un escenario ilusorio, porque el real ya se nos torna insoportable, pero la tenemos a flor de piel y la brutal aflora cuando estamos a solas, o nos sentimos amenazados. Ya aplacado, él le dijo:

—Ven acá —y la abrazó con fuerza—, ¿a qué hora es la boda?

Es que solo estaba sumido en su pesar, quizás como en otra época cuando vivía maniatado en esas prendas pomposas, en una realidad disímil, detrás de un escritorio manteniendo conversaciones ligeras con la porción reconocida de la población, con esas identidades que cuentan a la hora de hacer un censo. Últimamente, como en entonces, por la falta de contacto con ellos, pareció que hasta se le olvidó de las voces sin voto, de las carestías de los indocumentados. Sin embargo, reflexionó de a prisa, al ver la desahucia en los ojos de Karla, y se profesó egoísta. Y tal como en las noches posteriores a que Peter alzó vuelo, de a ratos durmió, entre tanto leía una revista que avalaba éxitos algo triviales para el nuevo año. Y antes de que lindase el alba fue a trotar por el parque, y a su regreso a casa, con ahínco, armó otra maleta. Tomó una ducha, y asido al retrato precioso de Hannah en su máximo esplendor de placer cuando hacían el amor, empezó a tocarse el órgano sexual hasta el punto de rozar el éxtasis, y fue como acercarse un poco a ella. Por momentos el mero hecho de pensarla lo excitaba. Y así, recordándola se vistió para salir, cuando para su sorpresa recibió un mensaje de Noah, y aquello le molestó. Vaya que hubo acaecido casi un año desde que simuló entender ya lo dejara en paz. Y no más que rabia sintió, ¿qué será que le pasa por la cabeza a las personas como ella, se creen con señoríos de transgredir la paz de uno? La necia le hablaba como una buena vecina. Quizás la cuantiosa hierba que ha fumado a lo largo de su vida ya le hubo afectado las neuronas, puesto que, de estar en cabales legítimos, ya se hubiese desaparecido hace años. Qué más daba, y de la nada la regresó al sepulcro.

Fue el primero en llegar al juzgado donde tendría lugar el matrimonio. Detrás apareció la pareja, a Barney no le cabía el contento, aunque desquiciado, era buen tipo, de una enorme benevolencia. Y el que se hubiese vestido de manera recatada, lo hacía ver alguien normal. Por otro lado, Karla resplandecía en aquellas prendas color blanco, y su beldad particular. Y al verla, Vicente tuvo cognición de la transformación que este hecho tendría en su diario vivir, así que se sintió feliz de acompañarla. Saludó a ambos, y se mezcló entre los demás presentes, y al santiamén en que daba inicio la formalidad, con persistencia tenaz deseaba del privilegio de una identidad social también para Gaspar, que ahí acabó de llegar.

Mientras iba de camino al aeropuerto, el cielo se tiñó con el blanquecino de unas nubes que empañaron el sol, y el aire, ahora fresco, le rozaba el rostro. Entonces le sobrevino un deseo de abrazarla sin mencionar nada. Así es como a ella le agradaba, hechos sin muchas palabras. Abandonó el taxi, y se dirigió a emprender el embarque. Hoy le emergía observar sin tanto hablar, solo quería estar en La Habana para andar sus calles. El caminar le soltaba el alma, atajando el vicio malicioso de tiranizarse. Así que mientras tanto, discreto, se acomodó en la butaca del aeroplano para dormirse profundamente.

La llegada a aquel suelo caribeño fue adentrarse en una época remota ni en la que él mismo había nacido. Creyó no haber visto antes tanto gentío a las afueras de un aeropuerto, como los que yacían a las afueras de este. Uno pequeño rodeado de forestación virgen. Y cientos que te ofrecían transporte y servicios. Un muchacho bien jovial le habló de cerca, así que Vicente caminó junto a Orestes, y subieron a su auto color azul eléctrico, que poco faltaba para que se desarmara en cualquier carretera, pero todavía andaba.

—Sube confiado, mi hermano, que mi carrito es lo más fiel que he tenido, este se lo dio Fidel a mi papá hace una pila de años —le aclaró el muchacho, que pudo advertir la desconfianza de Vicente de que no los dejara a mitad de camino. Apenas arrancó el motor, se le despertó el viajero innato, y soltó letra como que conociese al cubano desde siempre.

Viajaron unos 25 minutos hasta la casa de Doña Iris, que se situaba cerquita de La Habana. Ésta adaptó la casona para recibir huéspedes, dándole a cada cuarto un baño privado, y preparando ella misma el desayuno cada mañana para servirlo en la terraza que decoró con plantas. Ahí se detuvo Orestes dejándolo de pie frente a la puertecita vetusta de color rojo. Vicente tocó el timbre, y cuando se abrió la puerta, un chaval desde el pie de la escalera lo saludó y lo invitó a subir.

—Ven, me llamo Alberto, tú has de ser el mejicano que hizo la reserva, mi tía no está, pero yo te muestro tu habitación.

Vicente subió, le agradeció al joven, y entró al cuarto. Y, a decir verdad, el estar ahí le dio una sensación de familiaridad, aunque lo desconocía todo. Y con ese fervor que los nuevos horizontes le conquistan, se vistió con prendas cómodas, tomó algo de dinero, consiguió un mapa y a todo dar salió a la calle. ¿De dónde emerge tanta gente?, caviló. Y rememoró a Ileana, podía verla rondando por esas calles de aceras angostas destrozadas por socavones, donde las personas caminan agrupadas, parloteando a tonos de voces altas, añadiendo a todo esa pizca bromista. Observó esas casas tupidas de rejas y zaguanes estrechos, con la ropa colgada un poco a las sogas, y otro tanto a las rejas, donde uno que otro niño jugueteaba. Bastase que un viento soplara fuerte para hacerlas trizas. Y de inmediato, le resonó la conversación con ella la noche en el auditorio allá en Miami: "Quiero mandar a arreglar la casa de mis padres que se está cayendo a pedazos". Cierto era, todo estaba a punto de desmoronarse, lo único, y lo más importante, a pesar de la decadencia, que seguía en pie, era ese pueblo. Vicente caminó durante largas horas, cuando apenas quitaba los ojos de cuanto sucedía en derredor para tomar fotografías. Y en medio de esa distracción cualquier persona le aproximaba de modo afable, estrechándole la mano, y otros hasta dándole un abrazo. Contaban su historia, y otro poco le sugerían a dónde debía ir, culminado con algún pedido: "Mejor si me das unos pesos, pero cualquier otra cosa que me des me sirve", aclaraban. Y cuanto pudo aquel día les dio a quienes le hayan pedido, y vaya que se lo habían dicho. ¡En Cuba no había nada!, pero te crees avispado cuanto te lo comentan, hasta que lo vives, y por fin descubres que nada sabías, ni mucho menos entendías. Vicente solo llevaba una bolsa con chupetines, que cuando veía un niño, sutilmente les preguntaba a los padres si podía darle uno, (porque en donde él vivía, nada te permitían dar ni hacer sin preguntar, aunque le llamen el país de la libertad) y estos jocosos consentían. Para luego decirle al niño: "Agradece al señor", y aquello le acariciaba el corazón, como bien se lo entristecía, por la impotencia. Qué más daba que los gobernantes hagan caso omiso de lo que deberían, él, alocado, deseaba darles hasta lo que no tenía. No obstante, la gente sonreía, mencionando a Dios en dos de cada diez palabras que articulaban. Sentado en las afueras de una cantina, a poco bebía una cerveza contemplando la gente bailar y cantar, se preguntó: "¿Cómo pudo un solo ser humano haber marcado el destino de un pueblo? ¿Qué rayos dejó la famosa revolución, y por qué veneran a un dictador, cómo sus discursos blasfemos están pintados por cada pared de la ciudad? ¡Uno tan rico y paupérrimo a la vez!". Y entre tragos, a sí mismo se preguntó por qué no vino antes a esta isla. Y tal vez el alcohol lo ablandó, y conmemoró a Peter y su encargo: "No esperes a que el viaje de retirada esté muy cerca para hacer aquello que de verdad deseas."

Tempranito despertó por el canto de los gallos, y como en cada primera amanecida en un paisaje disímil, al abrir los ojos le tomó unos minutos recapacitar en dónde se encontraba. Las paredes altas de la casona celaban la luz del día a que iluminara la habitación. Así que, impensado, subió hasta la terraza por el desayuno. Cierto era que precisaba de su soledad, pero no en demasía. Puesto que de tal modo comenzaba a ver el espacio, que solo a ella le pertenecía, tan vacío. ¿Cómo pasaba mis noches y auroras antes de encontrarla? Aunque hoy no está, ya conozco de su existencia, y volveré a verla, ese desvarío me entusiasma, admitió. Y cuando bebía el café, el sonido de una armónica lo llevó a asomarse por aquel balcón. Provenía de un muchacho que andaba en bicicleta, ofreciendo el servicio de afilar cuchillos. Y el verlo profesó alegría, recorrió su niñez por la brevedad que la armónica repiqueteaba. Lo observó hasta que desapareció entre las calles, volvió hacia la mesa por pan con mantequilla, a poco pensó en que el inmigrante siempre vuelve a donde nació. Es que ya ni recordaba de los afiladores en bicicleta, como la ropa colgada, pero continuamente consta un algo que te despierta el recuerdo, ese que ni el lugar y tiempo podrán lapidar.

Se despidió de Lourdes, la sobrina de Doña Iris, que le dijo: "Disfruta, conoce mucho y gasta poco". Es que había tanto por vivir, calles por andar, fotos que tomar, personas con quienes hablar, arte que admirar, libros que comprar y dejar el alma volar que mejor se iba ahora mismo, aunque ella le parecía tan agradable que se hubiese quedado a conversar. Emprendió camino sin plan de ruta, y le aconteció una sensación de libertad que deseó le perdurara mientras viviera. Entre esas vías inclinadas el mar color azulino se dejaba ver, y ese océano aún más embellecía la bandera que fatua sobre él se mecía. Y yacía gente por doquier, tantos, que le cortaban el paso y preguntaban: "¿De dónde es usted amigo?". Estar en la Habana es remontarte a tiempos lejanos, donde el capitalismo nunca llegó, todo cuanto alguna vez se haya roto, así quedó, quienes pudieron se fueron, y quienes no, a la buena de Dios sobreviven. No obstante, pocas franquicias reconocidas llegaron donde compran los turistas, acá no hay tiendas, ni abundancia en nada, solo uno que otro almacén donde lo ínfimo se encuentra. Cuba es una carestía descomunal, una isla privilegiada no más que en el clima y el arte de su gente. Sin embargo, las calles se encuentran bastante limpias, de tanto en tanto unos vendavales de hedor a basural te marean, es que a eso mismo huele la pobreza que predomina este lugar del mundo. Una que selló cada arruga en los rostros de esos viejos que están sentados a las afueras de sus casas, o andando de lado por la ciudad sujetos a la limosna de un viajero. Esos que, al mirarlos, se te hace trizas el alma. Más veía y más Vicente se acongojaba, y para asumir lo que no tiene el poder de cambiar, distraía la atención en libros y tomaba fotografías. Y escuchó una voz femenina ansiosa: ¿Tiene algo para darme, señor, jabón, una toalla, es que voy a tener un hijo? Y él apenas pudo mirar a la joven, sacó del bolsillo de su pantalón unos billetes, y también le dio unas frutas que llevaba en la mochila, diciéndole: No tengo más que esto, discúlpame. Le apretó la mano y siguió camino.

Descreyó que La Habana le sacudiese de tal modo las vísceras del alma. Contemplativo se inmiscuyó en la plazoleta donde vendían artesanía. En principio a una prudente lejanía los observaba, sobre todo a la señora que a toda templanza, entre aquel bullicio, enfrentada a un trípode, ataviada con delantal manchado de cada matiz que se te ocurriese, pintaba sin pausa. Y una incógnita lo arremetió: ¿Dónde el artista interrumpe la conexión con el exterior para darle alas a su propia alma, de dónde surge la inconciencia de esa belleza? ¿A dónde pone el mundo y lo que le preocupa a la hora de darle vida a sus obras, o será que solo respira a medias en el estado de conciencia? Y bajo esa duda emprendió el paso hacia la feria, dando vueltas por cada puesto, para después comprar collares y una guitarra de madera para Hannah, y a la par de una raíz prominente de un árbol de sombra generosa, se sentó en disfrute pleno de aquel arcano que le merodeaba en la cabeza.

Al cabo de un rato advirtió que ya era de noche, así que al paso en un puesto de comida en la calle, entre aledaños, una presa de lechón comió. Cruzó una calle y se adentró en una casona repleta de pinturas, algunas hechas en papiros, y otras muchas en cuadros. Todas no eran menos que un deleite visual, y una transferencia del espacio más profundo del artista.

— ¿Le interesa alguna, señor? —una voz le preguntó.

—Todas —entre sonrisas, Vicente respondió.

Y a súbito entabló conversación con el joven pintor, que apenas si rozaba los 25 años. Le compró dos hechas en papiros, sobre el contacto de una pareja. Iván, el artista, le dio un recorrido por la casa, que era de condiciones infortunadas, pero bien aseada. Le presentó a su perro, e invitó a beber ron.

—Como puedes ver, aquí no hay comodidades, pero esta es tu casa, puedes usar el baño, sé que llevas horas andando.

Vicente pidió usarlo. Y ahí en frente al escusado que una efímera cortina separaba de la cocina, pensó en la hospitalidad de Iván. El que menos tiene más comparte, deliberó. Ni si quiera me conoce y me brinda su hogar, mientras que hasta yo mismo ni a mis amigos invito a pasar a mi casa. Y la medianoche lo sorprendió sentado en la acera junto al muchacho, su perro y un grupo de otros tres echando cuentos. A poco entre pausas, se dejaba oír el susurro del malecón bramando en los peñascos. Y esa esencia del océano esparcía en el aire. Aquel regalo que la noche les concedía, junto a la simpleza compartida era lo que hacía que en Cuba quisieras quedarte, más allá de todas las escaseces, como cada uno padece en su tierra. Eso de lo imprevisible, esa verdad de que llegamos a la vida sin un manual didáctico, esa es la única verdad, porque por más planes que tengamos lo que deba ser así sucederá. Iván, perspicaz, alcanzó su delirio, y profirió:

—Deja la fullería, mi hermano, que lo que es para ti nadie te lo quita, y lo que no, aunque te pongas no te llega.

Una noche, al cerrar los ojos, lo hizo munido al pensamiento de su elección empedernida por la soledad, entonces se acordó de las palabras de Gaspar (si Gaspar, por lo que le dijo antes de que Vicente se vaya a Cuba). Quizás no había tanto que tuviese que cambiar, solo abrir, en lugar de cerrar. Si bien, hubo y había incontables personajes en su biografía, quien a ciencia cierta lo conoció fue Josefina. No en vano, sus amigos cercanos lo llamaban "Enigma", y la misma Hannah, quien todo le contaba, de tanto en tanto le reprochaba: "Tú no me cuentas nada, solo me percato de tu desvelo cuando te quedas más en silencio". Y amaneció echándola de menos a más no poder, el calor de sus manos que constantemente lo acariciaban, ya le hacía falta. Dio oídos a las voces de Lourdes y su hijo, entre los pajarillos que canturreaban en la diminuta ventana, y al encontrarse solo con su cuerpo, pero persuadido entre la ausencia de Hannah y las presencias de las asonancias que lo rodeaban, la anheló más que con la carne, fue desde lo que llaman alma. Entonces, a pesar de que la piel de viajero le sentaba tan bien, lo invadieron unos deseos de volver a casa, descubrió que le hubo llegado su momento, ese en el que sientes que nunca en lo que te resta por vivir deseas volver a estar solo. Y esa quimera lo enajenaba. Vicente eludía al tiempo, con el ensayo redundante de interrumpir algunos recuerdos. No obstante, un palpitar hondo le hizo saber que ella se fue hacía algo más de tres meses. Ese discernimiento aclaró al déspota tiempo, al que por el esfuerzo que hagas en retenerlo, él, como la muerte, así sin avisar por ti pasarán. Llevaban más a la distancia que juntos. Pero en aquel que compartieron de lo que le haya dado a probar creó un atisbo de no menos que un sentimiento. Todo era tiempo, meses sin verla, como ocho días en Cuba. Y poco después, ahí sentado en el cantizal del malecón enfrente de la suntuosidad de la embajada americana, cuando permitía al sol lo broncease un poco, dejando las horas pasar, y al unísono la gente tan pobre vaya que si apenas tenía aliento para caminar, sintió lo que el día en que Karla se casaba. Una impresión de yerro. Él, aferrado a su porfía por la llama de la inspiración, pisando aeropuertos como moneda corriente, mientras que ella si apenas circundaba la ciudad por no tener papeles. Es que por más que te empeñes en ser parte y comprender, no estás en esa carne, eres quien eres, y también aquello que te tocó. Un azteca generoso a veces tan inmiscuido entre el mundo limitado de los indocumentados, como en las conversaciones con esos aledaños impregnados de carestías, y por otras tan ajeno. Ambiguo entre la compasión y la errata fue hasta la Habana vieja, y justo cuando se vio alivianado por frenar la ideología, su instinto humano dócil lo llevó a reparar en aquel hombre viejo postrado a una silla de ruedas. Pudo haber inclinado la vista hacia el arte que lo rodeaba, o las centenas de turistas. Pero Vicente, conmovido hasta las entrañas, observó al individuo. Quien yacía falto de una pierna, de aspecto escuálido, y tal vez párkinson, sosteniendo una lata en la mano derecha donde le ponían limosna. Para cuando él iba a ponerle unos billetes en su lata, el viejito se orinaba. Y al mismo tiempo su lata oxidada resbaló entre los ladrillos de la calle, que un transeúnte pisó. A duras penas el pobre hombre musitó: ¡Mi dinero! Entonces, un hombre junto a Vicente, recogió su capital, que solo eran unas cuantas monedas, y se las colocó en el tarro medio aplastado para ponerlo en su mano. Al tenerlo cerca, advirtió el tamaño de la joroba que cargaba en su espalda que le impedía enderezarse. Si bien, al tener el tarro nuevamente consigo, fatigado, levantó la cabeza, y murmuró: "Gracias, muchacho". Con lo cual dejó ver que tampoco tenía dientes. Vicente le puso unos billetes dentro de la lata, apenas le tocó la otra mano, y se alejó abrigando una congoja que le recorrió por la espina dorsal. Ahondando en la pregunta que siempre queda vacía: ¿Por qué? Y antes de doblar en la calle de la esquina, quiso voltear a verlo, pero no pudo. Anduvo por las siguientes horas cavilando en la desdicha de aquel viejo. ¿Hubiese sido diferente su destino de no estar sometido al despótico comunismo cubano, no es que cuando se es joven se trabaja para que en la vejez iremos emprendiendo el viaje dignamente, merece alguien ese calvario? Y de reflexión en reflexión entró a un bar. Sentado a la barra ordenó una cerveza, queriendo distraerse algo en la alegría de la salsa. Ya Cuba, como cualquier porción del mundo que hubo pisado, le hubo dado de su mejor. Pero hasta entonces, ninguno le hubo estrujado el corazón con su decrepitud. Así que, sin abandonar esa quimera del pobre hombre, anduvo a comprar botellas de licor para Gaspar, y un obsequio para Lourdes. Caminó hasta que el cielo le dio señales con las estrellas, revelándole que ya la noche hubo deslizado su lienzo. Haciéndolo a modo parsimonioso, ensimismado, entre los ruidos y silencios de esas calles, como acostumbraba su ritual en despedida con cada ciudad. Ya anduvo, disfrutó, como sintió a Cuba. Ya zurció, ya renovó la inspiración, ya le hubo llegado su tiempo. Porque Vicente todo lo saboreaba con mesura, de nada quería escasez, como tampoco demasía. Mañana se iría.

El impacto de las ruedas del aeroplano en la superficie de pavimento lo despertó, entumecido se acomodó garboso. Solo recordaba el instante en que se abrochó el cinturón de seguridad antes de dejar suelo cubano. Al despabilarse fue recorrido íntegro por una sensación consonante al amor, sentimiento por ella. Uno disímil, ese que le sacudía por dentro y por fuera, y le amparaba la musa. La intimidad siempre le hubo generado incertidumbre, tal vez por mucho que se resignaba en ese intento, cómo y cuándo se acabaría, e inclusive el modo en que él regresaría a su propio centro, donde su palpitar no pertenecería más que a él mismo. Y de otra manera, también ahora era conspirado por esa sensación, aunque de talante desigual. Ahora era por el tiempo que tuviesen para estar uno al lado del otro, para así deshilar el laberinto del conocimiento.

Existían semejanzas palpables entre ellos, como el punto exacto en el que se hallaban de sus vidas, pero lo superior en esta ocasión era la reciprocidad en el sentir. Anduvo hacia las afueras del aeropuerto, y apenas en unos minutos la vio llegar. Sonriente, desde antes de bajar del automóvil, mientras que él se preguntaba qué concebirían bajo el fruto de aquel tiempo en la lejanía. Y al tenerla enfrente la envolvió con sus brazos, queriendo estar dentro de ella en ese preciso instante. Por otro lado, Hannah lo besó con ligereza, como si se hubiesen visto ayer. "Vamos, que no he de detener el auto aquí", le dijo. Haciéndolo dudar hasta de su apariencia, y si aún se sentiría atraída por él. Es que ese vaivén de futilidades tiene el amor, arrastrándonos a trepidar en un titubeo que nos deja desnudos ante esa presencia, como si en vez del amado, fuese un extraño. No obstante, una vez los dos subidos al vehículo, ella empezó a acariciarlo, y le dio una colación que le hubo comprado, diciendo:

—Supuse que tendrías hambre.

Por su parte, Vicente enmudeció, sin mencionarle cuánto la hubo echado de menos. Pero las manos de Hannah hablaban, omitiendo necesidad de palabras. Llegaron a la puerta de su casa mientras que él, amedrentado por la indecisión, no le pidió que se quedase, solo la besó, y le dijo:

—Gracias por buscarme.

—Hablamos luego —replicó ella.

Tomando sus maletas, él sin voltear a mirarla, caminó por el jardín. Habiendo avivado la displicencia de un pasado que hoy regresaba hasta con su propio olor. Si bien, feliz de llegar a casa, reincidía en la quimera del recuerdo amargo de Noah, es que cada tanto la misma esparcía su energía rasgándole las grietas que lo hacían cavar su propio nicho. Y cuando esos estados lo asechaban no más que en su guarida Vicente estaba mejor, en esa soledad temida, como deseada, en esa soledad que quema y sana. Abrió las ventanas y miró los árboles, mientras ese aire le tocó intenso las estelas indisolubles de la espera sufriente en la malquerencia. ¿Por qué es que ante la primera amenaza de rechazo se reabre el pasado, por qué es que amo a Hannah y le temo, por qué es que me alejo? Y sumido a ese misterio malsano rellenando copas de vino, y ordenando la morada hubo terminado el día.

Lo detuvo la luz del semáforo, y otra vez vio al hombre que, infaltable, estaba en aquella esquina del canal. Una vez los autos se detenían, entre ellos se mezclaba pidiendo limosna. ¿Cómo durante añares aquel linyera sigue ahí, cómo es posible que esto exista aquí? Y que más da la razón por la que están en las calles, si fueron convictos, veteranos de guerra, si son drogadictos o solamente pobres. Bajo el juicio de este cielo todos son semejantes. Cierto es que esta decrepitud humana no debiera existir, menos inadmisible en este país, uno que ostenta con los subsidios a otros países, mientras su propia gente pasa miseria. Vaya que mientras uno se va y vuelve, algunas cosas jamás dejarán de ser lo que son.

Respirando hondo bajó la ventanilla del auto, y de inmediato el tipo reconoció a Vicente, exclamando:

—Haven't see you in long time, brother.

Mientras éste, sonriente, le dio el café acabado de comprar y unos billetes, apenas teniendo tiempo para echar unas palabras, puesto que se hizo el cambio de la luz.

Así que siguió, a poco miraba por el espejo retrovisor que el hombre, ni lerdo ni perezoso, ya bebía el café. Mientras, uno se va y luego vuelve, el destino simula otro camino, pero para muchos nada cambia. Y en el ensayo de volver a empezar, con o sin una nueva identidad, nada de eso que allá niega, acá cesa. Uno no se va del todo, solamente se aleja. Y entre esos vínculos, que tan solo su mente enramaba, llegó al canal. Esas paredes que ahora lo cercaban como hasta esas personas que tenía en derredor, le presumían diferentes, es que hubo sucedido harto dentro de él en tan solo el lapso de un mes. Inconmensurable hubo sentido, como explorado. Se figuró abrumado.

Vicente, que antes vivía contento a la carrera como si las horas fuesen eternas, hoy apreciaba ellas como esa sugerencia que mencionan los viejos sabios, un tesoro que nunca se recupera. Y el espíritu de Peter tuvo, presencia en cada connotación que formaba aquel lugar. Tal como un hálito resucitor, el deseo de su amigo con lo que a "Aventuras" atañe antes de su defunción. Entonces, acaparado por ese ahínco de la resistencia a que ya no estuviera, se mantuvo erguido a la cabecera de la larga mesa, reunido a personas que prefería ya no ver. La naturaleza de lo inevitable, que son el amor y la muerte, lo hacían irreconocible ante lo que una vez fue su pulmotor. Estos infalibles ahora daban a su vida otro rumbo. Ya ni toleraba aquel canal de televisión, burocracias, ni tampoco las críticas de Aretha en cuanto a sus elecciones de talentos callejeros, o las condiciones de los *sponsors*. Por Peter fue generoso en escucharlos durante varias horas, y mientras trazaba un dibujo en un papel como escape de templanza, desconociendo el motivo, pensó en Katiuska, aquella mujer triunfante, como de uno u otro modo lo es cada inmigrante. Y le resonaron sus palabras: "Presta atención a tu llamado, muchacho." Seguido a eso, se dijo: "¿Por qué estoy donde no quiero estar?". Y de improviso levantó la mirada dirigiéndola hacia el sagaz de Aston, interrumpiendo su soflama prudente, y a talante fehaciente, Vicente enunció: "Deserto de talentos". Dejando a los presentes boquiabiertos, y obteniendo un golpe en la mesa de la impetuosa Aretha, junto al histerismo de su asistente Roman, que a secas vociferaron cuán loco de remate el azteca se encontraba. Por otro lado, Aston, suspenso, se quitó las gafas y lo miró muy de cerca inquiriendo:

—Creo estás conmocionado por la muerte de Peter y bajo presión ante el pedido que él te ha hecho y el lanzamiento de tu programa, mejor te tomas un par de semanas para que lancemos con Talentos.

No obstante, al unísono Aretha y Román exclamaron:

—Ninguna confusión, has de dejar "Aventuras". Se nos han acabado las semanas. "Talentos" debe salir al aire, es ahora o nunca.

Vicente, algo ofuscado por la manipulación, quitándose el saco, tragó un poco de agua y añadió:

—Pues mira, mujer, no estoy desquiciado, sí harto de ti, es que no entiendes un "No". Te dejo mi proyecto y lo que fueron mis sueños con "Talentos" a ti Aston, yo sigo con "Aventuras", lo que quise ayer ya no es igual a lo que quiero hoy. Y mi decisión es irrevocable. Terminado con esto ya no tengo excusa para verte, Aretha, a través de Aston te diriges a mí por los traspasos de poderes de mi idea de programa y mis regalías, puesto que "Aventuras" es independiente de tu directorio. Y si me disculpan, que tengan un buen día.

Se puso de pie con soltura, y con la galanura que lo caracteriza, tomó sus bártulos y salió de la sala de juntas.

En los pasos que daba hacia llegar a su automóvil, ni supo la fuente de la que extrajo esa pujanza, quizás fue el repaso de la última amanecida en Cuba, cuando entre voces y nostalgia dilucidó la llegada de su momento. Además, al poner un pie en el canal y sentir presente a Peter, la perspicacia de Aston, y el resueno de las palabras de Katiuska, le despertaron la real sensación de que el tiempo de supervivencia se acorta, y entonces has de dejar de resignar la felicidad.

Por primera vez, en lo que llevaba en la industria televisiva, decidió sin analizar en demasía, y lo grandioso era que se sentía liviano y satisfecho. Avisó a Hannah que apagaría su teléfono celular por las próximas dos horas, porque conocía las insistencias venideras del directorio.

Fue hasta Veneice Beach, como le era una constante al retorno de cada viaje, a encontrarse con Gaspar. Detuvo el motor en frente de la cafetería de Tomás, y a poco le preparaba el café, como solo él sabía hacerlo. Vicente se cambió de prendas por unas bien casuales. Y a pronto estuvo listo el café, se dispusieron a una grata charla, ambos sentados a la barra, cuando para entonces Gaspar ya estaría en la calle cinco esperándolo, antes de convertirse en estatua viviente. Así que, a modo alegre, se despidió de Tomás, y libre de cargas irrazonables, soltó sus alas. Quitándose las zapatillas para que, a través de sus pies, pudiera sentir la arenilla delicada que circundaba el primor de las aguas del pacífico, y de la nada, entre esos pasos, un oleaje osado le trajo un retrato de la niñez: esa sensación de inconexión libre de ansiedades que nos hace felices. Cuando Vicente, llegando de la playa, se sentaba en el cordón de la acera junto a su tío Ramón que apenas tenía unos años más que él. Y a poco salía el abuelo, tan quejón como sonriente, instándolos a sentarse a la mesa, puesto que el mediodía para él se acababa antes de las doce. Y ya era hora de almorzar. Será que, conforme vamos sintiendo, nos roza nuestro momento para hacer lo que amamos al lado de quien elegimos, junto a la conciencia que se nos acortan los tiempos, y con frecuencia recorremos la infancia. Ella, que no más con oír el palpitar, es como tu destino, siempre estará dentro de ti, aunque lo aplaces.

Gaspar hubo llegado al punto de encuentro antes que él, pero ante la tardanza de su amigo anduvo hasta mitad de la costa a buscarlo. Es que a Vicente lo hubo entretenido las gaviotas y otro poco el amor munido al recuerdo.

—Pues vamos, mi hermano, sabía estarías distraído por acá, hace tanto que no te veo que ya no me hagas esperar más.

Mientras el otro, a todo dar, calzó sus zapatillas y lo tomó por el hombro. Juntos volvían a ser adolescentes, y como litúrgico entraron al bar de la calle seis, a poco dos cervezas marcharon. Inmiscuidos en sus anécdotas, Vicente se puso al corriente del incremento de gentío. Como también de la falta de rostros conocidos. Se lo insinuó a Gaspar, quien aseveró su observación.

—Sabes que se dice la migra no llega a ciertos puntos porque tienen acuerdos con los empleadores, pero lo cierto es que deportaron a los jamaiquinos del puesto en la calle siete, aunque llevaban añares acá así sin papeles, al igual que yo. Se llevaron la familia íntegra. Los agarraron subiendo a la van al cierre de la feria, ahí en la esquina de don Tomás. Y se rumorea que a los que alquilaban las tablas de surf también, porque desaparecieron la misma madrugada. Por ende, algunos se asustaron y han dejado de venir a Veneice. Sucedió a poco te fuiste. No obstante, mi hermano, con ese rollo de las elecciones que se avecinan, muchos otros han llegado. No vaya a ser cosa que se levanten muros en las fronteras y así se detenga la emigración. Vieras la cantidad de cubanos que llegaron a Los Ángeles, tanto como argentinos, que antes eran los menos entre nosotros. Yo no sé las ideas que tiene de la presidencia ese candidato del partido de la oposición. ¡Deportar a todos los ilegales! Te imaginas, esto sería tierra desierta, en qué cabeza cabe que los inmigrantes ocupan un puesto laboral que les pertenece a los norteamericanos. ¿Acaso crees tú que algún nativo hará nuestro trabajo de campo, limpieza o servidumbre?

— ¡Qué desastre! — acotó Vicente —, conoces que este tema me exaspera. Pero lo que más me desespera es que tú no resuelves tu situación, Gaspar.

— Pero deja ese rollo, mi hermano — replicó el otro.

— Déjate de bromas, y sé más realista, amigo. Hablaré con una amiga de Hannah para que se case contigo, y ya cuento acabado.

Simplemente a borrón y cuenta nueva cuando algo se tornaba demasiado formal, Gaspar hallaba la manera para alivianar la seriedad. Entre saboreaban la última cerveza, ya se hizo la hora de convertirse en estatua viviente. Vaya que le resultó bienhechora aquella ocurrencia de Vicente para una grabación allá cuando apenas tomó la conducción de "Aventuras". Desde entonces, su amigo bien popular se hizo en la pasarela más exótica, e incluso las ganancias le eran fructíferas, así que a diferencia de antes, que entregaba seis días semanales en el restaurante, ahora solo lo hacía tres. Y como hacedor innato que era, se ocupaba cada día de la semana. Pero hilvanando su propio talento en el lienzo que era su destino.

Se detuvo al lado de la muralla que separaba el océano de la pasarela a observar esas miradas apagadas., a las que lo único que les mantenía viva la llama era el arte. Todos esos cientos de seres atajados en un cuerpo que apenas trascendían. Ellos, que no más precisan el auxilio de una mano dadivosa que los devuelva al sendero que les pertenece, para que el paso por este mundo no les resulte un yerro. Y a poco miró a su amigo desplegando vivacidad a través de sus aptitudes, y al verlo, se rebozó de felicidad. Finalmente, él desempeñaba la labor para la que hubo nacido.

Rozando sus pies, encima de una manta color dorado, exponía sus libros de poesía, no solo escritos, sino que también preparados a mano, delicadamente en papel manteca con telas superpuestas. Gaspar todo lo hacía a pulmón. Y al final de cada actuación, bajo el yeso, recogía las propinas más diez dólares que alguno pagaba por su libro. Casi, cada tarde, vendía unos cinco en esas cuatro horas que se mantenía representando la estatua viviente, de lo contrario, una vez terminaba, con sus libros en la mano, recorría unas cuadras ofreciéndolos a los transeúntes. Gaspar era no menos que un ser humano admirable. Aunque ya debía marcharse, un algo lo mantuvo estancado, y fue el gozo que le entregaba mencionada escena. Es que a veces retrasaba la tarea más difícil que se le hubo asignado, la de estar consigo mismo.

Y poco luego, a talante sereno, emprendió el paso por el mismo camino por el que hubo venido, queriendo dibujar una vez más vestigios en la arena. Cuando de repente le sobrevino unos deseos de estar con ella, en silencio desconociendo el motivo, pero sí estar junto a ella. Si bien amar a un artista era subsistir en un romance inmutable, por su sensibilidad en apreciar cada connotación viviente. No obstante, te sumergía en un vaivén de emociones insospechadas. Puesto que, cuando la inspiración llegaba, el todo y la nada prorrumpían, así también como el recelo por su egolatría. Ese no le era más que el instante inaplazable de crear, entonces el mundo le estorbaba. Y aunque intentes un acercamiento está ausente. Y si lo amas mejor lo aceptas, déjalo volar, que cuando se haya liberado de su desasosiego, lo hallaras más templado, y vuelve a tus brazos. Hannah estaba en la etapa crucial de la que denominaba su gran obra. Entonces Vicente como pudiese tenía que domar los deseos, e incluso, de una vez por todas soltarse de las deplorables represiones a las que no más que el mismo se amarraba en una mente tramposa.

Escuchó voces afuera, y la risa particular de Ágatha, que no menos que él, entablaba conversación hasta con los muertos. Al verlo, tras la ventana, lo invitó a bajar al jardín. Así que pospuso la tarea a mano, y en un santiamén se hubo unido a ese matrimonio que acompañaba a la señora griega. Se llamaban Gail Y Alex, y se hubieron mudado mientras su ausencia. Aunque aún no terminaban de recibir muebles y acomodar la casa, dejaban entrever una actitud reservada, con una vigilancia constante detrás de los anteojos. No obstante, a poco escuchaban a Vicente, se soltaban algo. Será que a él, a estas alturas, esa conducta distante de los norteamericanos ya ni lo incomodaba. De la mano del sabio señor, tiempo entre mucho, aprendió fue que mil veces resultaba mejor marcar cierta distancia, puesto que tan solo eres dueño de tus pensamientos. Y en un país tan inmenso y colmado de amenidades, las actitudes del otro son impredecibles. Hubo pasado tragos amargos cuando las buenas intenciones se mal interpretaron. Fuese por la divergencia cultural o chifladura de los otros, pero lo cierto fue que, por su espontaneidad y trasparencia, acabó siendo agraviado o atormentado. Entonces ser uno mismo es todo lo que puedes y debes ser. Pero siempre, cauteloso, como soldado en guerra, qué tristeza. Conforme surgían los minutos, la pareja pegaba letra.

—Ya nos cansamos de ser nómades —aclaró Gail—. Y esa acrimonia del invierno en Carolina del Sur, por eso las perspectivas de negocio y esta convención nos trajo para Los Ángeles.

—Es que uno se muda hacia donde lo lleva el trabajo —añadió Alex.

—Figúrate que muy cierto es —acotó Vicente—. En este país las mudanzas están al corriente, no en vano en los trabajos antes de emplearte te preguntan si estás dispuesto a cambiar de ciudad. Por eso has de ser bien desprendido de los bienes, a veces te es conveniente dejarlo todo, y volver a comprar, puesto que las costas de mudanza son altas.

—¿Verdad que eres una figura pública? —inquirió Gail.

—Pues claro que lo es —intervino la griega—. ¿Acaso ustedes no miran televisión? Tan guapo, mijito.

Y comenzó a tocarle la cabeza sumida en su instinto protector. Aquella dama poseía el don de alegría inherente, y en sus ocurrencias divertía bastante a Vicente. A talante, sumiso él dio una breve ilustración de su trabajo.

—Al menos no trabajas con cadáveres como nosotros — dijo Alex.

—¿Qué hace usted, señor? —inquirió Vicente, desorientado.

Arremangando las mangas de su camisa obsoleta, Alex siguió:

—Llevo tres décadas transportando cadáveres a sus orígenes, específicamente a lo que me dedico es a comercializar el producto que se utilizan para envolver dichos restos. Es que existe una industria para preparar la muerte. Que por cierto, muchacho, me es de menester una persona hispano hablante. Esta convención durante añares se desarrolló en Italia, es nuestra primera experiencia en el país. Tampoco imaginamos que tantos latinos nos visitarían, así que estamos perdidos. ¿Conoces a alguien que nos tienda una mano?

—Bueno —expresó Vicente—, déjame preguntarle a uno de mis amigos que de seguro te caerá muy bien, y te será de amplia utilidad.

—Ha de ser mañana mismo, por favor —acotó Gail.

Intercediendo Ágatha:

—¿Y yo también puedo ir? —ocurrente al igual que los niños, haciéndolos reír a todos.

Hacia Santa Clarita marcharon los aztecas. Vicente lo introdujo al matrimonio, y ya en un parpadeo Gaspar se hallaba manos a la obra como todo un experto en ese mercado. Es que tenía un magnetismo para atraer a la gente, como el mismo dominio de vender cualquier objeto. Dejándolos boquiabiertos a Gail, Alex e incluso a su socio Shiba. Por su parte, este se apartó del stand para dar un recorrido por la feria, sin dejar de asombrarse de la habilidad de su amigo. De una personalidad señera, el cual a todo se adaptaba con la confianza de haberlo vivido antes. A la sazón, empezó a echarle ojo a la totalidad en derredor, ese escenario esmeradamente preparado para la muerte. Y en cada stand alguna frase mordaz como "Descansa seguro, nosotros te llevamos a tu tierra". Y los objetos más inverosímiles a la venta como pegamentos, preservantes y perfumes que se usan para cerrar las aberturas al cadáver que hace el médico forense. Tanto lujo en un mármol para que el retrato del difunto luzca bonito, que te espeluznaba la piel. Pluralidad en los colores de un carro que transporta el ataúd hecho de la madera más costosa, decorado con lienzos pomposos. Y el esplendor de esas carrozas fúnebres haciendo alarde. Oferta y demanda hasta con la muerte, profesó. Rayos, hasta el día en que mueres el dinero será el único Dios verdadero, como bien dijo Peter. Vaya que jamás me di cuenta de lo cuantioso que hasta el día que nos vayamos necesitaremos. Y cuando este ensayo que es la existencia haya terminado, luego de tanto haber puesto cuidado en el modo en que nos tratamos, a poco hayamos cerrado los ojos ni sabremos las barbaries que harán con el que fue nuestro cuerpo.

Regresó al *stand* de Gail, y dio oído a la consulta de unos visitantes acerca de lo que llamaban la repatriación. El acto de ser devuelto a tu pedazo de tierra, otro sinónimo de ser inmigrante, y quizás un ilegal más. Tantos de esos héroes anónimos desaparecen en circunstancias dudosas, y el tiempo sucede mientras son reclamados. Y a menudo esas familias no cuentan con los fondos para costear los servicios, y quedan a la buena ventura de la ayuda de la embajada. También Gaspar revelando las propiedades de aquel plástico, ventajoso por el aporte del material de aluminio por dentro, lo que proporciona un traslado inescrutable. Impidiendo el hedor y que los líquidos de los despojos se diseminen. Y hasta apto para la cremación, ni en ese instante cuando arda en llamas nada esparcirá del hermetismo de la bolsa donde bien almacenados fueron.

Y de tan solo pensar en la certeza de la muerte a Vicente se le estremeció cada célula. Se hundió en aquel túnel al que cayó por la desaparición de Peter, naufragó por la oscuridad que recorrió durante un tiempo postrero. Con la ceguedad de que nada merece una pena tan grande, porque aunque te abatas por los sueños infringidos o los bienes perdidos, igualmente nos moriremos. Y tan solo deseó abrazar a Hannah. Aquel solitario inexorable la demandaba. Salió del lugar, inhaló la vida que lo rozaba en esa brisa, rechazando la certera finitud que temblaba allá adentro, y la llamó. "No quiero distraerte, mi amor, solo necesitaba escucharte", meditabundo le dijo.

Y ya en contacto con la realidad fue capaz de entrar al centro de convención. ¿Y para qué tanto preparativo de velatorio?, conjeturó. Si al fin y al cabo esa tramoya es para los vivos, no para el que ha muerto. Y repentinamente oyó su nombre, una organizadora de eventos lo hubo reconocido. Y aquella voz lo conectó con la realidad. Entonces, suspenso, se abrió a una conversación. Consultó su reloj, en dos horas se acabaría aquella exposición, mejor se quedaba en el comedor del hotel dándole lectura a la agenda que hubo preparado Karla. Y entre esos ejecutivos viajeros solitarios bebiendo al pie del bar, esperaba a Gaspar. Pero el amor, la incertidumbre del trabajo, junto a la consciencia de la muerte le usurpaban el pensamiento. Vicente no era el mismo. Todo presume que algún suceso de golpe y porrazo te hace tocar fondo, y después emerges con lo mejor de ti. No obstante, se hubo desunido del esmero de su sueño. Como nunca jamás, lo que más lo inspiraba era la correspondencia de aquel delirio de amor. El naufragio de las pérdidas, al contrario de avivarle la egolatría, le despertó el aserto de que la entereza te la confiere los sentimientos. Puesto que no habrá sueños alcanzados, bienes ni dinero en la faz de la tierra que te suscite la consagración del único don llamado "Amor". Si al fin y al cabo nada, aunque lo pagues, te pertenece.

Hasta en su distancia del repaso del ardor de sus besos se abastecía de placer. Sus labios le aludían la gloria. Después de largos días, la carne y el alma le aclamaban sentirla, oírla respirar muy cerca. Entonces, en medio de un silencio anheloso, hicieron el amor con el escrúpulo que ameritaban. A Vicente, más que el palpitar, le dictaba verla. Es que era tanto lo que Hannah junto al aroma de su piel plena le dejaba, que también sus manos la requerían constantemente. Entre la indecisión impasible del advenimiento de la primavera, codo a codo defirieron aquel domingo del mes de abril. A pronto, el cielo empezó a entintar las nubes blancas, y la inspiración a ella la visitaba, mientras él, debiendo tiempo a lo mundano debía irse, el separarse de ella le creaba la misma impresión de desarraigo, como de autonomía. Cerrando la puerta se preguntó de dónde venía aquello, si bien supo estar muy solo, apocando a los lémures, como calmando esos deseos de estar con alguien. Ya se profesaba incapaz. Aquel sentir le aclaró profuso la estafa de su mente, encendió el ordenador ni bien puso un pie en su casa. Así decidió realizar una grabación de "Aventuras", previa a su partida a Méjico. Es que, como su afición por permanecer con ella, de volver también era tiempo. Él hubo postergado harto de lo que lo movilizaba, como regresar a esa casa. Mejor durante esos nueve meses se entregó a la unión con Hannah. Entre mucho organizaba, tomó las llaves que le dejó Ágatha, y entró a revisar que todo estuviese en orden en su casa. La anciana se hubo marchado a Nueva York por un período a ver a sus nietos. Y con cariño, Vicente tomó los menesteres que ella le hubo dejado, concibiendo su constancia allí. Es que vaya uno a saber si en otros países la gente tanto se marcha, como lo hace en éste. A veces hasta el aire huele a despedidas, que aunque te acostumbras, no dejas de extrañarlos. Entonces aprehendido en esa emoción quiso marcharse de prisa. Semejante al efecto que le avivaba la retentiva de Josefina, que hoy ascendía. Y tal vez como inmigrante cuando rasgaba la cercanía de volver a pisar su suelo, ese aroma se discurría exuberante, ahondando la melancolía como dándole inmortalidad a su madre. Dentro del armario, entre papeles bien guardados, encontró su retrato, puesto que de lo demás ya se hubo despojado. Apresando un respiro, sirvió una copa de vino, y se acercó a la ventana, como quien anhela esa estrella que más resplandece y en la confusión del cielo lo trasmute todo. Es que hubieron acaecido casi tres años desde su muerte y recién ahora es que volvería a abrir aquella puerta, no quería conservar esa propiedad. La hubo vendido, pero antes de entregarla tenía que enfrentar al pasado cuando abriese esa puerta. ¿De qué sirven los caudales que puedan dejarnos? Aunque a veces necesarios, si nada reaparecerá esa presencia. Y a través del acto de armar el equipaje se enlazó con la realidad de que no más somos lo que sentimos.

Extranjero en su propia tierra, ambiguo en la impresión de deuda y triunfo, salió a la acera del aeropuerto en la ciudad de Méjico. Subió al taxi que lo llevaría hacia Querétaro, no menos que con la impresión que en cada regreso ya no era el mismo. Tal vez pertenecía al mundo, otro tanto al corazón de Hannah, y de lo que de él quedaba, a esa porción de tierra mejicana. La brisa, reflexiones, rostros y memorias no le daban tregua a su mente inquieta. Cuando volteó hacia la derecha vio el quiosco de revistas hecho de chapas, que ya se hubieron oxidado y plásticos cubriendo sus dos ventanas. Y el mismo hombre que lo atendía desde hacía una veintena de años. Y en esa connotación, el amor, el tiempo y la muerte se le revelaron porque duda que alguien más que un inmigrante conozca el abismo de la nostalgia. Si bien, aunque te quedes o te vayas, igualmente morirás. ¿Pero de dónde es que extrae aquel buen caballero el entusiasmo? Si durante la entereza de su vida estuvo en el mismo lugar, haciendo y viendo algo idéntico cada día.

Entre poco cerraba sus ojos, inclinándose en el asiento trasero del vehículo como un turista intrigado, sintió admiración por esa elección de simpleza. Mientras volvía a abrirlos, y el viaje le presumía interminable. Al instante en que el taxista detuvo el motor, hubieron llegado a la hacienda en donde se firmaría el boleto de venta del inmueble. Vicente pidió al chofer lo dejara en el portal. Es que a menudo precisaba de una brevedad a solas, así que salió del auto junto a su equipaje, y caminó hacia la casa del escribano. Allí salió jocosa a su encuentro su prima Nuria, quien se hubo encargado de alquilar la propiedad durante aquel tiempo, y fue el nexo entre los compradores y su primo hasta hoy. Ambos se abrazaron con el cariño que los unía desde la niñez, y aquella demostración le hacía sentir que siempre vale la pena volver. Porque aunque conozcas millones de otros en la peripecia del éxodo, esos pocos que crecieron junto a ti son los que a ciencia cierta palpan la cuenca de tu alma. Entablaron un diálogo cómplice, para luego unirse a los demás en el interior del estudio. Y por fortuna, el proceder se dio rápidamente. Si bien hubo eludido los quehaceres durante esos años en lo que a la casa de Josefina incumbe, ahora iría a hacer la entrega correspondiente a los nuevos dueños. Se marchó junto a Nuria, quien mientras conducía lo puso al corriente de las trifulcas familiares y las novedades del pueblo. Y entre soltaba letra, agregaba bromas. Al llegar a la casa, ella, perspicaz, le dio las llaves excusándose iría hasta el almacén por enseres. "Ve tú, que enseguida regreso, mientras llegan los Castillo", le dijo. Y vaya que me pesa este instante tan necesario como inútil de soledad, se dijo a sí mismo Vicente. Abrió la puerta, e inmovilizado por un frío espeluznante que lo recorrió íntegro, desde ahí observó al amor que sentía, al tiempo acaecido, y a la imperdonable muerte. Aquellas tres abstracciones ineludibles que yacían en esas paredes. Y a modo dócil dio los primeros pasos hacia el interior, mientras su historia y la de todos quienes allí alguna vez estuvieron, renació en su carne. No obstante, Nuria hizo de esa, otra casa donde vestigio alguno de lo que fue existía, de algún lado retoñaba ese olor al que se llevará con él hasta el último parpadeo. Anduvo hacia el patio, despertando el recuerdo de la infancia al ver la planta de parra y el árbol de naranjas. Tomó una diminuta escalera que estaba apoyada junto a la ventana, y alcanzó las ramas para cortar las últimas naranjas. Deseaba saborearlas una vez más. Y justo cuando sentía los ojos se le humedecían, dio oídos a una voz. Era Pedro, el nuevo dueño.

—Disculpa, muchacho —expresó.

—Por favor, sigue —profirió Vicente—, ya me ha sido suficiente.

Detrás de él también llegaron los otros y su prima. Nuria le alcanzó una caja de cartón para poner las naranjas. Reunidas ellas, Vicente volvió al comedor para poco luego entregar las llaves a Don Pedro, le estrechó la mano con firmeza, y caminó hacia afuera sin voltear. Esa abreviación ensimismada junto a las plantas les dio un vuelco a sus planes de escape. Porque vayas a donde vayas el sentir es quien te acompaña. Entonces, ni bien su prima encendió el motor del auto, le confesó se quedaría una semana en su hacienda para compartir junto a ella, mientras realizaba trámites bancarios con los fondos adquiridos, y también le puso al corriente de sus planes. Poniendo en la hondura de su ser aquel sentir inexplicable, Vicente dio lo mejor de sí.

—Detente aquí, ahora manejo yo, déjame mimarte un poco —le dijo.

Subió el volumen de la radio y fueron hacia una taberna a comer fajitas y beber unos tequilas. Es que había tanto de que conversar, que a poco echaron un vistazo a través de la ventana reflexionaron que los sorprendió el anochecer. Así que se dirigieron hacia la estancia. Vaya, que los días se convierten en meses, y con ligereza pasaron los años en Estados Unidos, pero cuando te encuentras en medio de esos regresos a donde naciste, el cariño, las remembranzas y esa alegría de ser acogido hace volar el tiempo. No más que vas despertando a la costumbre de permanecer otra vez, y ya has de irte. Justamente entre el abrigo de Nuria junto a sus tres hijos, el ex marido que aún habitaba allí, y la constante visita de vecinos y demás primos sucedió la semana. Puesto que te ven como el exótico que tanto importante tiene por contar, como también ese primo amigo y tío que aunque se haya ido, mucho quieren. La mañana que Vicente dejaba la ciudad de Cosalá en el camino hacia el aeropuerto, la sensación de alivio y error por la venta de la casa lo engañó. Era no menos que otro final y principio para lo que de ahora en más sería su manera de asimilar el enigma de ser un inmigrante eterno. A partir de hoy observaría más las abstracciones impalpables, al amor, al tiempo y a la muerte. Y lo más probable es que dejaría pasar harto hasta regresar. Cuando el aeroplano despegó de aquel suelo cerró los ojos para esconder algo su sensibilidad. Es que sintió dejar como llevar un poco de cada uno. Sin lapidar jamás de dónde venía ni quién de verdad Vicente era.

Al verla parecía se abría el cielo. Hannah, tan noble, tan compañera, tan ella. Su existencia lo colmaba, hasta a veces de hacerlo dudar pudiese ser tan veraz. Aspiraba dormir y despertar junto a todo lo que ella era.

—Te he extrañado —le susurró.

—También yo, aquí estoy, recuerda que vamos juntos.

Lo dejó en la puerta que conducía al jardín de su morada, diciendo volvía en un rato. Ella le concedía sus espacios, quizás era una de las cualidades que más Vicente le reconocía. Después que hubo considerado, volvió para preparar la cena, encendió velas, llenó dos copas con vino, y lo convocó a la mesa. Entre cenaban, otro tanto con afecto entrañable se acariciaban. Con profundidad él se extraviaba en el vaivén de sus raíces y la integridad sublime de su mirada. Es que hubo redivivo abundante en aquel viaje a Méjico, el acto de abrir y cerrar las puertas del origen de su pasado, y ahora tenerla en frente también le significaba demasiado. ¿Qué sería de sus delirios y el venerable tiempo que sobra y falta si Hannah no estuviese? Y se desconoció de sentir aquel amor, que lo movilizaba sin llevarlo al desquicio. Tan solo anhelaba noches y días para amarla. Y de tal modo, entre las fruslerías de su mente y el ahora su ideología desordenada, iba y venía. Hasta que fue el momento de ir a descansar. Y con esa dedicación de quienes se aman con pureza, acercaron los cuerpos desnudos bajo la lisura de las sábanas. Sin embargo, no hicieron el amor, todas las partes con la punta de los dedos se rozaron. Entre risas y arrumacos mucho se besaron. Aunque a Vicente el desear entrar en ella lo quemase, de tal modo la amaba, que a menudo tan solo tenerla ahí tan cerca le bastaba, y con la ilusión de verle los ojos en la mañana y tal vez hicieran el amor, se durmió.

Certero en plasmar sus deseos se hizo cómplice del nacimiento del alba. No existía otro rincón en el mundo donde quisiese estar, y se juzgó completo. Se hundió en el agua que de a poco en el mes de mayo empezaba a entibiar, asido en las entrañas de no más que su historia junto al palpitar. Y tan solo una que otra ave le hacía una ligera pasada dejando su presencia perceptible con un relinchar. Esa alma andariega que movía las alas en ese cuerpo precisaba de un constante partir y tornar, pero sobre todo reanudar siempre allí. No fuese a ser que algo de sopetón ocurriera y la corriente impredecible de la vida lo impulsara a otra parte, puesto que había un algo impenetrable que a Vicente lo enlazaba con esa ciudad. Una necesidad íntima con que la grandeza de aquel océano lo penetrara, que ese urdidor cantar de las aves lo transportase y la esplendidez de la brisa le rozase. Y de repente la elipsis en su mundo se infringió por la estridencia de un motor. Y una voz le susurró "Good morning, such a perfect day". Volteó por instinto. Era un trabajador de la ciudad al que hubo percibido antes. Aquel individuo sosegado, de piel prieta y una sonrisa esplendente que brillaría hasta en la oscuridad de una caverna. Durante el tiempo que llevaba viéndolo hacer su labor en las areniscas de Veneice Beach procedía de modo idéntico. Sonriéndole a quien pasase, alzando su mano para saludar, y de poco hablar.

—Buenos días —replicó Vicente. Pretendía no hablar inglés.

El moreno se bajó del camión, y le respondió -pausado y con acento duro:

—No hablo español, señor —y siguió—. Have to fix the tire.

Vicente, sin vueltas, comenzó a hablarle en inglés, y le ofreció ayuda.

—It's fine, happens very often —alegó.

Entonces le dio de beber agua, ya la temperatura asomaba su inclemencia, y su frente estaba bañada en sudor. Y poco luego le tendió una mano, claro que naturalmente se desató una conversación. El hombre se llamaba Cristóbal, nativo de Trinidad Tobago, paradisíaca isla donde las personas son tan felices a pesar de que la naturaleza se haya ensañado con su tierra. Será que incesantemente lo pierden todo que son inmunes a las ataduras terrenales.

—The only thing I will carry when I be gone would be my feelings —expresó Cristóbal.

Y ¿por qué será que la muerte está tan presente?, inquirió Vicente. También prosiguió contando acerca de su biografía. Llevaba treinta años en el país, la única vez que fue a la isla ya ni la recordaba. Sólo le quedaba una hermana viva, a la que tanto quería, y hoy llegaba. Vicente, que jamás perdía el asombro del enigma que cada uno es, le preguntó cómo hacía para despabilar al deseo de viajar. Es que él mismo no imaginaba su vida corriese en un mismo lugar. Esa pesquisa era su desafío pendiente. A la cual, el ladino Cristóbal aclaró:

—No puedes estar aquí y allá. No perteneces a donde naces, a nada, ni a nadie más que a ti mismo. En donde tu espíritu logre desplazarse sin sensaciones de deuda, es ahí donde has de quedarte. Yo soy de aquí. ¿De dónde lo eres tú muchacho, qué es tanto lo que por afuera buscas? Si solo se nos has dicho que desde el polvo venimos y hacia él nos vamos.

Y justo al concluir, hubieron terminado de cambiar el neumático.

—Have to go back to work, thanks for you help, see you soon —añadió.

También sonriendo se alejó. Y deseoso como niño esperando sus amigos lleguen a su fiesta de cumpleaños, ahí, solo con él mismo lo dejó. ¿Por qué será que cada vez que la mente con sus artimañas insiste en doblegarnos, hasta de entre el silencio aparece alguien que desde su paz mucho te enseña, por qué es que no veo el tesoro que poseo? Y sumido en la cognición del extranjero, tomó sus bártulos. Dio el primer paso liviano de ideologías, y en aquella ducha inmediata a la playa, como lo hacen los turistas y también los callejeros, se duchó.

Uno a uno llegó los camiones con los dispositivos para efectuar la grabación de hoy. E infaltable, el primero de todos los artistas fue Gaspar. Al que no pareciese el tramposo tiempo pasase, nada le robaba lo que por derecho ingénito le pertenecía, su alegría. Entre pasos que daba saludaba a quien estuviese en el camino. Aproximó a Vicente dándole el café que le traía.

—Al fin volvemos con "Aventuras", mi hermano, hoy es un gran día —expresó.

—Y sí que lo es —repuso el otro.

Y a poco iban armando el contexto, el reencuentro con los artífices, el aroma del mar, los nuevos rostros, y el ver las cámaras a prueba le erizó la piel. Ni ayer, tampoco mañana, ahora era el momento de volver. Y entre tanto le hacían el maquillaje, como quizás nunca antes, los años fueron hacia atrás. Se vio llegar, y desde muy abajo empezar, sus sacrificios soledades y despedidas. Un futuro al que apenas, por ser un inmigrante, se atrevía con alucinación a rasguñar. Durante aquellos añares desde donde una distancia contemplaba a quienes por su perseverancia hicieron del arte la manera de ganarse el pan de cada día. Mil noches sin saber quién de verdad él era. Hasta llegar a hoy donde la vida le dio amplia libertad de elegir, y se encontrara sentado a esa silla. Colmado por tanto y del tesoro que hasta hace muy poco le fue ilusorio, el amor de ella. Hasta que el ímpetu con que alguien pronunció su nombre le hizo volver, y abrió los ojos. Tenía a Karla en frente. A poco se independizó de las extorsiones estáticas del maquillaje saltó de la silla y le dio un abrazo. Vaya del portento de la libertad, la dicha le brotaba por los poros, lucía más bella que nunca. A la ligera, con algarabía, le contó que ya obtuvo permiso de viaje por el matrimonio, e iría a Uruguay junto a su hijo.

—Me hace feliz el verte feliz —agregó Vicente.

Y cada uno fue hacia sus puestos. Hasta que uno, dos y tres cámaras, luces acción. Y se dice que cuando haces lo que amas, aunque te aprese el deber o un duro pesar y por un lapso de tu camino te has de alejar, el volver nada te cuesta, será como andar en bicicleta, lo aprendiste una vez y nunca se te olvida. Esa era la reapertura de "Aventuras", lo que conmocionaba a todos. Y hoy, de todas las artes se agasajaría a la música. A propio, Vicente inauguró la gala, con rendibúes a los artífices que lo hubieron acompañado desde el primer día, cuando el mismo desconocía si podría llevar a cabo el reemplazo del pionero de Peter. Anduvo hacia ellos, de los cuales constaban varios niños músicos, e

145

hizo entrega de un ramo de rosas color amarillo a la niña de rizos largos y ojos renegridos inmensos, que a través de esos te mostraba su alma antigua apasionada, quien Gaspar descubrió en la escuelita de música contigua a su casa. Se llamaba Maguie. Y tocaba la guitarra con un entusiasmo y habilidad que seguramente lo trajo con su nacimiento. Esas tardes en que asistía a la academia, detrás de la fragilidad de esas paredes, Gaspar se deleitaba escuchándola tocar, y entre otras, también cantar. Hasta que asistió a un festival que dio el instituto, entonces habló con su madre. Maguie no más precisaba de la indulgencia de una mano para que por ahora, parte del mundo se bañara en agua de rosas con el primor que esparcía al tocar la guitarra. Vicente la tomó de su pequeña manito viendo como la emoción le empapaba esos ojitos. Afanosa, se frotó la carita, tocó la pierna de su mamá, y a poco dijo gracias, añadió:

—No puedo creer que me eligieron a mí mami —léxico que enterneció al conductor.

Y la condujo hasta el escenario diciendo:

—¿Te has preguntado, Maguie, qué sería de la vida sin la música?, y como la amamos te hemos elegido a ti para que nos hagas soñar bajo este cielo. Y le entregó su guitarra. La niña los cautivó en esos cinco minutos en que tocó. Y cuán contento ponía a Vicente que precisamente ella, siendo hija de inmigrantes, estuviese allí y fuese llevada por su amigo, quien nadie mejor que Gaspar sabía a ciencia cierta de llevar bajo la dermis un talento.

Seguidamente se desarrollaron otras presentaciones de niños prodigios, y aunque cada uno tenía una chispa esplendente, ninguno la de Maguie. Porque más que su talento era esa hondura en sus ojitos que emanaba pureza de amor, incitándote a dárselo todo. Como le sucedió en la mirada de Ileana. Y abstraído Vicente en las meditaciones de su alma compasiva, cuando el último hubo acabado con una entonación del Ave María, entregado a los aplausos para continuar con unas palabras. Vio que las cortinas del escenario se cerraron, como no fue antes, dejándolo en penumbras, hasta asustarlo. Y la voz de Karla prorrumpió con la presentación.

—Tu equipo y público están tan felices con tu regreso que te hemos preparado una sorpresa —dijo.

Vicente, suspenso, no pudo evitar el ademán de echarse el pelo hacia atrás, como cuando se quedaba boquiabierto.

—Vaya que me has puesto en un hilo, mujer —con una amplia sonrisa, agregó.

Y una brecha de silencio se hizo presente. A poco, como caído del cielo, una nota musical que provenía de un piano se oyó, y después otra. Karla lo instó a mirar hacia el escenario. Le tomó por el brazo, y expresó;

—Un minuto más.

Cuando los telones se abrieron expeditivo y la música del piano tomó vida con la trova "Para Elisa". Iluminándola íntegra a quien la tocaba. Era Hannah, que luego de las dos primeras estrofas, siguió con una balada de su última producción que todos ignoraban. La que solo Vicente y ella conocían, una que compuso desde el delirio de afición y el embeleso que por él sentía. Y con tanto amor él la contemplaba, que deseaba metérsela dentro de su piel. Y cuando terminó, una música de violines siguió para escoltarle el paso. Disciplinada, bajó los escalones del escenario hasta llegar a su lado, y exclamando por acústica "Te amo", para con afán besarlo dulcemente en los labios, y como mariposa vehemente regresar al piano.

—¿Y qué nos dices de esta maravilla, Vicente? —preguntó Karla.

—Que como al amor no la esperaba, que me hacen tan feliz. Que el constar su existencia me aviva el alma. Porque más allá de lo que suceda, nada puede impedir que "Aventuras" sea, ustedes y yo somos la expresión rítmica del arte.

Una que otra estrella traveseaba entre la exigencia de los relámpagos por iluminar algo aquella oscuridad pávida del cielo. Y aunque siendo muy tarde, fue al parque. También le gustaba estar algo solo. Descubrir el silencio detrás de la naturaleza, y albergarse en él. Es que el amor, mezclado al dolor en la distante mirada de Hannah, lo hacían circundar la amargura de ese pasado al que durante harto intentó borrar. Y entre los fantasmas de la vigilia se esmeraba porque aun así mantuvieran intacto la integridad de su sentir. Es que los unía un misticismo al que era un pecado malversar. Y vaya que no se haya inventado una antítesis tan intensa como la de que el amor todo lo es, y no. Ya nada más por hacer, más que abrazarla, acompañarla, decirle que añoraba inmolarle el padecimiento, llorar a solas, e inhalar profundo se le ocurría hacer. Vuestra relación era fundada en la pureza de que convergían en las mismas vicisitudes como en la conciencia.

Aunque los dos amaban los niños, ya estaban mayores para tener hijos. Así que el no tenerlos también estaba bien. Uno y el otro eran su propia familia, se hubieron llenado cada espacio, conforme se sentían completos juntos. Durante las últimas ocasiones en que hicieron el amor dejaron los cuidados para impedir un embarazo. Puesto que los riesgos disminuían, y tampoco tenían intimidad a menudo, entonces naturalmente, se entregaron por el todo. Y aquel retraso, como le sucedía frecuente, esta vez, terminó siendo un embarazo. Al que recibieron como la gloria, a pesar de no ser planeado. Y aunque batallaba con unas contrariedades propia del desgaste de la edad, Hannah era una mujer tan saludable como dinámica, y con un caudal amoroso tan inmenso que sobrellevó la gestación victoriosa. No obstante, de un modo u otro, los temores la emboscaban en las madrugadas. Hasta que en una despertó a Vicente empapada en llantos, había dejado de sentirle los latidos al bebé a través de su vientre. Y aunque a solo cinco días del que fuera su esperado nacimiento, aquella alma emprendió otro viaje. Poco importa a quién reclames o supliques, cierto es que lo que está escrito por Dios será inquebrantable por el hombre. En el cofre de la vida siempre hay más. Más de lo bueno, como de lo malo, siempre más hasta el día que el tren se detenga. Y desde esta muerte sin nacimiento de la prolongación sublime del amor, Hannah y Vicente, con reconcomio de deuda, todavía se aman. Por momentos él la desconoce, o tal vez jamás la conoció, es que a esa esquizofrenia llegas cuando palpas la carestía en el alma de ese que no hace tanto te completaba. Ella le traslada su martirio, su tirria hacia la vida de que ¿por qué a ella y a otras no? ¡Dicen que el tiempo todo lo cura, pero mientras tanto sucede, cada día espero que sea mejor al anterior que jamás llega! Si supiera Hannah que a Vicente le corre la misma aversión por las venas, a diferencia que, como muchos, elige vivir en el sigilo porque entre lo poco que viviendo aprendió es que cien mil veces en el silencio se sobrevive menos peor. Y en ese disimulo firme sigue él cada día. Sí, todavía se aman. Cuando él incita aproximación íntima, Hannah sugiere una distancia. Por tanto, él, en la entrega resignada a la penumbra de la luz de la mesa de noche se pregunta ¿qué somos? Vaya cualquiera a saber bajo qué parodia estamos, porque si la plenitud del amor no es capaz de consumarse, entonces ¿serían amigos, familia lejana, qué hoy ellos dos son después de muchos meses de ausencia de intimidad? Para él, hacerle el amor, sin embargo, es un bálsamo que le reposa hasta la demencia más impugnable, solo allí vuelve a sentir un atisbo de gloria. Para ella presume superfluo, ya ni en sus brazos haya consuelo, ensimismada, como cada artista desde la hondura de sus quebrantos, solo desde su piano, subsana. ¿Qué son dos individuos compartiendo una vida unida por el sentimiento más noble sin pasión? ¿En qué santiamén se sucumbió la efusión? ¡Qué lejos estoy del idilio del enamoramiento que siempre quise junto a ella!

Y como cuando fue el tiempo de estar juntos, ahora, en honor a ese único y gran amor, antes de que la pureza se ensombrezca, lo es de alejarse. Ese esclarecimiento tiene bajo el manto de este cielo en las caminatas nocturnas, pensativo, entre la inclinación de las hojas de palmas que agita el viento. Quizás por el tiempo fugaz, como hondo que se entrelazaron sus caminos, fue que la faena del destino los mantuvo cerca y lejos durante aquellos años. Hannah lo contemplaba, sin que él la pudiese ver. A pronto regresó del parque se asomó al cuarto viéndola dormida. Inseguro, echó su cuerpo junto a ella, pero la resistencia a la realidad de que la magia se hubo extinguido y la locura infamaba el idilio que por tanto fueron, lo insidiaba. Volvió al comedor, y entre su respiración agitada advirtió la furia del viento, que a través de las ventanas cerradas se dejaba oír, y entregado a que la noche pasara mejor se acostaba en el sofá. Tal como ni supo la tardecita en que entró a su casa que el apego comenzaría, hasta ayer tampoco sabía que hoy a poco despuntaran los rayos del sol, como cada mañana la abrazaría fuertemente, y prontamente se iría. Sirvió una y después otra copa de vino mientras se paraba detrás del ventanal a perderse en la dimensión que las luces de neón engrandecían al sauce del jardín. Pero cuando resbalaba en la trampa de la conciencia, se echaba al sillón a ver si con suerte descansaba. Y el propio silencio lo despertó, aunque dudaba de haber dormido, sus pensamientos le procesaban idénticos. A la sazón brincó del sofá, y esta vez ya preparó café. Algo divagaba en la paranoia del vislumbre de la incógnita que a partir de que se fuera serían sus días, a poco preparaba una maleta le fue vívida la soledad que ya le quemaba, cuando sin saber la vida alistaba a Hannah atravesara su camino. Pero ahora que durante dos años ella se convirtió en el ancla más firme de su mundo, ese volver a permanecer con él mismo y la carga de la ausencia de su presencia, lo espantaba. Tomó una larga ducha, y ya hubo rayado el alba ardiente del verano que pareciera te fija más las penurias. Entró al cuarto y la besó entre abrazos hasta despertarla, y a posterior volvió a la sala. De pie detrás de su equipaje esperó se levantara. Y al escucharle pronunciar "Buenos días", mientras se preparaba su desayuno, Vicente se le acercó, mirándola con todo su sentir a los ojos, viéndola todavía más bella. La estrechó con amor infinito, y a duras penas pudo decirle: "Me voy". Enunciado que ella asintió, y tan solo replicó: "Sí, mejor ve".

Vicente, quizás en sabiduría plena de un silencio perenne, tal cual destacaba su cualidad humana de procesar los reveses, hizo de la casa de Ágatha su nuevo hogar. La que fue la suya antes de convivir con Hannah aún estaba bajo contrato de alquiler. Si bien, como andarín innato siempre hubo buscado nuevos escenarios cuando atravesó un infortunio, esta vez ya no. El amor, el tiempo y la muerte le serían peor de fuertes yéndose. Era incapaz de irse, ni siquiera a ver a Ágatha un fin de semana, a pesar de que, por estos tiempos era a quien mucho necesitaba. Sentía que más allá de no estar junto a Hannah ni su hija Paloma, precisaba de la cercanía entre sus almas como del espacio físico donde tuvo desenlace este gran y único amor. Como vagabundo esperanzado, se quedaría por un si acaso. Entonces tendría seis meses hasta que la anciana prodigiosa regresase de New York. Y de alguna manera, entre lo ínfimo que le sentaba bien, figuraba estar en su antiguo vecindario. Tan lejos de un estado sereno, únicamente estaba ausente de la conciencia de la realidad cuando revisaba las biografías de los artistas que participarían en el programa. Paloma y Hannah se convirtieron en el eje de su palpitar, tal como si nada ni nadie más existiese en la faz de la tierra. Desde la mañana que él se fue, de ella no ha vuelto a saber. Mientras el sentido común le dicta que la deje en su lugar, el corazón le dice que así de sola no la puede dejar. De repente, una tarde a la hora en que el cielo como por arte de magia se tiñe de color rosa, manejó hasta Veneice Beach, a ver si entre los recónditos que albergan aquellas almas y la suya, el hechizo del calvario que los unía se dilapidaba en la grandeza del cielo. Porque harto resucita cuando se rompe el silencio, y casi la totalidad de ellos vive como lo hago yo, caviló. Y desde que dio el primer paso llegó a su cabeza la remembranza de Ileana. La resonancia de su mensaje: "No hay epíteto para describir la pérdida de un hijo, sí los hay para los viudos y huérfanos, pero no para los padres que pierden un hijo". Y llamó a Hannah, necesitaba constarla respirando, porque después de ello regresaría a la vida. La pensaba noche y día. Si él estaba devastado por la defunción de Paloma, qué abrigaría ella que la tuvo nueve meses en su vientre, unidas en corazón y carne, amándola desde el primer instante, y jamás vio la luz de sus ojos. Porque no menos que aberración puede sentir cuando se le arrebató así a su hija. Al oírla, sin asomo de dudas, aún se tenían amor, la brecha entre lo que fueron y ahora son entre silencios, y su respiración lo conmovió. Quizás nunca volvería a ser ella. Y desde entonces cada día la llamaba, hundido en la refutación de ensordecer por un intervalo. Porque se enredaba en la locura de no poder rescatarla del túnel, y en el devaneo que Vicente aún en la hondura de su ser deseaba para ellos.

Conforme vamos acercándonos a la finitud del urgente recorrido del tren de nuestras vidas, puede que corras al que certeramente se irá, y a la de que nadie escapará, al tiempo y la muerte. Pero vaya que has dejado ir tanto, que ya tu misma presencia no te incomoda en demasía. Si al final de cuentas cuando el tren se detenga, en el viaje no habrá espacio de carga más para lo que se haya adherido al alma. Pasaron varias semanas que no más que con él mismo convivió, es que la soledad dejó de asustarlo. Sin embargo, siempre la extrañaba, y en esas noches inconscientes que apenas dormía, entre la compleción del parque caminaba, otro tanto leía. Ya abandonó la punzante conjetura de cómo hubieran envejecido juntos, pero tal vez en la que divagaría hasta el último de sus días sería en Paloma. Es que no habría amor sin tiempo, ni vida sin muerte. Tal vez él tampoco ya era Vicente. Por estos tiempos estaba falto de mirar a quienes estaban, más bien solo pensaba en quienes ella, sin aviso, vino a buscar. Una vez más la muerte lo hubo apartado del desempeño de su sueño. ¿Por qué permito que se detenga el motor de mi alma? ¡Si ya no me atrevo a soñar para qué respiro, para qué camino muerto! ¿Por qué la demencia de lo que pudo haber sido y la eventualidad de lo que será me paraliza? Entró al comedor y llamó a Karla, ni un momento más de vida postergaría, ya hubo reñido con el demontre, y ni eso le devolvió a Paloma, "Aventuras" volvía.

—Por fin sé de ti, tengo tantos deseos de verte —le dijo su amiga.

—Y yo —replicó Vicente—, solo anhelo que cuando sea el momento de otra partida, la vida no me sorprenda así de endeble.

—No hay recetas de vida, siempre seremos débiles y fuertes —añadió Karla.

En el lapso que solo prendido a las alas de su hija y la voz de Hannah, él se escudó. Gaspar había publicado su tercer libro. No tan solo los vendía a quien se le atravesase por su camino, sino que también los hubo dejado en muchas pequeñas tiendas que comprendían la pasadera de la playa. A los negocios pequeños les daba una comisión por cada venta, mientras que a los grandes se los vendía generosamente. En el mes de septiembre participaría de la feria del libro, y ya solo trabajaba dos días en el restaurant. Entre las ventas de sus obras y la parodia de estatua viviente bien le alcanzaba para sobrevivir, y hasta ahorraba dinerito.

Porque plasmaba su sueño, era aún más feliz. Y al verlo, el muchacho le musitó:

—Ay, mi hermano, mira que no me has dejado estar a tu lado en este quebranto, te crees tan inmune que únicamente vives desde el error que los demás han de verte siempre contento, te olvidas de que no eres más que un ser humano.

—Ver tu arte por todas partes, verte feliz me hace tan bien —dijo Vicente, tal como sordo al comentario profundo del otro.

—Vamos a grabar los próximos cuatro programas en Florida, partimos el sábado. Mejor te vas preparando puesto que ya he regresado.

Y se levantó de la silla.

—Ahora sigue y alístate que salimos al aire en dos horas —añadió, dejando a Gaspar pasmado.

—Pero mira, mi hermano —exclamó, y antes de que prosiguiera en alguna soflama, fue interrumpido.

—Tú y yo nos iremos en auto, será un viaje agradable, con mucho para mirar y ponernos al día, no he olvidado la realidad.

Sonriendo en complicidad con Gaspar, de a prisa como a quien se le va el avión, aproximó a uno de los operadores a echarle una mano con los trípodes de las pinturas. Volver era especial, y en reverencia a ello, esta reapertura sería un lujo. Hoy se agasajaría a esa porción del arte al que las imágenes del espíritu surgen a través de pinceladas. Y con la primera caricia que el sol le daba a la exuberancia de la montaña, ya cuando la luz se despide para que el misterio de la noche en sus quietudes ahuyente las sombras y cumpla los sueños, detonaron los campanazos. Manso, uno tras otro, hasta hacerse interrumpidos, no menos que como los latidos del corazón. A súbito le siguieron los tambores, esa eufonía hechicera que aviva hasta las tumbas. Y entre aquellas asonancias, que parecieran marchar al mismo ritmo acompasado del señor destino, el público se meneaba. Prudente, aguardó su momento. Vicente apareció dando voz e inicio al programa, entre un estruendo y el otro. Y le sobrevino un éxtasis por el manto azul que cubría aquellas ilusiones. Y las luces se avocaron a Walter, el pintor boliviano que andaba el mundo plasmando en lienzos escenas de las profecías que le dictaban sus sueños, quien, acorde a la primera campanada, dio rienda suelta al pincel. Para éste, volver a Veneice Beach le encarnaba una ceremonia.

—Esta pasarela fue mi único testigo e impulso para darle vida a la inspiración que se ahogaba entre mi pecho y la carne. ¡Cómo no amarla, si aquí vendí mi primer cuadro, este cielo me sirvió de cobija en los días sin trabajo y las noches sin hogar! —eufórico expresó al público—. Y en cada barcito de algún rincón del planeta que me tomo un café y tienen un televisor encendido pasando "Aventuras" no menos que afición por esta playa siento. Y me da gran contento me hayas invitado —acotó Walter.

A poco corriera el programa terminaría su cuadro. Mientras tanto, los artífices ignotos también pintaban. Para poco después convocarlos a concurso por una beca para su taller de artes. Pues quien ganase iría a Machu Pichu al encuentro de Walter y expondría en Cusco como su invitado de honor. Vicente lo hubo conocido en Marruecos una década atrás, aunque el encuentro les fue una brevedad en una cena con Cloe, cuando él mismo y ella no eran más que colegas, como por magia en diversas acuarelas que visitaba siempre encontraba un fragmento de la presencia de Walter a través de su arte. Su temple excéntrico, como el talento en sus pinturas, lo intrigaba cuantioso hasta que quiso traerlo al programa. Pero lo que más le interesaba de él fue su semblanza de inmigrante. Porque es meritorio que triunfes en tu entorno, contenido por la fibra de tus cepas, el sustento de tus afectos y la seguridad de tu lengua nativa. Pero si alguna vez quienes jamás abandonaron la patria tuviesen un raciocinio de la gloria que es triunfar en tierra ajena, serían reflexivos en que quien despuebla nace dos veces en una misma vida. Porque no existían dos connotaciones que Vicente admirara más que el ímpetu para desplegar el arte y la valía de ser un inmigrante. Y como ya ni recordaba cuándo fue la última vez, estaba muy contento. Puesto que el sabor que te da hacer lo que amas te rebalsa de gratitud. Y pleno de proyectos manejó hasta la que por ahora era su casa.

Si bien una levedad de vacío al cerrar la puerta le raspaba, en casa de Ágatha aunque no tuviese la postal del parque detrás de la ventana, que sin rendimiento lo invitaba a ser partícipe de cada día, en la sabiduría del ahora de la naturaleza que no tiene la nostalgia del pasado, ni la ansiedad del presente, Vicente percibía serenidad. Hasta parecía oír a la abuela, y de tanto que juntos se reían le entibiaba el corazón. Tocaron a la puerta, su inquilina Anna le acercó la correspondencia. Ya pronto daría a luz a Andrew. Y la belleza que a las mujeres les provee la gestación de un hijo le brotaba en cada centímetro dérmico. Le alegraba que la pureza de esa energía penetrara las paredes de su casa. Una vez despidió a Anna, abrió uno de los sobres. El canal le hubo enviado un cheque profuso por las regalías del que una vez sería su programa. Otro inconcluso que hubo quedado en el aire, y cerraba hoy. A decir verdad, nada más él deseaba comprar, con un lugar donde vivir, que ya tenía, le alcanzaba. Más bien deseaba realizar algo fenomenal, algo tan atemporal al que ni la muerte se atreva a alterar. Fundaría una entidad de ayuda legal a los inmigrantes. Puesto que el dinero que a muchos nos quita el sueño, a Vicente no le rasgaba inquietud alguna. Antes, que a ciencia cierta supo, la seguridad te la proveía el amor. Hoy le significaba el bienestar de trascender, él no era artista al que después de muerto la gente recordaría por tan solo ver sus obras, tampoco plantaría árboles, ni mucho menos tendría hijos. Solo trascendería haciendo lo que lo hace feliz, y habiendo marcado huellas en el camino de ruta de quienes pudo ayudar. Una vez invirtiera una parte en la entidad, al resto lo pondría en la bolsa de comercio para que fuese su retiro, y ya. De tal modo, con el tiempo que le quedara por vivir se las arreglaría más que bien. Ameritaba alas, en vez de ataduras. Vivir a su modo, cerca del arte y los inmigrantes, y otro tanto conocer lo más del mundo que le fuese posible. Se esforzaría por abandonar la igualación, ésta es la vida que eligió y otro tanto le tocó. Esas eran las estelas que debía trazar y sostenerse con fuerza al vagón, hasta que el tren se detuviese. Llenó una copa con vino, y bajó al jardín a contemplar las estrellas, ahora tenía una más que siempre por encima de él brillaría. Como las hojas que despojaron los árboles al dejar ir el otoño, así acaecieron las noches y días. Pensaba en sus labios y la ternura que alguna vez emanaban sus manos. Ya pasó un mes desde que dejaron de ser ellos, y volvió a ser no más que él. ¿De qué rayos sirve el tiempo? Con ahínco refutó, y de un solo sorbo acabó el vino. Volvió a adentrarse en la casa, tomaría una ducha y después armaría maletas, que como en antaño, le fueron la esperanza más trivial al consuelo. Sería la primera vez que dejaría la ciudad desde la partida de Paloma.

Y aunque en el ahora remendaba, todavía, en el preparativo de los menesteres, la tramposa mente lo arrastraba al precipicio. Surgió culpa de dejarla, aunque ya no estuviesen juntos. El alivio del compromiso de su bienestar lo hacía andar un poco en libertad, no obstante, era como que sin ella el tiempo le era en vano para llenarlo. Entre la melancolía del perfume de su piel, y en el entusiasmo de aventura en las autopistas, se durmió. No fueron más que un par de horas que bien lo repuso, y cuando la casa ya le quedaba inmensa, cerrando todo, partió. Cuando el palpitar le resultaba exuberante, y las paredes dejaban de serle compinches, sólo nadar lo devolvía a su estado natural de calma.

Manejó hasta Santa Mónica entre la neblina que separa la ciudad con la costa, cruzando a los trasnochados y amanecidos. Nadaría un rato, a poco Gaspar estuviese listo.

Detuvo el motor de su auto bajo la arboleda contigua a la playa, justo donde se daba un descanso el vendedor de flores. Que de tanto en tanto entraba al baño de la cafetería que nunca dormía, se llenaba los bolsillos de sobres de azúcar, como de aderezos, bebía agua y volvía a la esquina. Levantando la mano izquierda, dejaba en evidencia que cada ramo que vendía costaba cinco dólares. Y por el atuendo que traía quizás no se cambiaba de prendas en días. Vicente compró dos cafés, y le acercó uno, también le compró girasoles. Se llamaba Luis, era salvadoreño. Hablaba un inglés impecable. Y aunque con un disimulado inconfesable en la mirada, su sonrisa era cristalina. Tal vez para escapar de sus propias fullerías es que constantemente buscaba a quien observar. A quien ayudar, para que el ego dejase de derrotarlo, y pudiese asimilar cuanto de bueno, a pesar de todo, aún tenía. Juntos bebieron el café, y Luis le hizo compañía mientras se alistaba para ir a nadar. Y en la aparecida del sol ya le hubo contado bastante de sí mismo. Desde que atentamente lo escuchaba hasta que quiso hacerse libre en la indulgencia del océano, Vicente deliberaba en la situación del muchacho, que no era la mejor, pero para él, menos peor que allá en El Salvador. De esas cosas que abastecía sus bolsillos del pantalón harapiento, como del agua de la cafetería que bebía, le procuraba un gasto menos en casa, donde esposa e hijas lo esperaban. Permanecer aquí tal vez le sería continuar en la rueda del cuento sin final, pero aun así, quien se convierte en inmigrante ya no tiene retorno. Más vale seguir cualquiera sea el camino, antes de detenerte y volver. Pareciera que ese acto de vuelta fuese una derrota. Vicente no dilucida al arcano del miedo que espía al que llaman el país de la libertad.

Con la impresión de dejar mucho atrás emprendieron viaje con Gaspar. Tendrían unos días antes de llegar a La

Florida. Para cuando uno y el otro llegasen allá, ya la multitudinaria Ocean Drive se convertiría en otra pasarela de arte para las escenas de "Aventuras". Le quiso regalar ese tiempo en paisajes a su amigo, que debido a sus limitaciones legales no se arriesgaba a viajar en avión, y tampoco hubo salido de California desde que dejó Méjico, allá más de una década atrás. Y vaya que el regocijo que te da brindar alegría es inexplicable, eres doblemente feliz al ver la dicha en el otro. Gaspar parecía un niño en Disney World, agradecido por el viaje y tan contento de conocer La Florida, quedarse un mes allí lo enloquecía. Mientras tanto, ese contento ajeno a Vicente lo revivía, será que cuando el alma te es inmensa de innúmero vacío, meterse en lo mundano te hace creer que eres más que la circunstancia vital que atraviesas. Disfrutaba, pero con esa sensación dañina de deuda que tal vez lo asechó siempre, provista de su necesidad de finitud impecable de todo lo que hacía. Vicente apenas detenía el auto para abastecerlo de gasolina y comprar enseres. Entre conversaciones y la música hubieron llegado a Texas.

—Como uno hace de lo que conoce su mundo, he vivido añares en la libertad de mis limitaciones, porque quizás de lo que ignoras formas tu felicidad, —exclamó Gaspar—. Cuando ese huésped vicioso de si "tuviera" insiste en volver, de inmediato lo echo afuera. Y pienso en mis dones, que aunque fuese prisionero o libre, son míos, nada ni nadie más tiene lo que a mí me pertenece. Entonces escribo y vuelvo a hacerlo, y en ese acto todo se me remedia. ¿Quién sería yo si no escribiera? —con brillo en los ojos añadió.

—Tú eres grande, mi hermano —le dijo el otro, a poco llenó el tanque del vehículo con combustible.

Y entraron en una cantina. Mientras esperaban les sirvieran la cena, Vicente volvió hacia el auto por su teléfono que hubo olvidado, y al santiamén de agarrarlo, lo llamó ella. Tomó la llamada sin pensarlo, y se le anudó el estómago. Eran días de extrañarla, sin ni siquiera escucharla.

—Quise despedirme de ti, mi vuelo hacia Jerusalén sale en una hora, me quedaré allá los próximos cuatro meses, me han empleado en el conservatorio —expresó Hannah.

En parte, aquel soflama fue lo que menos él deseaba oír. Porque siempre habrá esa parte de uno que anhela el otro regrese a nuestro lado, sin saber para qué, solo que por favor regrese. Aclarándose la voz, Vicente pronunció:

—Qué placer es escucharte, estoy de camino a La Florida, desconociendo por cuanto tiempo "Aventuras" me retenga allá, ya he retomado el trabajo. Te echo de menos —agregó, aunque estuviese demás decirlo.

—He de marcharme ahora —entre cortando la voz, como queriendo pronunciar algo más, ella respondió.

Y ese fue el fin de la breve conversación. Sintiendo un abandono inexistente, tal vez incoherente, porque ya no estaban juntos, si él por su parte fue el primero en irse. Ya le encarnaba un peso su mismo sentir. Vaya que deseaba un mago hiciera lo que jamás podemos delegar: la más hostil tarea que se nos encomendó, ocuparse de uno mismo. Se le hubieron acabado las excusas de diferirlo, debía ser ahora. Ya no faltaba tiempo, ni el trabajo le insumía todo. Ya todo lo que lo hubo apartado de zurcir y desplegar de nuevo las alas conformaba el pasado. Y ensimismado entró a la cantina para cuando Gaspar hubo empezado a cenar.

—Por la cara que traes, mi hermano, has sabido de ella —le dijo.

El otro se sentó a la mesa e hizo un sorbo largo a la cerveza, para después responderle:

—Sí, Hannah se va.

—Y nosotros también —añadió su amigo. Este es vuestro tiempo de remontar, Vicente, come tranquilo. Que no se te olvide que ustedes tienen lo más importante, eso que no se compra, y de lo demás alguien allá arriba se ocupará.

El día primero fue largo, así que aunque querían llegar tan pronto les fuese posible, decidieron dormir en un hotel, y cuando el primer gallo cantase al unísono con el sortilegio de la aparición de la aurora, seguirían camino. Apenas fueron las seis, Gaspar ya lo esperaba de pie al lado del auto con el café recién sacado de la máquina del comedor. Y vaya de dónde él a saber, se sentía mejor. Como si el hecho de que Hannah hubo tenido la valía de salir de casa e integrarse a su trabajo que mucho adoraba, le resultaba un peso menos. También se prendió de la nueva ilusión que ahora tenía acerca de la fundación. Y aquel cambio de aires bien le sentaba. Encendió el motor y siguieron ruta. Entre tanto que tejía la carrera de su mente, se propuso mirarla no más que en el corazón. Anular la continua echada de ojo al teléfono por si acaso ella lo habría llamado. Y esa carestía cuando se acababa el día y nada de Hannah sabía. No más que ir ensayando lo mejor le saliese el acertijo en el tren de la vida, como en antaño, desde hoy haría. Y la carga reflexiva se interrumpió por el llamado de Karla. Jocosa ella junto a Barney ya estaban en Miami. Katisuka estaba pronta a llegar, y los preparativos viento en popa.

—No te imaginas cuánta muchedumbre alrededor del equipo que arman la escena de "Aventuras", esto es impresionante —exclamó.

—Ya quiero ver todo aquello —respondió Vicente.

Y a todo contento pasaron por Oklahoma, apenas si se detuvieron para ir al baño hasta que hubieron llegado a Atlanta, donde quisieron pasar otra noche. Cenaron en un sport bar mientras miraban un partido de basquetbol, y también se unieron a un grupo allí sentados a la barra. Entre tragos, una de las jovencitas los invitó a una taberna mejicana.

—Me llamo Rosalía —se presentó—. Mis amigos y yo vamos a menudo, es un sitio muy padre, a dos millas de aquí, ¿vienen?

A poco Vicente no más la miró, Gaspar le tocó el brazo con su codo, y contestó:

—Pues claro que sí.

Sin darle tiempo a su amigo para pretexto alguno, pagó la cuenta y le dijo ¡vamos! Subieron al vehículo y siguieron al grupo que iba delante de ellos en una camioneta con tantas luces como una ambulancia. El local era sencillo, daba la neta impresión de estar en Méjico.

—Creí que no más en Los Ángeles vivían tantos de los nuestros, mi hermano, y vaya que todos hablan un inglés perfecto —expresó Gaspar.

—Fíjate que no, Atlanta cuenta con una inmensa población de mejicanos también —repuso Vicente.

—Claro —siguió el otro—, uno no más ve lo que conoce, y para mí que antes de este viaje solo estuve en Distrito Federal y California, figúrate que todo es novedoso.

A poco ordenaron cervezas y sonaban rancheras de fondo, se les acercó Rosalía. De talante afable y a toda sonrisa, quien ni acento tenía al hablar inglés, y les narró un poco sobre ella. Era joven, llegó al país apenas a los ocho años. Si bien recibió su educación aquí, las conquistas le fueron siempre a medias por ser indocumentada. Acompañaba ancianos, padres de gente rica que estaba en el otro extremo de Estados Unidos, y dos veces por año venían a verlos. No obstante, a menudo iba a la taberna con sus primas, no solo para divertirse un poco, sino también para ganarse unos pesos que jamás estaban de más. Parejas bailaban en el medio del salón, mientras tanto mujeres de pie a la barra, como a un costado, aguardaban ser invitadas a bailar por hombres que llegaban solos al lugar. Y cada uno de estos les pagaba $10 dólares por cada balada. Y al cabo de pocas horas generaban más que trabajando ocho en limpieza. La mayoría de ellos eran de procedencia mejicana, ilegales, clase obrera, que trabajaban sin parar. Estaban solos en Atlanta, y su único esparcimiento era la noche del sábado al compás de una ranchera junto a una presencia femenina.

Por otro lado, también algunos gringos retraídos que se embelesaban con las latinas, y uno que otro de la raza negra. Lo cierto es que cual fuese, todos pagaban por bailar con una dama. Y al rato de la charla con tragos entre medio, Rosalía siguió:

—Ahora espérenme un rato que me hago unos chavos, y luego jugamos un partido de billar, miren acá viene a descansar los pies mi prima Hilda, y justo llega Roberto, así que los dejo en gran compañía.

A poco Gaspar no paraba de conversar y revolear los ojos por el salón entero, Vicente no frenaba de leer cada movimiento de la gente. Vaya las limitaciones de estos hombres, cambiando vida por esclavitud, acá lejos de sus familias, aferrados no más que a una soledad que se les encarna hasta apagar la luz innata de la mirada. Tal vez esperando cansarse o morirse. Si hubiese conciencia en la política, que tan solo se ha creado para separar a la humanidad, y dejase de existir la barrera repugnante de las absurdas leyes. ¿Cuándo los gobernantes dejen de robar y querer aún más, y nosotros, el pueblo, miremos hacia adentro, sin buscar afuera e irnos? ¿Cuándo habrá igualdad, sin que seamos legales o ilegales en una tierra, y no menos que seres humanos, si con obligaciones, pero también con derechos? ¿Por qué es que alguien condicionado me inmuta? Y sintió la palmada de Gaspar en el hombro.

—Vamos a bailar —le dijo Susana, otra de las chicas que integraba el grupo.

Por su lado, el otro ya estaba tomado a la mano de Hilda, así que Vicente, con un movimiento de cabeza, asintió. Y al cabo de un rato, se fue al hotel que quedaba apenas a unas cuadras. La hubo pasado muy a gusto, indicio de que en alguna fracción recuperaba ser él. Durmió pocas horas, pero profundamente. Se duchó y al salir del cuarto, cruzó a Gaspar que despedía a Hilda en el pasillo. Cabía de maduro que hubieron pasado la noche juntos, y quedó sorprendido como si lo hubiese soñado o lo estaría viendo. Ambos le sonrieron en complicidad, y se despidieron como novios. Nunca hubo visto a su amigo con ninguna mujer, claro que de sus episodios le relataba de tanto en tanto. De igual manera, se quedó perplejo.

—¿Para qué esperar a seguir viviendo con el manual bajo el brazo, si no sé cuándo me iré, ¿qué sentido tiene tanto plan de vida? —le dijo Gaspar.

Mientras Vicente abría bien los ojos, y replicó:

—Te espero a desayunar abajo, amigo.

Bajó al comedor del hotel, se sirvió un plato repleto de frutas y llenó una taza con café, para después sentarse a la mesa y abrir su ordenador. Desayunó, y mientras leía los correos electrónicos, un ruido lo distrajo. Y de súbito se levantó de la silla. Un anciano resbaló al intentar bajar el peldaño que conectaba el pasillo con la cafetería, y al acercarse advirtió su rostro bañado en sangre. Le extendió los brazos para que se incorporase, si bien el hombre era tan frágil por su delgadez y otro poco por su vejez, que no lograba ponerse en pie. Así que Vicente lo cargó como a un niño, mientras uno de los camareros empezó a gritarle:

—No lo toque, está prohibido por la ley, mire si lo daña, y el viejito lo demanda señor.

Soflama que lo irritó, haciendo caso omiso sentó al anciano en un sofá, sacó papel de su bolso, lo embebió en agua, y comenzó a limpiarle la frente, aunque el derrame de sangre no se detenía. Y pudo verle un corte significativo arriba de la ceja. Ya menos irritado, le devolvió una mirada resentida al trabajador que no paraba de hablar y convocar a los otros, insistiendo llamaran al 911, y le refutó:

—Mejor te callas, y qué rayos me importan las leyes cuando del prójimo se trata —dejándolo boquiabierto al otro.

El anciano solo le agradecía, a tanto Vicente le explicó del corte que se hubo hecho en la caída, y que mantuviese la cabeza en alto. Le contó que su esposa estaba en el hotel, pidió la buscasen en vez de llamar a una ambulancia.

—Ella se llama Elsa, y yo Mainak. Eres valiente muchacho —le dijo.

Vicente le echó broma, para cuando entre los otros se abrió paso Gaspar, que entre la falta de descanso que tuvo sumado a su enamoramiento nada del contexto entendía. Buscó unos vasos con agua para los caballeros, y se sentó al lado de Mainak a dar oídos a su fabulosa historia, mientras llegaba Elsa.

—Cálmate, mi hermano —le pidió a Vicente—. Es que me ofusca la falta de sentido común, porque en vez de hablar la gente no procede, qué diablos importan las leyes, cuando alguien se está desangrando.

—Vaya que ustedes son corajudos, me recuerdan a mi juventud cuando se me juzgaba rebelde —acató Mainak—, puesto que deseaba ser instructor de golf porque amaba la naturaleza, y la rutina y los libros me eran un tedio. Sin embargo, fui abogado para no ser el chasco familiar. Y lo único que supe hacer fue fustigar a los demás para que las leyes se cumplieran. Desde que me hice estudiante de derecho no volví a pisar una cancha de golf, como tampoco me casé. Todo se lo entregué al trabajo. Hasta que me convertí en un viejo, que aparte de jugar ajedrez con otro vetusto como yo los sábados, poco que me hiciera feliz hacía. Hasta que la vida me sorprendió con la llegada de Elsa, y desde el día que me atreví a invitarla a tomar un té, no nos hemos separado. Hace seis años que reviví. ¿Será que el amor siempre llega a tiempo? De no haber estado tú aquí —se dirigió a Vicente—, nadie me habría ayudado. De seguro hubiesen hecho un escándalo, quizás me hubiese desangrado esperando por los para médicos, y ninguno se me hubiera acercado por miedo. Es que a base de temores y leyes se forjó mi país, en cambio ustedes los de afuera tienen agallas. Al igual que mi Elsa que cruzó tempestades y mares. Antes de su llegada, yo no sabía de ustedes, ese rollo de los inmigrantes, y gente sin papeles. Ella es peruana.

Bebió agua, y antes de retomar párrafo llegó su esposa, con el alma en un hilo, quien lo abrazaba como a un niño. Y luego los médicos, que desinfectaron y cosieron las heridas del buen anciano. Los muchachos permanecieron junto a ellos de buena fe, hasta que Mainak estuvo asistido y lo acompañaron hasta su cuarto. Y asido a ese asombro en cada individuo, que aunque no sea más que por un lapso, comparte tu vagón en el tren de la vida, Vicente tomó nuevamente la ruta que los acercaba al encantamiento de La Florida.

—Mira qué personajes nos encontramos en este paraje, mi hermano — exclamó el perspicaz de Gaspar—. ¿Viste que de vez en cuando hay que detener la carrera? Pues en lo inédito yace la gracia. La vida tiene esas dos caras, has de ser tan disciplinado para consumir tus sueños, como audaz para nutrirlos.

Y Vicente completó:

—Así es, romper los paradigmas para espantar a la rutina.

Subieron el volumen de la radio y a toda marcha siguieron viaje.

Entrando por la ruta I 95, y admirando la grandeza de esa bandera que, al compás del viento húmedo que dejaba la lluvia del mes de junio, se mecía con la soltura de la libertad que promete esta tierra, hubieron llegado a Miami. Vicente con los cinco sentidos bien puestos manejaba entre conductores distraídos que lo hacían con sus teléfonos celulares en mano. De a momentos le echaba un ojo a Gaspar que de seguro tendría los dedos acalambrados de escribirse con Hilda, mientras la alegría por haber llegado le era suprema. Y tan bien le hacía compartir con él, que en ese ahora se sentía feliz. Cuando se detuvo frente al hotel en que se hospedarían en Collins Avenue, a súbito se les acercó quien recogería el equipaje y estacionaría el auto. Gaspar brincó del automóvil como un crío.

—Esto es increíble, mi hermano —susurró—. ¿No me digas que acá nos quedaremos, acá mismo donde se alojan las estrellas de Hollywood?

—Pues mira que sí —en carcajeo Vicente le confirmó—. Deja que el caballero se encargue de todo, tú camina.

Ya Katiuska los esperaba en el patio del hotel que se situaba en la misma playa de la calle Ocean Drive. Volver a verla le fue muy grato, y se abrazaron como amigos entrañables. Luego de ponerse al corriente de todo, la dama le concedió su espacio para, en unas horas, encontrarse junto a los demás en un restaurante cercano. Subió a su cuarto, tomó una ducha, y desnudo se echó a la cama, dejando el ventanal abierto para que la sinfonía del océano lo cortejara. En su percepción, el atardecer lo agasajó de prisa, si bien la nubosidad le fue pícara a la puesta del sol, Miami era dueña del cielo más intrépido que jamás en cualquier rincón del mundo hubo contemplado. Ese color azul haciendo telón de fondo, y las nubes en sus matices ceniciento, que quizás como el amor fidedigno cuando llega, entre tanta belleza, presume irreal. Y a súbito, tal como la muerte, así sin previo aviso, un arcángel saltarín colorea el manto de color rosado que te invita a ser parte del sueño. Y esa mesura es tan breve que huye en un santiamén, como el tiempo. Es que nunca se puede evadir a un atardecer, como al amor. Ni a las trasformaciones, como a la muerte. Mucho menos a lo efímero, como lo es el tiempo. E inevitable, se hizo presente la sublimidad que fue Paloma, y también ella. Y entre pensamientos y anhelos, esos que siempre llegan cuando regresas a alguna parte, los recuerdos. Acaso unos que quisieras borrar, y otros revivirlos, dependiendo el lugar. A poco observas quién eras y quienes estaban en aquella época. Hoy es el ayer que alguna vez te alarmaba, como mucho que misteriosamente se dio sin que lo esperaras. Y en ese ayer yo estaba aquí, como lo estoy hoy, hondamente caviló. Habiendo dejado sueños para acopiar otros. Así, meditabundo entre la oscilación del pasado y presente, retrocedió del balcón hacia el cuarto, para cuando de la nada, empezó a sonar Linetzky con la balada "Sentimiento", que como ninguna le trasfería a Hannah al corazón y carne. Cerró los ojos por un santiamén, como para retenerla ahí, y a poco la soltó. Sirvió una copa de vino y comenzó a cambiarse.

Encontró a Gaspar, Karla, Barney, Katiuska y a otros en el restaurante. Compartían una velada agradable, entre conversaciones laborales y bueyes perdidos. Incluso, se colmaban de planes para compartir aquellos meses entre amigos. Barney, al igual que Gaspar, que nunca hubo estado antes aquí, esparcía su fascinación por todo cuanto lo rodeaba. Entonces, en la semana que nos acompañaría deseaba gozar al máximo. Ambos, como adolescentes, sentados uno al lado del otro, planeaban mil hazañas. Hasta que más tarde, el hombre bien parecido que estuvo tomando la mano de Katiuska durante la entereza de la cena, invitó a Vicente lo acompañase a complacerse con un habano al patio del local. Aunque éste no fumase, intrigado por la personalidad del caballero, lo siguió. Se llamaba Tony, italiano por herencia, porque sus padres huyeron de la segunda guerra mundial hasta que anclaron en San Francisco. Fueron trabajadores impasibles, y en el afán de aprender el inglés, en aquel hogar no se hablaba el italiano. Pero Tony tomaba esas clases de segunda lengua en la escuela, y lo aprendió muy bien. Amaba sus raíces, se acusaba italiano, aunque era nato en los Estados Unidos. Interpretaba ambas culturas, con lo bueno y lo no tanto de cada una. Se jactaba agraciado. De porte galante, y modales dóciles. Con mirarlo distinguías era un tipo culto, si bien lejos estaba de ostentación. Durante el tiempo que estuvimos sentados a la mesa, creí era médico, puesto que dejaba entrever su altruismo, más con el afecto que miraba y tocaba a Katiuska. También asimilé su talante discreto. En ningún momento hizo alarde de algo, o nos incomodó indagando cuánto nosotros teníamos. Como el común denominador de quienes son brillantes para los negocios, fue indeleble para las relaciones íntimas.

Desde muy joven se dedicó a los bienes raíces, por el hecho que le era una constante mantenerse en inversiones. Para Tony, el hecho de posesión le implicaba desafíos, conquistas a su inteligencia. Él no precisó de la tragedia que los humanos nos infligimos, para luego de rozar el precipicio saltar a un cambio. Tuvo las agallas de hacerlo mucho antes. Sin dramas, ni saldos.

—Quiero trascender, muchacho. Excepto un local comercial, el resto lo he vendido todo. No obstante, quise, no tuve hijos y ni familia me queda. Solo y todo me tengo a mí mismo, y ahora por fortuna a Katiuska. Después de largo tiempo, vivimos juntos, uno y el otro somos nuestra familia. Vine con ella porque me impacta lo que haces con los talentos anónimos, eso con los inmigrantes, y quiero arrimar el hombro. Anhelo saber que desde el lugar donde me vaya, seguiré presente por algo bueno que dejé.

Vicente, pasmado por el reconocimiento de Tony, le narró fugazmente acerca de él y su deseo ferviente sobre la fundación. Entonces, sin preámbulos, le propuso unírsele en el proyecto. El otro tenía lo que él necesitaba, esa fuerza impresionante por el descubrimiento, añadido a su comprensión de negocios. —Tienes el inmueble, yo un caudal como millones a quienes quiero ayudar, buscaremos abogados que ameriten trabajar con nosotros. Durante este período que estarás junto a nosotros iniciaremos esto, y para cuando yo retorne a Los Ángeles lo haremos un hecho — con firmeza cerró el diálogo.

Tony le estrechó la mano con esa fuerza con la que se transmite sinceridad, y le dijo:

—Algo me avisaba que tenía que conocerte, ahora bien, entremos a celebrar, te invito una copa.

Y entre varias que bebieron y festejos que fueron aquella noche, terminó siendo de madrugada. Y de camino de regreso al hotel, caminando entre el bullicio de la calle Washington junto a Gaspar, lo sobreexcitó verse en la publicidad de un colectivo, como en letreros luminosos en plena Lincoln Road.

—Mírate mi hermano —le exclamó el otro—, eres una celebridad.

—Vaya, si ese soy yo. Si viese Peter cuán lejos llegó "Aventuras" —añadió él.

—Pero Vicente, tú eres "Aventuras", el público te quiere y sigue a ti, Peter fue el pionero, esto te pertenecía a ti.

—Puede que fuese verdad, lo que fuese, él formaba parte de esta locura, y le significaba un apogeo.

Con él mismo a solas e imágenes merodeando por su cabeza inquieta, intentó dormirse. Dibujó la imagen de Paloma en la sombra que la luna durmiente reflejaba en el piso del cuarto, y como una era carne de la carne de la otra, pensó en Hannah, ya la distancia entre sus voces le inquietaba. ¿Será que todavía me ama?

Tal vez porque el peso del dolor va de la mano dañina del trabajo del tiempo, uno en la supervivencia de esa desquiciada artimaña se cansa, entonces, un buen día de casi todo se olvida.

Pero sentía que de la pureza que a través de su arte develó en sus ojos, y de la sublimidad que por la extensión de sus entrañas manifestó en Paloma, jamás la borraría de su ser. Cerró los ojos, cediéndole la potestad al señor tiempo. Aunque con el idéntico pensamiento que se dormía, tal cual se despertaba. Lo hizo alivianado. Esas dos mujeres eran el centro de su sentir, y poquito a poco dejaba la resistencia. Abrió las cortinas, mientras el paisaje era agasajado por la hermosura insuperable de un intérprete inmutable: el mar. Ese que todo lo embellece, que con su bravura todo lo arrasa, y con su paz casi todo lo calma. Desayunó en su cuarto, y quiso caminar un rato antes de encontrar al equipo. Aunque adoraba a aquellas personas, la soledad voluntaria le era inaplazable, todavía la naturaleza, el trabajo y la gente le hacían bien, pero estar con él mismo le resultaba un privilegio. Con frecuencia lo invadían esos deseos de no oír más que su propia respiración, y la cantinela pertinaz de sus recuerdos. Y como por arte de magia, después de su tiempo, volvía a ser ese Vicente hacedor.

Volvió al hotel, dejó que la radio sonara en cualquier emisora, tomó una ducha a la ligera, y fue hacia South Point donde, con diligencia, se preparaba el nuevo escenario para "Aventuras", el que se hubo alquilado como fondo de escena para el corte comercial de un refresco. Esa muchedumbre, y que el programa hubiese llegado tan lejos lo satisfacía. Entre esa danza de cuerpos semidesnudos al compás de D'JS que fusionaban sonidos poniendo la gente a saltar, emergió Gaspar con la bebida en mano. Y lo hizo reír tanto.

— ¿Estabas saltando con ellos? — le preguntó.

Al que el otro repuso a todo festejo:

— Algo parecido, mi hermano, en realidad yo estaba acá esperándote y de paso echaba mano a los muchachos con los dispositivos, la grabación iba a empezar, y me invitaron a participar. Así que me verás en una publicidad. Pero, por cierto, ¿dónde has estado? Me alarmaste, tú siempre eres el primero en llegar.

Y éste no paraba de reírse.

— Eres increíble, vayas donde vayas la luz te sigue — le dijo.

Y juntos siguieron hasta donde estaba Katiuska. Todo marchaba sobre ruedas, cada uno de ellos representaba un éxito.

— ¿Y esto es parte del comercial? — indagó Vicente al ver la maquilladora, unas cámaras apuntando a una silla y una reportera anhelosa.

—No —respondió la dama—, tendrás una entrevista para el canal local, no solo porque eres la estrella de "Aventuras", sino también porque el canal es de habla hispana.

—Así que quién mejor que tú —repuso Katiuska.

Aquella sátira algo lo disgustaba a él. Pero qué más daba. Karla, como dicen que llega el amor, siempre lo hacía a tiempo. Le dio una leída breve de su agenda, le alcanzó una botella de agua, tomó sus objetos personales, y lo dejó en manos de quien arreglaría su aspecto para agradar en cámaras. A poco terminaron, aún con los ojos cerrados, dio oídos a la cronista que se presentó. Y al abrirlos, le fue un espejismo, puesto que el parecido con Hannah era abismal.

—Me llamo Lucrecia, es un honor conocerte. He visto tu programa en varias oportunidades —le dijo.

Mientras bajo perplejidad absoluta, Vicente le contestó:

—¡Tú no eres a quien yo vi al llegar acá!

Ella se ruborizó, y repuso:

Es que mi colega debió irse por una emergencia con su hija —e inquieta buscaba más qué decir para agradarlo.

—Disculpa —repuso él, solo que me contrarían algo los reportajes.

Y se esmeró por disimular. Es que era consciente de esa falla suya de incomodar a lo demás con sus reacciones temperamentales. Mejoró la postura, y la aproximó con un diálogo afable, como tan bien sabía. Con certeza admitió que actuó desde una sombra del pasado. Ahora no existía algo a que temer. Una vez ambos se distendieron, advirtió una atracción entre ellos. Tal vez por la similitud con Hannah, o la espontaneidad en su sonrisa, lo desconocía. Pero cierto es que Lucrecia lo persuadía. Y así la entrevista fue apacible, y hasta podría decirse que algo divertida. Por su lado, la astuta de Karla invitó a Lucrecia al estreno que se llevaría a cabo los días venideros. Ella se marchó, mientras Vicente y los demás regresaron a la calle Ocean Drive a entrevistar algunos artífices. Aquella vía sí que emanaba pura vida. Unos jugando voleibol, otros subidos a sus patinetas o bicicletas, gente pintando caricaturas, ofreciendo artesanías, vendiendo atuendos playeros, o bien sentados a la muralla viendo las horas pasar. Así, tan particular como Veneice Beach es Ocean Drive. Una y la otra enaltecidas por la indulgencia de los océanos Atlántico y Pacífico.

Ni la lluvia constante del verano que estrenaba sus perennes horas iluminadas detuvo el gran estreno. "Aventuras" llegó tan lejos. Miami le abriría las puertas a América del Sur, porque hasta ayer solo era televisada en Estados Unidos y parte de Europa. Seguro estaba Vicente que el visionario de Peter, no menos que Gaudí cuando diseñó La Sagrada Familia, le entregó el programa sabiéndolo de buena tinta. Y pisando firme sobre la arena que todavía no acababa de secarse, entre melodías de saxofón y fuegos de artificio con los que contribuía la ciudad, se inauguró el escenario del programa bilingüe de recreación más visto en el país. En medio de los bailarines de salsa emergió Vicente dando voz:
— ¡Hola Miami, Hello Miami!
Y detrás de él apareció el ballet conformado por siete niñas junto a la precursora de Katiuska, con su belleza genuina alzando el todo al cielo bajo el misticismo de la danza del fuego. A continuación, se le dio lugar a la labor de los pin-tores que hubieron llegado desde Veneice para sombrear las escenas de hoy. Pero las preeminencias de este día se le concedía al baile, a esa América Latina en el país del norte que representa la ciudad de Miami. Se agasajó al tango, que semejante a Carlos Gardel nació en la República Argentina, y se expandió por los confines del mundo. Al merengue, la salsa y la bachata. Porque esta ciudad era toda esa música. Por primera vez, Gaspar formaba parte de los artistas, escribiendo sus poemas y armando su nuevo libro. Hubo alzado tan alto sus alas, que ya dejó de ser una estatua

viviente entre el público. Ahí estaban los que surgieron de entre sus esperanzas, las calles de la ciudad de Los Ángeles, Veneice, y Ocean. Es inenarrable, ni soñándolo esto habría sido tan grande. Y llegando el cierre del programa, rompiendo un silencio premeditado, las luces se atenuaron, se encendió una pantalla gigantesca y se hizo vívida Ileana, quien era ya un ícono del ballet juvenil. Y con su voz angelical, y los ojitos mojados expresó:

—Hola Miami, hola Vicente y Katiuska. Los quiero, y gracias por haberle devuelto vida a las alas de mi alma, por permitirme ser el ballet. La oportunidad está para cualquiera de los que están ahí. Cualquiera puede alcanzar sus sueños, porque la vida no es más que hacer y soñar.

Soflama que los emocionó a todos, y al que Vicente reanudó:

—Hasta el viernes, mi gente, gracias por hacer de "Aventuras" la grandeza que es hoy.

Y extasiado de felicidad se retiró del contexto hacia el vestidor, tras él siguió Gaspar para darle un fuerte abrazo.

—Eres un ser humano tan valioso, mi hermano, ni con otra vida podría devolverte tanto —le comentó.

Y el otro, tan conmocionado, ni palabras tenía, solo volvió a abrazarlo con hermandad. Y ya repuesto, salió al reencuentro con las cámaras. "Aventuras" era un éxito sin precedentes.

Llegó a la fiesta en la que se homenajeaba al lanzamiento del programa, ya no le resultaba una obligación. Hoy estaba tan comprometido con su sentir que asistió con gusto. Por este tiempo que en su vida corría, él no era más que su palpitar, y el afecto desbordante que lo rodeaba. Apenas entró al lugar donde se daba espacio a la celebración, entre muchos solo tuvo ojos para Lucrecia. Vaya que era bella e interesante. Como si ninguno otro estuviese allí, se le acercó sin preámbulos.

—Qué lindo que estás acá —le dijo—, solo que espero no sea para entrevistarme, sino para celebrar junto a nosotros.

Ella, acomodándose los cabellos color marrón hasta un largo de la cintura que tenía, contestó:

—Hola, gracias. Qué bueno has llegado, no he venido por trabajo, me invitó Karla.

Karla, como quien no quiere la cosa, se acercó a ambos, esparció su alegría, y le presentó su esposo excéntrico a Lucrecia. Mientras, llevó a Vicente hacia un costado, y a secas le dijo:

—Sé muy bien que es parecida a Hannah, pero déjala donde ella esté. No te dejes seducir por las semejanzas físicas. Esta mujer también es encantadora. Conócela, todavía estás vivo, Vicente.

Le dio un beso en la mejilla, tomó a Barney por el brazo, quien ya estaba pasado en copas, y a solas los dejó. Vaya que lo conocía aquella mujer, no solo era su asistente y amiga, sino que inclusive le leía los pensamientos. Y todo se dio con la naturaleza de dos adultos que se atrajeron al verse, y la velada le fue escasa para mucho que juntos rieron y conversaron. Más allá de su beldad e inteligencia, lo cautivaba el que fuera una inmigrante. También pareciera que en el idioma español te expresas mejor. Lucrecia hubo nacido en Paraguay, vino de vacaciones con un ex novio a Miami. Uno y el otro eran muy jóvenes, y se enamoraron de la ciudad del sol, del matiz de sus atardeceres, y la calidez de sus aguas. Desde que pusieron un pie aquí les fue muy bien. Trabajaban en un bar nocturno. Con el correr de los meses, al parecer, el libertinaje de la ciudad le despertó al sujeto su tendencia homosexual escondida. Y un día, que ella quisiera borrar del calendario, lo encontró en su propia cama con otro de su mismo sexo. Para entonces, aunque sin él, ella decidió quedarse.

—Ya mi visa de turista se había vencido, tampoco novio tenía, no más que un par de amigos que luego me di cuenta tan solo eran conocidos. Pero bien me ocupaba entre el trabajo, la escuela pública y llorándolo noche y día —narró.

Mientras que Vicente, a quien le fascinaban las biografías, le prestaba todo oído. Sin duda era una leona, luchadora incansable. Para llegar a donde estaba hoy, a de haber movido tierra y mares. Escucharla le encantaba. Bebió más whisky, y reanudó:

—Pasé seis años siendo una indocumentada, suerte que por entonces la economía estaba en su cúspide, así que de mi trabajo en el bar pude ahorrar bastante e incluso aprendí mucho inglés. En los mediodías corría de la escuela a las clases de teatro. Y como casi todo lo que es gratuito llega a un límite, me di cuenta de que en la escuela a la que el gobierno dicta clases sin discriminaciones, ya había obtenido el mayor provecho. Yo ameritaba más. Ahí fue que razoné que quienes no tienen papeles viven en limitaciones. Un compañero de teatro me insistía que me casase con él para obtener la ciudadanía americana. Ileán ya tenía 62 años, trabajaba para la ciudad haciendo arreglos en las escuelas. A menudo me invitaba de viaje o a comer juntos. Decía que su jubilación y beneficios serían devueltos porque él no tenía familia, así que en vez de que eso sucediera, mejor yo me beneficiaba. Pero yo, testaruda, hice caso omiso de su oferta. Me involucré con un cretino de mi mismo origen, quien tomó del dinero que le pagué y se dio a la fuga. Aquella fue mi peor tragedia, en ese tiempo falleció mi abuelo, y me quedé con la resignación de no poder ir a acompañar a mi familia. Después de equivocarme, aprendí de leyes migratorias y de ser menos ingenua. Supe que en tribunales los documentos son públicos, por ende, acá nada es privado. En unas horas leí el expediente del necio en cuestión. Se hubo ido porque nunca pasó cuota alimenticia a sus hijos, y por aquella desfachatez, si lo encontraban, iría tras las rejas. En toda esa expedición llegó mi cita a inmigraciones, mientras la paranoia te consume. Algunos me decían que la ignorara, otros que me fuese del país, no obstante, yo asistí sola. Expuse la verdad a medias, es decir solo conté lo permitido. Y tuve la suerte que fui entrevistada por un gringo, porque de haber sido por un latino, me hubiese deportado. El señor, amablemente, me dio pañuelos para secarme las lágrimas, y me dijo que volviera a mi casa, que tal vez en unos meses me invitarían a irme de los Estados Unidos. Entre tirria e impotencia seguí mi vida cotidiana. Un año posterior, recibí la bendita carta. Y otra vez me deprimí, anduve de abogado en abogado repitiendo los detalles del caso, y por la herida sangraba. Hasta que una noche en el bar, sin saber el motivo, yo que soy discreta, confié en un hombre que veía a menudo. Pedro, de procedencia cubana, se dedicaba a asuntos paralegales. Insistió en la realidad de que debía casarme otra vez. Y a partir de entonces entablamos amistad. Ante mi falta de decisión, él mismo trajo a Joel al bar. Ambos habíamos llegado al hartazgo del abuso. Lo vi honesto, como si el hambre y las ganas de comer se hubiesen reunido. Y al cabo de una semana me casé con él. Pude comenzar mis estudios de comunicación. Compré un departamento. Y por fin me gradué. Estuvimos vinculados por nuestro negocio durante tres largos años. Justo cuando estar ligada a él me resultaba una carga, su novia quedó embarazada, así que fue la excusa perfecta para los dos de divorciarnos. Yo ya estaba en tiempo para hacerlo, de acuerdo con las leyes, entonces di mano a la obra. Ese día que salí del tribunal le envié una copia fiel del folio de la disolución de matrimonio. Y hasta el sol de hoy es que no lo he vuelto a ver. Tampoco me he vuelto a casar por papeles ni por amor, no lo volveré a hacer. Más tarde me hice ciudadana americana, y viajo a donde se me antoja, sin temores ni explicaciones a alguno de a dónde voy. Fuera del Paraguay me di cuenta qué malos somos con nuestra gente. Como si a otro paraguayo le molestase que una esté fuera y le vaya bien. Mira que hay gente abominable, pero también ángeles. Joel fue uno de ellos. Sonriente, como quien relata un cuento de hadas, habiendo revivido cada emoción que te puedas imaginar al relatarlo.

Lucrecia bebió otra copa. Se quitó los zapatos en acto de naturalidad, e invitó a Vicente a acercarse a la costa, mientras éste cavilaba por cuánta vida ella entregó con esfuerzo absoluto en el intento hacia un camino de libertad.

—Ya te lo he contado todo, ahora tú —le dijo.

Vicente, todavía perplejo, comentó:

—Ya sabes demasiado de mí —y caminó junto a ella.

Olvidaron a los de la fiesta, y los prendió la madrugada ahí medio empapados a orillas del mar. Mientras se dejaba trasbordar por aquel momento, no le era concebible dos mujeres sin parentesco alguno entre una con la otra, de un extremo del cosmos al otro se parecieran tanto. Y también lo aprehendía una extrañeza, puesto que desde que Hannah entró a su corazón no hubo tenido ojos ni atracción para ninguna más. Pero no era la similitud entre ellas lo que tanto lo cautivaba, era esa mujer la que le encantaba. Volvieron hacia la calle. Sin planes, como caballeroso que era, la acompañó en un taxi a su casa. Y al llegar, ni uno ni otro estaban listos para despedirse, así que Lucrecia le invitó a pasar.

—Me dijiste te gustaba el mate, ¿preparo? —le preguntó.

—Claro que sí —respondió él en el acto.

Y se sentaron a la mesa del balcón. No entendía cómo las horas se escurrieron, y la conexión ascendía, así como la conversación no acababa. De repente, ella le rozó los dedos al pasarle un mate. Y su piel le acarició, pues esa delicadeza de Lucrecia lo hizo entrar en una sensación olvidada. Tan solo cerró los ojos, y ella le acercó no menos que los labios, mientras Vicente se dejó llevar. Y sin mencionar palabra alguna anduvieron hasta su cuarto. Él se desnudó, a poco ella a medio vestir se quedó. A su tiempo, individualmente, se recorrieron cada centímetro de sus cuerpos, confiriéndose éxtasis mutuo, sin llegar a plasmar el acto sexual, para poco luego abrazarse con la entrega al momento. Amaneció, y en esa presencia de la naturaleza, él se vistió para irse al hotel, mientras ella le dijo:

—Espera, vinimos y nos vamos juntos, te llevo.

Sin miedos a la exigencia de un compromiso inmediato que las mujeres exigen a pronto tienen intimidad, Vicente asintió. Con un brazo, Lucrecia sostenía el volante del auto, mientras con el otro le acariciaba el cuello, y sin interpelaciones lo dejó en la puerta de su hotel.

Entre lo mucho que padeció con Paloma y la ausencia en pura presencia de Hannah, ya ni recordaba la última vez que antes de que la locura del amor lo encontrara, hubo seguido tan solo a sus instintos. El pasado año y medio no fue más que resistencia a los propósitos del señor destino, y esfuerzo a pulmón por revivir lo que alguna vez tuvieron su compañera y él. Como en antaño, lo invadió una sensación pacífica. Tomó una ducha, y envuelto en una toalla se sentó en la hamaca del balcón. Sean cual fuesen las circunstancias, hoy no existía mejor espacio en el mundo para estar. Abrió su conmutador, pero se detuvo un minuto a contemplar el matiz del mar, el destello de la arena, y esa vegetación tropical que lo rodeaba. Aquella acuarela que hace de Miami ese lugar donde millones desean estar. Y devolvió la atención a la pantalla. A dos días de haber creado una página virtual solicitando *sponsors* para la fundación, ya lo hubieron contactado cuantiosos. Y esa reseña lo rebalsaba de alegría. Tony volvería a Los Ángeles mañana y daría manos a la obra usando esos meses a favor, en tanto Vicente se hiciera presente. Así que a pronto respondió emails y llamados, fue al encuentro del equipo para trabajar en el próximo programa.

—Hey —lo saludó Karla—. No doy abasto, todos hablan de "Aventuras", el canal de competencia te quiere entrevistar al aire en su programa de mayor *raiting*. Y ven acá para que miremos tu reportaje del otro día, lo televisaron anoche y ahora otra vez —y tomó aire para seguir poniéndolo al corriente de la aclamación que tan rápido hubo conseguido—. Creo que al paso inmediato que vamos, a corto plazo, harás el programa entre Miami y Los Ángeles, bueno si es que no te solicitan de algún otro lugar, eres un triunfo —terminó su asistente.

Mientras tanto, Gaspar y otros muchachos pedían a los fotógrafos les concedieran un respiro. Vicente no les quitaba los ojos a los obreros que, bajo la inclemencia del verano, apenas si hubieron parado de trabajar para comer. Y pensó en ese que le escribió a la página de la fundación, ofreciendo sus servicios para la remodelación del inmueble. ¿Cómo habrá sido que fue tan ocurrente?, caviló. Si solicitábamos *sponsors* y abogados. Con Germán en mente, pidió a su amigo que lo acompañase a la obra. Gaspar, que a todo asentía sin indagaciones, murmuró:

—No entiendo nada, mi hermano, pero vamos.

Y los obreros, descreídos, hicieron algo de oídos sordos al llamado de Vicente, y tal como si nada, juntaban sus bártulos para subir al colectivo que los llevaría. El día les hubo sido muy largo. Pero tres de ellos que lo hubieron visto en la televisión, complacientes, le aceptaron beber una cerveza en el bar contiguo a la obra de un rascacielos descomunal.

—Ustedes también hacen arte, por un correo que recibí me surgió la idea de invitarlos a una grabación que haremos la próxima semana. Quiero que develen un deseo profundo, y lo construyan en la duración del programa, y si están de acuerdo relatan un poco de sus biografías —les dijo, dándoles el número de contacto de Karla.

Pagó por las bebidas y por el taxi que detuvo para los muchachos, y se fue con su amigo. Llamó a Tony para cenar, y como Peter Pan, ligero se iba de un lugar para pronto a uno diferente llegar. Le comentó al otro acerca del email de Germán, no obstante, él no estaba empapado en estos temas.

—Vaya que ustedes los latinos son sorprendentes, lo que decidas es correcto para mí —expresó.

Intercambiaron ideologías comerciales, bebieron whisky, y mientras Tony fumaba su tabaco anduvieron un poco por South Point hasta que cada uno se marchó por su lado.

—See you soon, have a safe trip —le dijo Vicente.

Y para entonces, el día le hubo significado intenso. A esas alturas precisaba entregarse a esa magia que te despierta, a veces, haciendo nada. Apagó su teléfono celular, se quitó los zapatos y caminó a orillas del mar, bajo la complicidad de aquel cielo de base color celeste teñido de nubes aisladas, en el que te quieres perder para que, a su antojo, te haga arte y parte del fenómeno inmediato que, con parsimonia, de súbito esparcirá. De talante sereno, envuelto en la brisa mezquina que apenas la humedad dejaba asomar, dibujaba a Paloma tras cada huella que marcaba en la arena. Ella era la única sublimidad del pasado a la que, sin contriciones hasta el fin de sus días, regresaría. E infalible fue su pensamiento hasta cerrar los ojos esa noche.

Codo a codo y a prisa acaecían el verano y esos amoríos de playa a los que no corre el tiempo. "Aventuras" contaba con dos salidas semanales al aire, mientras Vicente junto a su equipo de producción trabajaban de sol a sol. Durante las entrevistas fácilmente se distraía con tan solo mirar a la gente pasar, y a pronto tejía la semblanza de cada cual sin ni si quiera haber cruzado palabra. Conjeturaba que en Miami las personas son más atrevidas, acá llevan a cabo lo que en otro lugar ni por acaso harían. Algo más que le fascinaba de esta ciudad a la que el océano te aferra, en la que a todos parecieras rememorar como también olvidar.

Frente a ellos, sin pausa, caminaba la costa de punta a punta el tipo de torso esculpido que vestía apenas un pantalón bien sujeto a la cadera. Cargando un palo de madera por encima del hombro, vendiendo atuendos playeros, y a poco la gente le compraba o no, sentado al piso, apoyando su espalda en el muro, tejía bolsos de hilo. Sin que se le pasara detalle, ni bien algunos llegaban, otra vez salía a ofrecer su mercancía. Entre tanto se besaba con la muchacha de piel cobriza, y de cabellos desteñidos que vendía empanadas. Tal vez hayan estado predestinados a encontrarse, como Hilda y Gaspar a los que la conexión le fue ineludible esa noche. Ella hubo manejado desde Georgia para estar junto a él. Katiuska voló un fin de semana a Los Ángeles a cuidar de su amor. A Karla la acompañaba su hijo. Mientras él, a menudo, veía a Lucrecia durante esas noches de romance que deseaba pasarlas despierto, como si dormir fuese una injuria al regalo de este cielo, mientras el verano desfilaba vertiginoso. En una ocasión se les tomó una fotografía juntos, que fue el comentario de muchos, es que sin querer, el azteca se convirtió en una figura pública. Así que lo hacía a modo clandestino. Como nunca lo hizo sin recapacitar en el amor ni en el tiempo. Tal vez no había afinidades entre ambos, solo esa ocasión adulta de compañía. Esa necesidad de afecto hasta para la cual los animales están hechos. Y por entonces, esa vía recorría su vida. Tal como aquella tarde en el Grove donde aceptó la propuesta de Peter de la conducción de "Aventuras", sin figurarse de lo que vendría, así surgían los meses. Al parecer, el tiempo que estuviese allí sería indefinido. Sin embargo, bien se ocupaba de la fundación a la distancia. Tony mantenía entrevistas con *sponsors*, y hasta hubo dado manos a la obra en desmantelar el inmueble para alistar las remodelaciones. Ambos entablaron conexión con Germán.

Tuvo diálogos periódicos con el mismo. Es que lo intrigaba de sobremanera su ocurrencia al escribirle en la página virtual. Resultó que el joven fue amigo de Catalina, y al saber de dedillo de su pasión por los inmigrantes, y todo cuanto hizo por la chica, le seguía los pasos a Vicente, e incluso miraba su programa. Sabiendo que no convocaban trabajadores para la fundación, de igual modo se conectó con él, puesto que tenía la certeza lo ayudaría con su situación migratoria. Germán trabajaba en la construcción desde que tenía uso de razón. Quiso traerlo al programa donde participarían los muchachos obreros, pero éste, al igual que Gaspar, temía embarcarse en un avión por los controles de documentos. Su actitud de tenacidad agradaba a Vicente. Y desde su historia le surgió la idea de aceptar su ofrecimiento de labor para la reconstrucción del edificio, como de proponerle lo idéntico a los obreros de Miami. Acorde a los planes, se necesitarían unos diez. A cambio, los ayudaría con visas de trabajo.

—Entre tanto yo vuelva a Los Ángeles, quedas en contacto con Tony, a partir de hoy ya trabajas para mí —le dijo.

Bajo desconcierto, sentado en el balcón del cuarto se quedó. Catalina, allá en donde quiera que se encuentre fue el eslabón para que Germán llegase a él, y así surgiera una maravillosa oportunidad. Ella, como cientos que alguna vez han sido esenciales en el vagón de mi tren de vida, y luego en un parpadeo, descendieron para convertirse en extraños. Algunos, que por más que quiero, jamás de ellos he vuelto a saber. Pero la rueda de la vida a todos y todo conecta. Y bajo ese desvarío, junto a la añoranza por Paloma, se durmió.

En esta oportunidad eligió dar una entrevista en el comedor del hotel. Es que cuantiosa reflexión y corazón lo tenían a mal traer. Por instantes procuraba rodearse de gente para evadir la labor fastidiosa de enfrentarse a sí mismo, no obstante, a veces tan solo clamaba aislamiento para desengañar tanto pensamiento. Ensayando el credo de que todo estaba bien, tampoco se le olvidaba que la demasía es innecesaria, que al igual que todos, él iba a morir. Y a poco su flamante asistente se ocupaba de los pormenores y le ultimaban el maquillaje, Luc, otro excéntrico del equipo, prorrumpió:

—Mira esta primicia, vaya que parecen hermanas —poniéndole en manos un ejemplar del diario de hoy.

No más ni menos que la ternura de Hannah en la portada. La nota hacía énfasis de su triunfo dirigiendo el coro de las sinagogas en Jerusalén, y haciéndose presente, como osadía del destino en voz y alma sonó en el hotel una de sus melodías. Sin asomo de dudas, la semejanza física con Lucrecia era abismal. Y sutilmente devolvió el periódico a Luc.

—¿Viste que hará una presentación en Miami en septiembre? —añadió. Dejando atónito a Vicente, que evitó leer toda la nota. Respiró profundo, para dar el reportaje, sumido en el recuerdo por ella. Por más que los contextos los mantuviese muy lejos uno del otro, Hannah jamás inmolaría. Si como a ninguna, la llevaba adherida hasta los huesos del palpitar. Para qué ir al futuro, nadie a certeza conocía donde él estaría allá por septiembre. Cierto es que ni un día dejaba de pensarla, pero de ahí a verla estaba la paranoia de la veracidad y lo vano. Y así como en tiempos lejanos, ahora la simpleza de un reportaje lo contrariaba. Le sobrevino unos deseos de levantarse de esa silla, y marcharse, que lo dejasen solo, su sentir le procuraba excesivo. Al fin y al cabo, solo quería trascender, no la fama ni vanidades. Pero recordó que del camino que hubo elegido, también algo de eso había, acomodó la postura, y a la cuenta de tres salió al aire. Terminada la cuestión, delegó a Karla los quehaceres de la fecha. Hubieron sido jornadas intensas, se tomaría la tarde. Subió a su cuarto, preparó los menesteres dejando el teléfono celular, y fue a la playa no más que con un libro que le hubo comprado a una joven de preciosidad original. De voz dócil, a la cual pudo observar que miraban más las mujeres que los hombres, quien audazmente vendía en las calles. Ataviado con una gorra y gafas, y con ligereza para pasar inadvertido se recostó en el sillón más próximo a la costa, pidió una limonada, y dio inicio a la lectura de la novela. En la primera carilla fue

184

cautivado por la delicadeza del lenguaje con que la escritora se explayaba, y con la transparencia que hacía ver su talante apasionado. Lo intrigaba su misterio, así que leyó su biografía en la parte postrera. Orlena no solo era una inmigrante, sino que inclusive escribió sobre la vida y obra de otro como nosotros. A poco se inmiscuía en la leyenda, quiso conocerla, y no porque era guapísima, sino porque desde las agallas que tiene para ofrecer su libro en las calles, y lo ínfimo que sabía, era fuerte. Antes de irse de Miami debía encontrarla. El acto de leer lo devolvía a su centro de paz, y si bien de a ratos entraba en su tendencia inevitable de extrañar a esas dos mujeres, de esa tarde en soledad precisaba. Quizás Gaspar estaba en lo cierto cuando hacía referencia que el trabajar con gente te saca harto de ti mismo. Vicente simbolizaba no menos que ese fragmentado entre ambos puntos, el social y el arcano solitario que por fortuna, sabía de dedillo cómo y cuándo entrar y salir de cada uno de esos estados. Hubo leído casi la mitad del libro, entre apenas darle reposo a los párpados, puesto que, por más cansancio, le fue imposible dormir. Cuando ya entre esos dos actos le fue suficiente, contempló parte del paraíso en el que estaba. Siendo diminuto bajo la grandeza de aquel cielo que sumiso ante la parquedad de una tormenta que no se desató, se tiñó de color gris, obscureció el agua a un matiz azulino. Por su parte, la brisa generosa, con suavidad, meneaba las hojas de las palmas prolijamente cortadas. Y la sensación húmeda del ambiente le provocaba somnolencia. Porque la gente le teme a la lluvia, casi todos se hubieron marchado, entonces se sumergió en ese océano siempre cálido que te acaricia hasta las vísceras, y hasta el anochecer nadó.

Desde tempranas horas, el camión descargaba los materiales para la construcción que se llevaría a cabo en el programa de hoy. Este se desigualaba de los anteriores. No solo por la edificación contigua a la costa, sino que se daría homenaje a todos esos músicos de alma, que bajo la ilusión de ser reconocidos, con esmero, bajo el anonimato, tocan en los restaurantes hasta por limosnas. Y entre ese desenlace, un poeta oriundo de Mississippi llamado Demetris, junto a Gaspar, recitarían sus sonetos, uno lo llevaría a cabo en inglés y el otro en español.

En los últimos veinte minutos se halagaría a los artistas inmigrantes de habla hispana, grupo en el cual estaban incluidos Florencio y Tadeo, esos muchachos obreros a los que Vicente quería llevar con él a Los Ángeles. Este manifestaba más emoción de lo habitual por aquel día. Mientras corría de un lado al otro ultimando detalles, sintió una mano en la espalda, y al voltear vio a Lucrecia. Apenas le brindó una sonrisa, su excitación para que todo saliera óptimo le emanaba por los poros, pero sin asomo de dudas nada tenía que ver con ella. Más bien lo incomodó. Llevaba días sin verla ni hablarle, las conmociones que le hubieron asomado por ver a Hannah en una portada del periódico, y el cumpleaños de Paloma que nunca sucedió, lo habían llevado a la incurable locura del aislamiento. Como si no quisiera volver a verla, y sin aviso se presentaba ahí, le parecía invasivo. Porque lo peor que pueden hacernos a los hombres es acometernos, puesto que el silencio expresa más que una buena excusa. Ya somos adultos, ya no hay tiempo para dilapidar energía ni tiempo. Y justo al santiamén que ella ostentaba señuelos, la sagaz de Karla, que como Dios, estaba en todas partes sin que se le pasara detalle, los aproximó. La saludó como a una vieja amiga convenciéndola de que la acompañase hasta el hotel por flores. Vicente, tan inmiscuido en su trabajo, sin darle mucha mente al asunto, volvió a lo pendiente hasta que cada pormenor estuvo a punto, y volvió a recordar que Lucrecia estaba allí, al verla contigua a su colaboradora. Detonaron fuegos artificiales forjando alusión al día de la independencia que se avecinaba, y la ciudad se hubo

186

engalanado de los colores azul, rojo y blanco como la bandera de este gran país. "Hola Miami, bajo este cielo les deseo una vida feliz", fue el discurso de apertura del conductor, al que la gente aplaudía con fervor. No cabía ni un alfiler en derredores, se hubieron cerrado las calles, y hasta puesto cercos delante del público para preservar a los participantes en escena, y proteger a todos de los materiales directos. De improviso, el cielo al unísono del escenario se oscurecieron, y cuando estallaron más fuegos de artificios los artistas, alineados uno al lado del otro, hicieron un movimiento de reverencia. Y todo fue iluminado por las luces de neón. Y con el cierre de la festividad dio inicio "Aventuras", justo cuando el primer destello de la beldad de una estrella asomaba. La melodía de "Midnight in Marrakesh" les hacía compañía para que los muchachos dieran mano a la obra con la construcción de sus sueños, a poco el ballet infantil de Katiuska se contorneaba al compás de la música, unos artífices moldeaban en arcilla. Y Demetris junto a Gaspar entregaban a parte del público algunos de sus sonetos escritos con tinta china en papel manteca, envuelto en forma de pergamino, y bien atados con una cinta roja. Por acaso, la cámara retuvo la imagen cuando el poeta anglo le hacía entrega a una dama con una criatura en brazos, y sin conocer el motivo, Vicente se les acercó. Y justo al lado de la señora, de espaldas, estaba Orlena entregando uno de sus ejemplares a un chico, quien al notar la presencia del dispositivo de video, se volteó con una amplia sonrisa. La joven cargaba una canasta de mimbre al tope de libros, y una mochila repleta en la espalda. Vicente, en perplejidad, hizo contacto visual con ella, y quitándose el micrófono, muy de cerca le habló, para después hacerlo a uno de sus asistentes. El que se arrimó a ella corrió la barrera, le sostuvo sus bártulos, y le cedió el acceso al centro de la escena. Vicente la tomó de la mano acercándola hacia Karla, quien estaba contigua al escenario. A ciencia cierta, ella la pondría al corriente de la presentación de hoy, entonces Orlena saldría al aire junto a los demás inmigrantes. Y feliz continuó con la conducción. Dando paso a los poetas que iniciaran su recitación, y entre trova y trova, tocaría flamenco aquel español galante que ponía romanticismo a las cenas a media vela del restaurante oneroso cruzando la calle. Y después de él, algunos otros géneros musicales embellecerían los oídos de una parte de la ciudad mágica. Mientras las expresiones del arte, que como el proceso de la vida sucedía, Florencio y Tadeo, en una congregación absoluta, para no ser urgidos por el reloj, desplegaban sus quimeras en la edificación. Y enseguida, cuatro parejas de niños finalizaron de bailar el tango que a todo corazón entonó la mujer que noche a noche se ganaba la vida en el restaurante del hotel. Y con estas connotaciones, venerado en muchas de sus expresiones, se hubo sellado parte del homenaje al mágico arte.

Entre aplausos y altas voces, toda la atención e iluminación fueron dirigidas hacia los muchachos. El primero hubo levantado un hangar repleto de aviones y avionetas, porque su sueño era ser piloto. El hecho de volar le proveía una libertad inigualable en compañía de la perfección de la naturaleza, donde no hay palabras, ni atrevimiento humano que entorpezca aquel milagro. Y el segundo, una escuela llena de elementos de arte, como pinturas, pinceles, crayones, libros de cuentos, trípodes, arcillas, y hojas en blanco, donde a los niños se les enseñara que a través del arte de crear conocerían cuál es su pasión en la vida. Porque aquel era su deseo más sublime, que en las instituciones a los niños se los instruyera sobre el auténtico fin de la vida: el desarrollo de sus dones. No acerca de batallas y poderes. Él hubiese querido ser ministro de educación.

—Es que nunca alguien me pidió haga sobre ladrillos mi gran sueño —expresó Tadeo.

Siguiendo Florencio:

—Cada mañana, mientras trabajo en un deseo ajeno, imagino los míos. Y esa ilusión es lo que me empuja a seguir. No hubo alguno como tú, que perciba que los obreros somos algo de artífices, solo se cree lo son los arquitectos, puesto que ellos diseñan, pero nosotros sí que lo hacemos y damos todo.

Y bajo esa connotación se los convocó a todos al escenario, a poco la banda musical les hacía escolta con el sortilegio del saxofón, y el público los ovacionaba. "Porque no hay dos ciudades como ésta, ni dos cielos que nos ampare, el agasajo hoy es para ustedes, los inmigrantes", dijo el conductor, invitando a que se ubicaran en las sillas delanteras diez de los artistas elegidos, quienes en breves palabras narrarían sus biografías, enseñando en mano la labor con la que se destacaban.

—Dinos qué te llevó a convertirte en un inmigrante — inquirió Vicente a Samuel, el español que cantaba flamenco.

—Porque en Barcelona nunca me atreví a ser músico, y porque la rutina de las mismas caras me era un tedio, entonces me fui. Así veo gente nueva, así en la lejanía valoro, así los extraño en vez de aguantarlos. Así no me ato a nada ni nadie. Acá soy yo mismo, sin una historia que alguien sepa, soy uno más. Y sin la música vivía en saldo conmigo mismo.

Y siguió con Demetris.

—Nací queriéndome ir. Soñando con otros paisajes y lenguas extranjeras. Deseando ser yo a través de algo que deje al mundo. Podría haber sido otro lugar, pero fue este, y aquí es donde vivo y escribo, de donde a menudo necesito irme, pero regresar. ¿Y tú? —indagó a Julieta.

—Busqué muy dentro un algo que me sacara de Buenos Aires, donde vivía bajo paradigmas que ni por asomo de duda alcanzaría. Quise llegar a un sitio donde se viva sin prejuicios, donde constantemente brille el sol, y que jamás falte la música. Me gusta ser parte de otra parte donde muestro de dónde provengo. Y al cantar renazco.

Y sus confesiones ennoblecían los destellos que solo, quienes despliegan el cumplimiento divino de su destino, emanan en la mirada, invitándote a soñar. Hasta que aquel ambiente muy emotivo llegó a Orlena.

—¿De dónde eres? —le preguntó.

—Soy de Moscú. Desde niña, aún sin saber leer ni escribir, jugaba con los periódicos como si ellos fuesen libros. Desvariaba en que yo había escrito el contenido en ellos en diferentes idiomas y toda la gente los leía, entonces me hacía famosa y viajaba por el mundo. Vine a esta ciudad a trabajar en un hotel, y me enamoré de estas noches a cielo abierto. Empecé a escribir, y después publiqué mis novelas que vendo por donde quiera que ande, hasta que algún día consiga vivir a través de mi arte sin tener que llevar a cabo labores de opresión psíquica. Pareciera que no te atreves a ser quien eres en donde naciste, a veces has de irte para ser todavía más feliz.

Y con la narración de ella, seguida de múltiples aplausos, Vicente, tomado de la mano de ellos, se puso de pie saludando al público, y diciendo:

—Buena vida, Miami, buenas noches.

Y así se cerró el telón del escenario, dando término a la emisión televisiva más significante de "Aventuras" mientras las estrellas resplandecían albergando cada alma y sueños bajo ese cielo.

Escoltado por la seguridad y seguido a su equipo más cercano, el conductor anduvo hacia el camerino. La grandeza de lo experimentado esa noche superaba cualquier expectativa que haya tenido jamás, alcanzando la plenitud personal en su carrera. Pero se vio trastornado al abrir la puerta y ver a Lucrecia allí dentro. Es que a decir verdad, durante el programa ni recordó su presencia, y ahora al verla y que ella le saltase encima con demostraciones afectivas lo puso malhumorado. Que por más esfuerzo que hiciese lejos estaba de corresponderle. Se sintió avergonzado, y apenas respondió a uno de sus besos, y le acarició algo los cabellos. Mientras ella, ensimismada, no paraba de halagarlo y hacer planes para esa noche. Entonces él, mientras se quitaba la ropa de escena, a modo sutil pudo decirle que lo sentía, pero mejor lo dejase a solas, que aquella noche precisaba silencio. No obstante, ante su talante pertinaz e interrogaciones, Vicente apuntó:

—Somos adultos, no quiero asumir responsabilidad sobre ti. No soy un hombre de planes, ni de relaciones, las palabras no se han hecho para mí.

—¿Es ella cierto? —exasperada, ella replicó.

—No, Lucrecia, no es Hannah, soy yo. Es lo que yo no siento.

Y sin más uno ni el otro qué decirse, ella, a modo enfurecido, salió del camerino dando un portazo, por su lado él, entre el vaivén de errata y alivio en el sofá, se sentó. Sirvió una copa con vino, y apagó las luces. Esa mujer valiente, un amorío imprevisto, la notoriedad, su soledad inconclusa, los testimonios de los artistas, la luz indestructible de Hannah, la interrupción de su paternidad, y el empeño intacto de saboteo en cómo hubiese sido Paloma, lo desbordaba excesivo. Y en esa penumbra volvió al tiempo, reapareciendo emociones de hace años. Saliendo del camerino cuando todos se hubieron ido, porque nunca dejaba su manía evasiva de todo y todos cuando algo lo ponía enclenque. Subió a un taxi que lo dejase en su hotel, y sentado en la silla del balcón despidió lo que quedaba de esa noche que presumía interminable.

Tal vez como bien es tiempo de mudar de aires, lo sea de regresar a ese lugar que para uno le significa único en la faz de la tierra, donde no es necesario te conozcan o no. Uno donde las ausencias se sientan menos, y a pesar de todo te sientas completo. Pero aquí el año acontece velozmente. Te pones las mismas prendas en febrero como en octubre, y así te alcanzó otra vez diciembre.

Vicente amaba la lluvia que apagaba algo el fuego solar, y lo inspiraba hasta las entretelas. Esos ínfimos días grises que te obsequia el eterno verano de Miami. Y desde que hubo llegado — créase o no — no se movió de allí. Es que esta ciudad entre piscinas y playas abrevia el tedio de la rutina. Aunque no te vayas, te tomas un respiro, unas horas de vacaciones. Y entre el programa y el trabajo de la fundación hubieron acaecido ocho meses fuera de Los Ángeles. Es que solo sabes cuando llegas, y es la misma vida dueña de la verdad, de cómo y cuándo te vas. Dejó a Florencio y Tadeo en el aeropuerto. Ellos, junto a Germán, a pulmón cimentarían porción de sus sueños, como los ajenos, en la fundación. Hilda fue otra viajera cómplice del embeleso que despliega esta ciudad. Nunca regresó a Georgia. Decidió unirse bajo matrimonio con Gaspar, para así prorrogar aquel amor, y ayudarlo a que él dejase las limitaciones de la esclavitud en la que sobreviven los ilegales. Y vaya que con asomarte un poco a ver la vida en otra parte, puede cambiar la tuya para siempre. Gaspar era un ícono, un espíritu al que ni las restricciones humanas lograron inmolar. A pesar de todo, él fue quien estaba predestinado a ser. Porque no hay oro en el mundo, ni ciudadanía que te otorgue los dones, ni ampute el ímpetu de tus alas. Pero a Vicente ese tiempo de volver le afloraba, sin saber bien a qué. Como si de donde estuviese, siempre tuviese que levantar vuelo. Y el canal de la competencia le hizo una oferta doblando la cifra por otro año de "Aventuras". Respuesta que retardó por unas semanas. Ahora es que le hubo llegado el momento de volver o de responder. ¿Es que cuánto más puedes inmovilizar al palpitar de lo que deba de ser?, aquello que hagas lo que hagas ya hubo sido escrito. Ese camino del que las instigaciones del señor destino te ahuyentarán, pero al cabo de un lapso, has de seguir porque con señales apacibles o infaustas te buscarán. Él elucidaba cada fluctuación al sumergirse en el océano. Y cuando dejó por fin de llover, a nadar fue. No pasaría de mañana sin saber qué nuevo rumbo tomaría, de aceptar la propuesta ostentosa del otro canal de habla hispana, haría un paréntesis primero. Una semana de entusiasmo por la primicia de algún otro paisaje, para luego dejar el hotel, precisaba el sentido de propiedad que te confiere un hogar. Y de rechazarla, completaría el último mes que restaba de ese contrato, que coincidiría con la terminación de arrendamiento de su inquilina en Los Ángeles. Podía volver a alquilarlo, y seguir estando en lo de Ágatha, pero ya le fue bastante aquella época fuera de su casa, como de la ciudad. Todo encajaba en los vagones con el propósito de un recorrido señalado, sin paradas previas del tren hacia su destino final. Así procede el acertijo ante las decisiones, una voz que susurra: "Observa estas casualidades, deja el desconcierto"; mientras otra dice: "Aunque todo luzca muy bien, hay una pieza que no pertenece al rompecabezas, arriesga, ve por otro lugar". Y una vez que gozó del agua como niño en vacaciones escolares, ya siendo muy tarde, cuando menos gente en la entrada trasera del hotel había, subió a su cuarto. Dejó la música de jazz silbara alto, y tomó una ducha para después, en rendición absoluta a lo que deba ser, dormirse.

Como si el cuerpo y la mente supieran de lo largo que sería aquel día, inusualmente, durmió hasta media mañana. Karla tocó a su puerta, es que hasta olvidó encender el teléfono celular.

— Disculpa — exclamó su asistente —, es tarde y me tenías preocupada con esa nueva costumbre tuya que apagas el mundo. En una hora comienza el rodaje del programa musical, formas parte del jurado. Samuel participará entre 25 artífices. Ya todos, excepto nosotros, están en el estadio.

Después la reunión con los directivos, y esta noche el evento de cierre con nuestro canal activo.

Mientras Vicente la miraba aturdido.

—Buenos días, al parecer nada se te ha escapado —a modo sarcástico, añadió—. En unos minutos estoy listo, mujer, gracias por tu eficiencia.

Ella se retiró hasta el comedor a esperarlo, y en un santiamén juntos salieron del hotel para subir a un taxi. A voz de mando, Karla dirigía al conductor distraído entre construcciones que desviaban la ruta que los llevara hacia el coliseo en el Downtown de Miami. Subieron las escaleras corriendo hasta llegar al centro de escena. A poco, Vicente se acomodó para el maquillaje pertinente, ella revisó cada pormenor de la agenda para esa jornada. Entusiasta y dedicada, como esos elegidos, Karla amaba lo que hacía. Admiraba y quería tanto a Vicente, sin perderse detalle de esas personalidades que la rodeaban, que de no haber sido encontrada por este azteca de corazón grande, todavía limpiaría los pisos de aquel bar, sin poder desplegar sus dones. A quien rozaba Vicente lo alcanzaba el triunfo, como a Samuel que luego de ser invitado a "Aventuras" fue elegido para participar en este concurso, e unánime, esa tarde, entre otros siete por la discográfica de San Francisco para grabar su primer disco. Terminado el programa, aguardó a su jefe que diera una entrevista leve para un canal de California, y mientras Vicente evadía las cámaras como dar más reportajes, solo proyectó una amplia sonrisa, se abrieron paso escoltados por la seguridad, y subieron a un auto que los llevaría hacia Key West.

Durante el viaje, él y Karla organizaron el próximo programa, les aguardaba trabajo arduo en aquel mes restante, por lo que la prolijidad era escrupulosa. Poco hablaron en esas dos horas, hasta que el automóvil se detuvo cuando hubiesen llegado a las oficinas centrales. Antes de descender, ella por naturaleza femenina no pudo esperar, y siguió:

—¿Ya sabes qué les dirás?

Vicente se quitó las gafas de sol, y la miró por el rabillo del ojo, para soltar una carcajada sincera, y repuso:

—No tengo idea, pero acá estamos, ven.

Y ambos caminaron hasta el hall central. De a poco se fue habituando a tanta ostentosidad, y tomaba aquellos formulismos sin gran importancia. Hubo dejado de ser un empresario reservado para convertirse en una figura pública, pero qué más daba. Escuchó la oferta de labios del presidente, bajo la vigilancia incesante de ese gabinete receloso, para una vez terminó su soflama aquel caballero, y la guardia cesó, hicieron una pausa. Contempló detallista la compasión de la naturaleza, que a súbito la tormenta aplacó su fiereza, el mar yacía en calma, y un doble arco iris nació, rayando su fosforescencia entre esas dunas, atravesando el ventanal de aquella oficina insustancial. Dio un parpadeo, y en él visitó un santiamén al señor futuro, que simulaba promisorio. No obstante, aquel deseo de marcharse allí mismo le brotó en la mente y en la piel. Así que, sin preámbulos, franco, como bien era su condición, al retomar la reunión rechazó el ofrecimiento. Recibiendo miradas de perplejidad del gabinete, e insistencia del presidente, reacciones a las que a modo calmoso, Vicente ignoró. Se puso de pie, estrechó la mano fuertemente al caballero, saludó a los demás, y se retiró. En la sala contigua lo esperaba su asistente, afanosa por conocer el rumbo que seguirían, entonces él, con regodeo, como quien toma el próximo camino con la convicción de ser el correcto, le dijo:

—Hemos terminado, vamos.

Y salieron del canal para introducirse en el vehículo que los llevaría de regreso a Miami, a través de aquel puente aislado de la altura de las aguas tibias del océano pacífico, colgado a una muralla de hierro impenetrable, y largo como la misma ruta que recorre el tren de la vida, confiriéndoles el cumplimiento de promesa en la puesta del sol más auténtica hasta tomar el trayecto angosto del camino que los haría llegar a South Beach. En ese punto se despidió de Karla, quien, confusa por la medida que hubo tomado su jefe, lo apoyaba en cada decisión. Lo que contaba era que en cualquier lugar que fuese, continuaría trabajando para Vicente. Una vez que dejaste la tierra que te dio nacimiento, adquieres la capacidad de adaptación en cual fuese el espacio que designes, o bien él te elija a ti. Nada más que eso te diferencia de los otros, no lo hace el amor que sientes, el tiempo que vivas, o el modo en que te encuentre la muerte. El ser inmigrante te hace diferente, ya con eso, vaya que eres valiente. Y con rapidez descendió del automóvil, dejándole su mejor sonrisa al azteca.

—Nos vemos luego en la celebración —con voz agitada le dijo.

Él siguió hasta el hotel, y al subir al cuarto sirvió una copa con vino, abrió la puerta de par en par que conectaba al balcón, e invitó a la brisa húmeda a que lo acompañase. Se quitó las prendas, y con ellas una carga. Hundió el palpitar y el hastío de la mente en la sinfonía de Deva Premal. Y así como vino al mundo, bajo la grácil sombra que la luna emanaba escondida entre las nubes, y las incontables luces de neón que encendían las aguas de la ciudad del sol, en el sillón del balcón se sentó. ¿Por qué será que el hombre insiste en alejarse para luego regresar al lugar donde perdió lo más preciado que la vida le haya prestado? Y a modo inexcusable la pensó. Cierto fue que hasta temió verla en Miami, pero de su presentación allí nada más supo. Y a la acústica de su voz el transcurso de un año la hubo desvanecido. ¿Dónde el tren de la vida vuelva a detenerse para que uno y el otro logren volver a verse? También lo rozó Paloma, su alma, la sublimidad imperturbable. Y de un solo trago acabó la copa de vino, fue a ducharse con la prisa de escaparse de aquellas dos mujeres con las que su palpitar hasta el último parpadeo, estaba entrelazado. A la ligera se vistió, y salió del cuarto.

Caminando llegó al salón que se hubo rentado para darle lugar al evento, sin premeditarlo, ya no era el primero en hacerse presente. Y ver tanto gentío le venía como anillo al dedo para evadir la nostalgia. A modo anticipado se cerraba aquel ciclo anual de "Aventuras". Y lo que Vicente se llevaba con él eran los fragmentos de cada persona que cruzó por su ruta de vida. Muchos que jamás volverá a ver, otros de los que harto aprendió, y algunos que con él se irían. Basta con que sepamos que algo termina para estimarlo. Vaya que cada suelo que pisaba la gente profusa le daba, casi siempre a cambio de nada. Y lo colmó la gratitud, ese don preciado que heredó de Josefina, su madre.

El alcalde le hizo entrega de galardones como ciudadano ilustre de la ciudad de Miami. Prosiguió el conductor de aquella noche festiva con el reconocimiento de la comunidad hispana. Y como broche de oro de aquella declaración, se convocó a su equipo al escenario para agasajarlos por el programa bilingüe de mayor audiencia en la televisión local. Antes de que el vocero pronunciara el cierre del evento, se lo invitó a Vicente a dar letra. Parándose a su lado y concediéndole el micrófono.

—Y no más que expresarte gracias, por tanto, Miami —el azteca dijo.

Secándose la humedad de esos ojos conmovidos por la benevolencia de la vida, se volvió junto a su equipo para tomarse de la mano de Gaspar y Katiuska, y así en movimiento de reverencia saludaron al público. A poco, ellos descendieron de la tarima, cada uno fue hasta su mesa designada para la cena, y una banda dio inicio al espectáculo musical. La fiesta hubo empezado. Apenas si probó la comida, varios aproximaron a Vicente para conocerlo en persona y felicitarlo. Esta tierra lo hacía feliz. Hilda y su flamante esposo inauguraron la pista de baile, y tras la pareja, muchos se animaron. Vicente siguió sentado a su mesa conversando con otros conductores, hasta que una voz femenina los interrumpió.

—¿Bailas? —le inquirió.

Alzó la mirada y vio a Iliana. Y de un salto brincó de la silla. ¡Esa noche le daba demasiada alegría! No la ha vuelto a ver desde que ella fue seleccionada para la beca tres años atrás. Y la jovencita lo abrazó con fuerzas, mientras Vicente le acariciaba los cabellos. Emocionado le señaló:

—Qué placer verte.

—Te extrañaba, y quise darte una sorpresa —repuso Ileana, acercándole la mano de él hacia su vientre—. Daré a luz una niña, la llamaremos Paloma, si no te incomoda —haciendo un ademán hacia un muchacho que estaba cerca de ellos—. Te presento a mi esposo, Bladimir.

Vicente, bajo un estado de felicidad, quitó la mano del vientre de ella para estrechársela al joven, quien era bailarín de ballet, al igual que ella. Y por segunda vez en la noche volvió a secarse lágrimas de júbilo. La tomó del brazo, se excusó con el marido, y a todo contento fueron a bailar junto a los demás mientras los *flashes* y las cámaras hacían sus destellos sobre ellos. Fue una de esas noches donde te estremeces de continuar vivo, una que deseas retener. Y en la madrugada prematura del verano pluvioso se quedó en la costa, en complicidad con los pelícanos. El embarazo de Ileana lo colmaba de ilusiones, es que quería cantidad a esa chiquilla. La sorpresa de verla lo hubo estremecido. Y estar junto a ella al momento de dar nacimiento a Paloma le acariciaba las entrañas. Y como espectador dedicado, sentado al costado de la vía y bajo la guardia de la llegada del tren, contempló a los recorridos de la vida. Su rumbo hubo situado a cada cual que adoraba en el vagón que los conllevaba al desempeño de vuestros destinos. Cuando todo fingía siniestro, hubo un vislumbre que los salvó de sus condenas. Ileana obtuvo el privilegio de la beca, y luego su matrimonio con Bladimir y la consagración de la maternidad. Katiuska inmoló su soledad en el amor de

Tony. Gaspar abandonó sus añares de esclavitud por intermedio del afecto y el auxilio de Hilda. Karla desmanteló la jaula con lingotes de oro de las limitaciones a través del apoyo de Barney, y junto a él recuperó a su hijo. Germán era el capataz de la obra de la fundación, faena que desempeñaba con regodeo, por la cual se lo proveyó de una visa de trabajo, y logró ir a ver a sus padres a la Argentina. Florencio y Tadeo tampoco seguían siendo ilegales, se adaptaron muy bien a Los Ángeles. Un sinfín de emociones en pocas horas, más la pronta partida de esta ciudad le avivó la observación de la labor del señor tiempo, hasta caer en el chantaje de la derrota. ¿Qué hay de mí?, inquirió. Se incorporó de la arena, cargando los zapatos en la mano, y a pasos lentos anduvo hacia el hotel. Antes de cerrar los ojos volvió a desconectarse del mundo, apagando su teléfono celular, y con la esfinge de la carita de su Paloma, se desvaneció.

Mucho estaba listo para los tres últimos lanzamientos de "Aventuras", así que junto a Gaspar e Hipólito, se alejaron de la rutina para tener una jornada sabática. Este último, oriundo de Costa Rica, trabajaba como personal de seguridad y llevaba una década en Miami. Puesto que custodiaba las grabaciones, hizo amistad con los aztecas desde que llegaron. Era un hombre responsable, bien conocido en el medio, de carácter optimista, quien llevaba a cabo sus días en el disfrute pleno de la simpleza. Ameritaba una mudanza de aires a gritos.

Con anécdotas describía que la ciudad ya no era aquella playera como en antaño, una en donde todos se saludaban, tampoco existían rascacielos, ni trayectos desviados o aceras destruidas por las construcciones. Miami era un lugar donde todos venían a descansar, y los residentes tenían un pasar relajado. Pero conforme fue industrializándose, la calidad humana disminuyó.

—Los ricos invierten acá —señaló Hopólito—, mientras a la clase trabajadora cada vez menos nos alcanza el dinero. La agresividad es una constante, y las clases sociales se han mezclado harto.

Hipólito, que asoma sus 50 años, palpó los cambios y quería irse. Buscaba una parte donde pueda vivir menos alterado, y tampoco debiera perder dos horas diarias conduciendo.

—Amo la indulgencia que bordea mi departamento, las puestas de sol que aprecio desde mi balcón, pero una vez salgo de la isla, a estas alturas, todo me abruma. Algunos días solo deseo permanecer en casa, sumido en mis ejercicios y lectura, hablar con mis vecinos, cuidar de mis plantas, y por las tardecitas pasear por la playa en mi bicicleta. Es que estamos muy expuestos a los agravios, me pregunto cómo en un lugar tan precioso puede haber gente tan áspera. Entonces he puesto mi propiedad en alquiler. Mientras tanto, busco otra ciudad u otro país donde irme. Un sitio en el que me sienta tan a gusto como fue cuando puse un pie en Miami.

Vicente detuvo el motor cuando llegaron a Fort Myers. Lo cotidiano es muy distinto al turismo, pensó. Tal vez de ese hartazgo del que narraba Hipólito él no fue víctima porque ni siquiera cuando se empleaba en la oficina del canal en Los Ángeles era frecuente, ya que se desplazaba de un extremo al otro en gestiones empresariales. Y justo antes de que vendiera el alma, tuvo la lucidez de abandonar su puesto. Pero qué suplicio el de esos que no solo realizan un trabajo que les paraliza los dones, sino que inclusive tampoco viven dónde o cómo les agrada. Vaya sumisiones que nos infligimos los humanos. Y justo cuando se enrollaba en esos análisis, los otros dos bajaron del automóvil. El diluvio que hubo pasado le obsequió unas olas al Atlántico, así que varios aldeanos corrían tras ellas con sus tablas de surf. Por su lado, Gaspar encendió el fuego para asar unas carnes a la parrilla, mientras Hipólito preparaba aperitivos, y Vicente ya se saboreaba con el aroma que a súbito la leña despedía. Dejaron sonar la radio local, y en una mesa de madera bajo las gotas de lluvia que retuvieron las ramas copiosas de un árbol, empezaron un juego de naipes, con apuestas de por medio. Gente que iba y venía, las ardillas hacían su propio festín, y los mapaches circulaban como en su casa. Todos hubieron esperado dejara de llover para salir a ser parte de esa naturaleza perfecta. Es que de tanto te pierdes si te quedas adentro. Un longevo que paseaba en bicicleta, levantó su mano y gritó:

—¡Hey, Vicente, go "Aventuras" go.

Y los tres se contentaron. Comieron como la última vez, saborearon sangría que hizo Hipólito, y vociferaban como adolescentes entre esos partidos de póker que fueron cuantiosos. Pasó un hombre blanco, al que en la mirada le brotaba la irritación, y no le fue necesario expresar verbo para darse cuenta de que le repugnaba los muchachos fuesen hispanos. Su energía fue tan fuerte que al unísono, los tres hubieron retirado la mirada de las cartas para mirarlo. Y tras él una niña tomada a la mano de su madre, señaló a la mesa, y algo murmuró. La dama, junto a ella, se acercó a la mesa, diciendo:

—Hola, discúlpeme —dirigiéndose a Vicente—, ¿puede usted darnos un autógrafo? Mi hija y yo miramos su programa desde siempre.

Y éste se puso de pie de inmediato, y con gran sonrisa respondió:

—Por supuesto que sí, señora.

La niña se acercó a darle un beso en la mejilla, y Gaspar les tomó una fotografía. Para cuando se despedían, el caballero blanco hubo vuelto a pasar, y se detuvo a mitad del puentecito que conducía a la playa, esta vez los observó con más aversión.

—¿Qué le sucede a ese tipo? —dijo Hipólito—. ¿Te das cuenta de la discriminación?

—No le pongas atención —agregó Vicente—, no le gustamos, y ya.

—Mejor guardemos los bártulos en el auto y vamos a la playa —sugirió Gaspar.

Y los otros dos lo siguieron. A paso que marchaban hacia la costa a Vicente le sobrevinieron deseos de regresar a Miami, esas ganas misteriosas de llegar para irse de todas partes. Pero acompañó a sus feligreses, y tal vez nadaría un rato. Mientras jóvenes corrían tras sus tablas, y niños hacían casitas en la arena, otros tiraban anzuelos atados a tanzas. En pocos metros cada cual estaba en su mundo. Y luego de prestar atención a todo lo que lo rodeaba, se apartó ensimismado y empezó a nadar. Entre se sumergía y emergía, veía a sus amigos de pie en la costa dando letra. Se alejó más hacia las profundidades donde la comunión entre el océano y las aves le atenuaba. Hasta que después de un tiempo allá consigo mismo, puso la mirada donde hubo dejado a los otros, sin distinguirlos. Divisaba una muchedumbre, entonces a nado ligero emprendió la vuelta. Salió del agua y anduvo hacia el gentío. ¿What's going on?, indagó. Y pudo ver a Hipólito con el brazo herido, que vociferaba en el intento de apaciguar a Gaspar. El primero fue herido por el anzuelo de una caña de pescar de un chiquillo, el cual insistía tirando de la tanza. De seguro creyó hubo capturado un pez, en vez del brazo de un humano. Intercedió Vicente:

—May you please stop pulling! —exhortó Vicente.

Mientras un anónimo proveyó a Gaspar de una tijera para cortar la tanza, y éste también le pedía al malcriado que se detuviera. Entonces, la necia de la madre replicó:

—Hey, you have to be pacient, we are on the beach, it's happens all the time.

E hicieron caso omiso al incidente, hecho que colmó de tirria a Vicente. Una vez Gaspar cortó la tanza, y una parte del anzuelo, con impotencia arrojó todo al agua. Y fue suficiente para que otro estólido interviniera:

—I know he got hurt, but why you threw a way his thing?

Aquello era de no creer. No solo lastimaron a Hipólito sin ni siquiera disculparse, sino que incluso un don nadie buscaba pelea. Y él, considerado, aunque tenía una mitad de anzuelo incrustado en su brazo, le pidió disculpas -sin razón- a ese chiflado. Y también a los muchachos que se calmaran. Y salieron a todo dar hacia el hospital local, estupefactos por el maltrato de esos lugareños.

—¡Es inadmisible! —exclamó Vicente.

—No solo te lastiman, mi hermano, sino que inclusive hemos de aguantar esto — añadió Gaspar.

Mientras Hipólito, boquiabierto, y sosteniendo su brazo lesionado, a duras penas dijo:

—Mal que me pese, el único que estuvo allí para ayudarnos fue uno de los nuestros. A esos blancos les importó un bledo lo que me pasó.

Y terminaron aquella jornada sabática en el hospital. El costarricense fue asistido hasta que lograron extirparle el intruso anzuelo, tras antibióticos e inyecciones. Conmocionados, pasada la medianoche, emprendieron la vuelta.

—Me pregunto por qué te sucedió a ti, y no a mí que los hubiese puesto en su lugar, y armado un escándalo — repuso Gaspar.

—O a mí, que nadaba entre esos anzuelos, y no te imaginas cómo los lanzó de cabeza en el agua, pero tú eres tan altruista, ¿por qué rayos te pasó a ti?

Mientras Hipólito, bajo ese temple admirable que lo hace tan gente, recostado en la parte inferior del automóvil, apenas murmuró:

—Siempre tengo suerte para la desgracia, pero aunque ya viejo, no tolero el agravio. Admito que me duele más eso que mi brazo. ¿Será una reseña de que entre los míos estaré a salvo? Ya no te preocupes amigo.

Y descendieron del vehículo, a poco los muchachos lo acompañaron dentro de su casa, sin irse hasta que Hipólito estuviese dormido. Así los otros dos siguieron camino.

Meditabundo Vicente llegó al hotel, y antes de subir al elevador, el sonido del agua que emanaba el torrente allá afuera, contigua a la piscina, le hizo cambiar de rumbo. Arrimó una silla, y cerquita de aquel manantial se sentó. Cerró los ojos hasta que aquel flujo de energía lo colmó, y los abrió para contemplar las estrellas buscándola a ella, hasta que fue arremetido por la llegada de unos jóvenes bulliciosos que le impedían dar oídos absolutos al viento, como al movimiento de las hojas de las palmas. Muchas veces, como esta madrugada, no deseaba más que el silencio del aislamiento. Puesto que con el ruido de la mente le era más que suficiente. Entonces fue el primero en irse, revisando en sus pasos los episodios de esa jornada, una de cal y otra de arena.

Siempre que daba fin a una etapa, otra le hacía antesala. Ya hubo dejado esa testarudez juvenil de querer estar en varias partes a la vez, así que hasta el último instante daba todo suspiro. Orlena tenía participación de piloto en escena en los micro teatros de la calle ocho, donde también, a manos llenas, vendía sus novelas. Lo poseía todo para ser triunfante en lo que hacía, puesto que feliz ya lo era. Solo le faltaba de ese rempujón del que el señor destino se encargó cuando la situó en la misma vía en que el tren de Vicente circulaba por entonces. Y a partir de allí, no detuvo la aletada ni por desliz. Corría el último viernes de cada mes, donde se desarrolla aquella festividad de exposiciones teatrales, como bien musicales, y al quedar en el tintero un solo programa de "Aventuras", que más tarde tendría una temporada de receso, y en Los Ángeles los atavíos de escena y dispositivos abundaban, Vicente y el equipo decidieron donar cuanto más se pudiese a esa academia de arte. Así que a un costado de la calle estacionaron el camión, y echaron mano a la obra descargándolo todo. Mientras el azteca no le quitaba el ojo a Orlena que, en la misma acera del teatro se daba a conocer con la gente, vendía entradas para las obras, y entre poco vendía libros. Vaya que brillaba entre esos hispanos, que la hubieron adoptado como notoriedad a través del hechizo del verbo de su alma en lo que escribía. Y muy bien hubo aprendido el español. Contemplarla lo rebalsaba de orgullo, y deseó volara muy alto. A pesar de que ella no daba abasto, se percató de que los muchachos hubieron terminado con la donación. Y llamó al director de la entidad para que saliera a agradecer a Vicente. A la joven no le cabía el corazón en el pecho de harto contento, tan agradecida junto a sus compañeros -que lo hacían todo a pulmón-, mientras Gaspar y Karla también compartían ese regodeo.

Es que el arte es una fiesta, en él todo se lo entrega, porque no das lo que tienes, concedes lo que eres. Y marcharon todos hacia las calles que vivían la música latina en todo su esplendor, haciendo vibrar las baldosas y el cemento en un baile multitudinario. Una comparsa repleta de cuerpos esculpidos a medio vestir era la reina de la pista, circulando por el medio, y a lo largo de esas vías, que trasmitía una dicha por el mero hecho de continuar vivo. Y el arribo de la madrugada los sorprendió en una taberna tomando unas cervezas, para aplacar el sudor de una noche ardosa del verano que hasta en el último recorrido no resignaba sus rastros de jornadas alumbradas y húmedas. La mesa les quedó pequeña. Para esas alturas, Vicente ya ni recordaba el nombre de cada uno de esos nuevos que se sumaron al grupo. Es que cuando constan afinidades, fluye el descubrimiento de ese mundo que las personas somos, donde las palabras son innecesarias. Y contenido por esa energía iba viviendo aquellos años, rodeado de espejos de esa manera suya tan impredecible de tomar cada día, sin adeudos ridículos, con ilusión, y la pujanza de mantener vivo el fuego propio, conservando eso que somos, el don con el que hemos venido al mundo. Y esa connotación vaya que le rebosaba otro tanto el alma. Y prestando escucha al paso feroz de un vendaval tropical, que hasta le quitaba señorío a la mente, se durmió.

Esa tardecita, fluctuando en la tregua que la lluvia les concedía, colocaron alfombras plásticas en la arena, e instalaron pabellones por si acaso el equipo y el público se mojasen. Nadie se detenía en los pormenores de la gran final de "Aventuras". Desde el escenario, mientras comprobaba sonido y luces, releía el orden de presentaciones, e inevitable, la presencia del mar le asaltaba la mirada, que en una de sus olas de la practicidad al corazón lo impulsó. Un año sucedió, la llegada a Miami fue incierta en el tiempo, más bien fue viajar hasta allí a mostrar el programa, pero el señor destino ya hubo escrito el éxito. Tal como con Hannah, que aunque diez años los distrajeron a uno del otro, bastó con ese instante en que el tren se detuviera a la misma hora y en una única ruta, para que así ambos decidieran entrar en el vagón del otro, y una caja de pandora desacopló sus reservas de algo que jamás hubiesen planeado juntos. Hoy, un año de hechos tan significantes, la clausura de una etapa inmemorial en su carrera, como el del cumpleaños de ella. Y para la vida misma pareciera que no cuenta cuanto amor haya habido, cuantos sueños, sin aviso sucede, esa presencia se evapora como gotas condensadas en cualquier madrugada. Y deponiendo al pasado en el sitio que le corresponda, se pasó los dedos entre el cabello, y retomó la labor. Revisó el vuelo para el día siguiente, inquirió a Karla que sus objetos personales estuvieran listos, saldría antes del alba hacia Los Ángeles. Y entre tanto por hacer, el día hubo sido una ráfaga, faltando dos horas para salir al aire, Gaspar corría bajo la llovizna, como si el aire ni les llegara a los pulmones.

—Ileana va a dar a luz, te ha llamado reiteradas veces, está en un hospital de la calle 41 —dijo el azteca, agitado.

Y a Vicente se le iluminó hasta la médula del alma. Y justo la maquilladora lo instaba.

—Ay, Dios, mi niña. Búscame un auto que me lleve al sanatorio —pidió a Gaspar.

Mientras sus colaboradores lo miraban espantados, éste tiró las planillas que cargaba en mano, y de un brinco saltó de la tarima.

—¡Pero Vicente! —expresó Karla—, saldremos al aire pronto, es la gran final, tú no puedes faltar ahora.

—A quien no le puedo faltar es a Paloma cuando nazca, empiecen el programa sin mí, tú, Gaspar, haz la presentación, y si no, lo posponen.

Y se fue a toda marcha mientras Hipólito salió tras él. Llegaron al hospital en un santiamén, que le fue eterno. Y corriendo entró hasta quedarse fuera del quirófano, a poco salió Bladimir a buscarlo, Ileana lo quería a su lado. Y al verla volvió a sentirse feliz, nada, nadie más existía en el mundo. Le acarició los cabellos renegridos, recordándole todo lo que la adoraba. Ambos le tomaron sus manos, y ella murmuró:

—Te estábamos esperando, mi hija va a nacer ahora.

Y en pocos minutos dio a luz a Paloma, quien se manifestó eufórica como su madre, en un llanto insaciable. De piel rosada y labios perfectos, que delinearon una sonrisa. Bella como una deidad. El esposo cortó el hilo de plata que se simboliza a través del cordón umbilical, y la concedió a su mamá, quien tampoco detenía el llanto. Y a poco fue asistida por los pediatras, Ileana se la dio a Vicente que la cargara en sus brazos, inundándolo de dicha absoluta. Eran esos momentos que a algunos nos obsequia la vida, uno en el que todo lo demás es superfluo, uno indeleble. Y lo invadió un éxtasis amoroso. A pesar de todo, de alguna u otra manera la bondad de la vida nos contiene a todos, enmendando algo de lo que se nos ha roto por dentro. Y bajo esa conmoción insuperable se despidió de la familia, y anduvo hacia la sala donde su amigo y guardia personal lo aguardaba. Juntos, en medio de un tráfico atolondrado y desvíos indisolubles, volvieron a South Point. Casi llegando fue que Vicente tomó conciencia de las horas transcurridas. Apenas fueron tres. Es que bien de aprisa, en un suspiro todo sucede, esos eventos que te cambian para siempre.

Hipólito abrió paso entre el gentío, escoltando al conductor por la parte trasera del escenario. Se metió en el camerino, y de súbito le iniciaron vestuario y maquillaje. La programación empezó retrasada 30 minutos, por si acaso Vicente llegaba. Mientras tanto brillaba el ballet juvenil de Katiuska, como lo hizo en la apertura en la ciudad magnífica del sol. Karla, voluntariosa, lo acompañó hasta escena. Para cuando éste se aproximaba, detuvo el paso. Es que la danza terminó, y detrás de los cortinajes, alucinado vislumbraba a Gaspar que impecablemente conducía "Aventuras". Le concedió su espacio, sin dar voz a su micrófono. Ahí resplandecía su compinche, ese ser consagrado, humilde y talentoso, de condición cortés y porte impecable. Hasta que el otro hizo perceptible su presencia, y exclamó:

—Mi colaboración ha concluido, demos la bienvenida al pionero de este suceso, con nosotros, Vicente Muni.

Y éste apareció entre las luces, cámaras y *flashes* que tanto lo seguían. Y antes de emitir locución, dio un abrazo a Gaspar, para luego pronunciar:

—Gracias, lo has hecho mejor que yo —y siguió "Hola Miami" recibiendo aplausos innumerables, dando señales para que en una pantalla gigante proyectara la imagen de Ileana, y así se hizo un silencio perfecto para que su voz diera vida.

Y tras ella, surgieron la niña Maguie y Samuel, artistas que muy bien después del paso por "Aventuras" se convirtieron en embajadores de sus gracias en otras partes del planeta. Y tras muchos más cumplidos de sus colaboradores y público, Vicente retomó la conducción dando el parabién a los niños del conservatorio de la Pequeña Habana, que dirigidos por su hada madrina, Heidi, vocalizaban a capela "Vivo per lei", aquella canción de amor, del ícono Bocelli, que es dedicada a la música. Las estrellas de hoy serían ellos, porque es en la infancia donde se despiertan los dones, donde hemos de ser contenidos y admirados, para que así a lo largo de nuestra adultez seamos personas espontáneas, seguras y compasivas con el prójimo. A ese acto conmovedor le siguió la actuación de otros prodigios que componían la orquesta que se fundó con el alma, entre padres, vecinos y maestros, hasta que alcanzaron una dádiva de un comisionado, y se transformaron en el grupo embajador de la ciudad de Miami, la que tiene arte y parte en cada evento que organiza la urbe. Y mientras todos se enternecían, resguardados por un silencio, sonaron unos campanillazos apasionantes que provenían de un barco en el medio del océano Atlántico, que hizo vibrar hasta las rocas que engalanaban esas aguas. Incluso la lluvia fue benevolente, con su extingo para que el disfrute fuese a pleno. Y a poco acallaron las campanas, surgió la destreza que aquellas niñas como mariposas inquietas, llevaban a cabo desde las magníficas telas sujetadas al techo del escenario. Sólo en el arte, como en el amor, que ambos brotan desde el corazón, podemos soñar y plasmar. Desde el estado de inconciencia palpamos la eternidad que ese soplo nos da, lo superfluo fenece y lo auténtico renace. Aquello que con alma se da, con ella se avista, porque con la mirada no bastaba para contemplar tanto.

Y mientras concluía la danza de telas, ya uno a uno iba dejando su lugar para formar parte de un inmenso círculo que se integraba por cada participante y miembros del equipo justo en las alfombras del centro, debajo del escenario, en frente a las cámaras y bien cerca del público. Y lo que más inquieta a la especie humana, la finitud, estaba ahí, tan inevitable como presente. Y el viento sopló impulsivo, el cielo se oscureció sin aviso, hasta que la llovizna soltó su destemplanza. Pero aun así uno a uno se juntó para despedir a "Aventuras". Y el último en integrarse fue el conductor, que no dejaba de ser parte del público que detrás de las barreras, con un cariño desmedido, lo cortejaba, mientras él les daba la mano, aunque tuviese a Hipólito cuidándolo como su propia sombra. Es que hasta el sol de hoy, Vicente tiene esa disciplina irresuelta, la de dejar ir, la de asumir cuando algo termina, como cuando alguien se va.

Apenas logró desprenderse de una de sus seguidoras, lo arrimó un trabajador del vestuario, que con sutileza lo llevó hacia detrás del escenario para cambiarle el atuendo. Y ataviado con un traje de principado, en un santiamén, resurgió a toda marcha hasta llegar al círculo con sus feligreses. Se tomó con firmeza de la mano de Gaspar y Katiuska, y también llamó a Karla, mientras dio estrofa la balada "Déjame vivir", del grupo español Jarabe de Palo, que con la magnificencia de su voz entonaba Samuel, mientras detrás de él, allá en el escenario, dos bailarines en un crepúsculo simbolizaban la libertad de las alas, que le es inminente a los enlaces del amor, tan urgente como el espacio y tiempo de la inconciencia de un artista para desplegar sus dones.

En la reflexión de aquella moraleja, y en la profundidad de esas estrofas que cantaba Samuel, como la lluvia que caía, ese momento fue tan insondable como fugaz, y al terminar la canción, emergieron aplausos inacabables. Hubo llegado el final, y Vicente dio voz al breve silencio que se hizo entre las notas musicales y la ovación de sus seguidores y colegas, pronunciando:

—Esta ciudad fue una puerta que nos hizo a ustedes y a nosotros soñar despiertos. Gracias, por tanto, desde lo hondo, gracias. Recuerden que estamos unidos bajo este cielo —y a poco se le cortó la voz por su emoción—. Hasta otro momento, "Aventuras", hasta siempre, Miami.

Se quitó los micrófonos, y a modo de ritual, uno al lado del otro alineados, aquel equipo formidable y él mismo, en movimiento de reverencia, se inclinaron hacia el público, para después alzar los brazos al cielo. Aunque se formuló el cierre oficial de aquel suceso televisivo sin precedentes, la banda de jazz municipal principió una fiesta posterior a escena. Y los *flashes* tomaron acción a toda marcha.

Si bien poco a poco el público empezó a circular para retirarse, muchos de ellos se quedaban para menearse al compás de la banda, al igual que los integrantes del programa. Ninguno de ellos estaba preparado para la finitud de lo que fue tan grande. Unos colaboradores proveían de refrescos al equipo, y apenas si Vicente dio una que otra nota rápida, en la que dijo:

—Toda expresión me es escasa, la gratitud me invade, obras son amores y no buenas razones.

Y siguió bailando junto a sus compañeros hasta que la banda dejó de tocar.

Y fue otra madrugada lluviosa y húmeda que despidió sentado al balcón de su cuarto de hotel. Hasta floreció la palma que con bondad le decoraba la ventana. Y esas plantas color amarillo y rojo, prendidas a la delgadez de ese tronco, lo embellecían todo aun más, llevándolo siempre, cada instante que con primor las contemplaba, a pensar en Josefina, su madre. Llenó la copa con vino, y bebió no menos que con la sensación de quien todavía descree del esplendor que le pertenece. Eso que no es por añadidura, eso tan genuino que nada ni nadie te lo da, eso que has logrado. Pues vaya que el tren de su vida hubo andado travesías, tanta munificencia que hubo recibido, tanto que tiene. Vaya los recuerdos inquebrantables de esas tres mujeres, vaya el amor eterno, la ilusión aplazada, el vacío inllenable de Paloma. Y bajo esa meditación honda ahí mismo se durmió. Un golpe en la puerta lo despertó, y de repente, la acritud del sol matutino apenas si le mantuvo los ojos algo abiertos, es que así, desnudo en la silla del balcón, percató hacía bastante se hubo dormido. Dio un salto, caminó hacia la puerta, y a súbito se vistió. Al abrirla, ya la señora del servicio se hubo alejado, pero en el umbral de la puerta le dejó el periódico nacional. Lo recogió, y refregándose los ojos a poco se pasaba la mano por los cabellos, volvió hacia el cuarto. Absorto, su fotografía estaba en la portada del diario, encabezada por un título que decía: "Vicente Muni, el mago que hasta el polvo convierte en oro". Y tal vez la mejor fotografía que le hayan tomado en la clausura de la temporada del programa junto a los artífices y parte del equipo. Debajo, otra con una narrativa impecable clasificando a "Aventuras" como el programa de éxito sin precedentes en la historia de la televisión hispana, y los rendibúes hacia su conductor. Y ni bien terminó de leerlo, sonó su teléfono celular. Aquella publicación hubo llegado a todos los medios, y le requerían más reportajes con paga de sumas extraordinarias. Pero el dinero no era el estímulo, mas bien sentía que el concederlos era una retribución por tanto recibido. Así que Karla le pospuso su vuelo, como también arregló las citas.

Aquel día, como el venidero, daría dichas entrevistas. Y los fondos adquiridos por las mismas los donaría a la fundación de los inmigrantes, de la cual formaba parte. A la ligera tomó un baño, y se atavió. Solo bebió café para que le sacara la mala dormida y el vino que bebió la noche anterior. Al bajar al comedor, Hipólito lo esperaba para llevarlo hasta el canal, y en la puerta del hotel le salieron al encuentro algunos periodistas, mientras los *flashes* tomaron acción. El hombre tomó a Vicente del brazo, y a paso firme se interpuso a la prensa. Ambos, sin emitir verbo alguno, subieron al coche, y lentamente lograron salir.

—¿De dónde surgieron ellos? —impresionado preguntó Vicente.

—¡Es que no te das cuenta de tu popularidad, mi amigo! Eres grande, y te buscan por donde andes! —murmuró el otro.

—Lo único que sé, Hipólito, es que cuando iba a marcharme aquí me tienes. El enigma de la vida, a cada momento me conduce a fluir, me enseña a admitir otros métodos para cumplir la conquista que fue escrita en mi pergamino. Siempre hay más, quizás cuando menos espero, ella me incita al río que me lleva por la corriente tangible que confluye mi destino. Porque cuando hasta yo mismo dudo, ella a modo tenue me lo resuena.

Los Ángeles, ciudad de luces, tráfico desordenado, muchos sueños, algunos amores, y divorcios millonarios. Siempre que largo tiempo te ausentes, vuelves a ser extranjero. Nunca hubo estado tanto sin regresar. Y el hacerlo, aunque Miami lo hubo enamorado, le resultaba placentero. Ese aroma que le pertenece a Ágatha reposaba intacto dentro de su casa, así como la fuerza de su espíritu octogenario. A poco acomodaba los bártulos, el eco de su voz jovial reavivaba, y la oía repetir: "I feel twenty years younger mijito", y se reía como un loco. No obstante, una reflexión le substrajo la alegría. Es que así de enredado es el raciocinio. Lo magnífico, como lo adverso, nos paraliza, con esa duda corriente. ¿Será que esto me pertenece, me ha pasado a mí u a otro? Un año de un éxito que quizás alguien ni a lo largo de un centenario, o jamás en la vida hubiese alcanzado, tanto amor, y tres ausencias. Y repentinamente, el llanto de un bebé lo distrajo. Abrió la puerta, y vio a Anna sentada en el sofá lactando a su niño. La joven le sonrió, exclamando:

—Andre lloraba tanto que ni tiempo me dio a cerrar la puerta, adelante Vicente, y disculpa el desorden.

Mientras él, tras su instinto, siguió:

—Hola, qué bueno verlos tan bien.

Y tal como si fuesen viejos amigos a poco ella terminó de amamantarlo, bebieron té juntos mientras mantuvieron una amena conversación. Mañana se irían, lo que marcaba su tiempo de regresar a casa. Y tal vez luego de aquel acto, y la sublimidad que Andre expandía en esas paredes, Vicente ya sería capaz de conceptuar hasta la médula de los huesos del alma que de tantos sucesos fenomenales, como de su respiración, él era el dueño. Apenas desarmó las maletas, y fue hasta el parque. Algunas veces, en sus vueltas en la cama del hotel, allá en Miami, pensaba en esos árboles, y en el agua cristalina de la fuente. Ensimismado disfrutaba de ese aire que lo rozaba íntegro, como del aroma a hierba fresca, mientras el jugueteo de unos gatos y el gorjear de una paloma le devolvió al presente, y por fin no pensó en nada, ni en nadie. Y el paso de las horas lo sorprendieron sentado a la banca de madera añeja. Cuando al incorporarse, a todo dar y levantando tierra, pasó una camioneta que manejaba un uniformado exasperado. Haciendo chillar los neumáticos, incesante iba y venía. Hasta que otro llegó, deteniéndose en la entrada del parque, y a poco el anterior regresó. Se detuvo al lado del otro, e intercambiaron palabras de ventana a ventana ambos agentes. Y ahí él advirtió que pertenecían a migraciones. Al percatarse estos de la presencia de Vicente, uno de talante abrupto bajó de la camioneta, y caminó hacia el azteca.

—¿What are you doing here? —indagó.

—Hello officer, just taking a walk —respondió Vicente.

—¿Caminando tan tarde?

Y el segundo, sentado en el vehículo, prorrumpió:

—¿A estas horas de la noche? —de forma sarcástica—. Pero claro, si tú eres el famoso conductor de televisión.

Entonces algo distendidos, uno le preguntó si había visto algún extraño. La leyenda era que buscaban a dos individuos que hubieron quedado con vida, del camión que volcó en la ruta I-5, y fue conducido por un coyote. Mientras éste, perplejo, se conectó con la realidad, su abstracción junto a tantas emociones hasta le hicieron olvidar que la motivación de estar donde estaba eran los inmigrantes. Y sereno, respondió no haber visto a nadie. Entonces el oficial regresó a la camioneta, y haciendo harta bulla salió. Por otro lado, el otro se quedó bajo la arboleda más tupida, ahí donde las luces de neón ni por peripecia alcanzaban. Detuvo el motor, y al asecho se quedó. Vicente retomó el paso desde un extremo del parque que se encontraba hasta el otro, al cual debía llegar para cruzar la avenida. Así que a poco caminaba, podía avistarlo todo, cuando a mitad de camino oyó gritos pavorosos que lo hicieron voltear. Indeciso, se detuvo en la pasadera, como quien espera los truenos seguido de un relámpago, él y unos gatos callejeros aguardaban el próximo alarido. Y pudo escuchar un intercambio verbal subido de tono, uno que lo hacía en inglés y el otro en español. Se metió entre las dunas, para no ser descubierto, y vio pasar al otro agente a todo motor, escandaloso, con las sirenas bramando. Entonces se subió a la copa de un árbol para verlo todo. El oficial forcejeaba con uno lánguido, mientras al aproximarse el otro lo arrojó al piso, hasta esposarlo. Aquel silencio subterráneo de la noche permitía oírlo todo, con un eco estrepitoso. Y a súbito llegaron otros tres patrulleros. El muchacho que atraparon solo era un inmigrante mejicano que cruzó ilegalmente la frontera, dudo fuese un asesino para ser tratado como un criminal. Pero los blancos siempre buscan más, siempre viviendo con esa sospecha interrogatoria, a la defensiva, todo por si acaso. Vicente, irritado, dio un salto de la copa del árbol, y por la pasadera llegó a la esquina para cruzar la avenida. Hubiese preferido no ver ese episodio porque abomina el agravio. Aunque a ciencia cierta es moneda corriente, evita verlo y en su vida es inadmisible. Y seguro, al levantarse ya estaría esa cantinela siendo primicia en los noticieros e incluso en los diarios.

Despertar en casa le fue anormal, otra vez un extraño en su propio lugar, porque como la corriente de un río la

215

recordación se arrimaba y se desviaba, abriendo y cerrando los hechos intensos de aquellos años que se le hubieron apresado en las mismas venas. Estar nuevamente ahí era el paréntesis entre él y Hannah. Sin embargo, vuestros caminos separados y la interrupción de la vida de Paloma, hoy la extrañaba. Tal vez más con la carne, en mención a esa pasión que en antaño los unió, y vaya que a modo excelso hacían el amor. Cerró los ojos y comenzó a tocarse hasta casi concebir el placer que el contacto entre sus sexos sentía. En fantasía evocaba sus labios, y la sensualidad de su voz mientras se amaban, sin dejar de tocarse para alcanzar la plenitud del éxtasis. Y ese encuentro fue tan real, tan apasionado, como si se hubiesen acercado, pena que al abrir los ojos no estaba. Como amante herido por falta de compromiso saltó de la cama y anduvo hacia el cuarto de baño. El mero acto de levantarse sin tener que preparar el programa le resultaba una sensación infrecuente. "Aventuras" se le hubo metido hasta las vísceras, pero aquella tregua también le era necesaria. Ya más despejado salió para ir hacia la fundación. La formó a distancia, así que estaba muy ilusionado en ver el edificio, tocar esas paredes, conocer a sus colegas encontrarse con Tony y ver a los muchachos. Manejó por la avenida Sunset, ya ni recordaba atascarse en el tráfico, ni menos que algún auto (delante) se parara en la subida empinada de esta calle famosa. A pesar de lo trivial, la ciudad de Los Ángeles todavía le resultaba encantadora. Y como en cada regreso, cualquier detalle le parecía novedoso. Circunvalando la montaña cruzó el valle hasta llegar a West Hollywood, donde se situaba el edificio. Allí estaba el excéntrico de Tony, que se asomó por la ventana al verlo llegar. Y a velocidad salió de la oficina, jocoso, con una nueva tendencia, ataviando un sombrero de ranchero. El contacto con los inmigrantes le sentaba bien, y lo que le costó añares, en pocos meses se le manifestó naturalmente. Hablaba español con claridad, y desplegaba un contento contagioso hasta en su lenguaje corporal. "Soy un gringo que no quiere hablar inglés" entre bromas acotó, dándole un gran abrazo. Y emitió un silbido hacia la obra avisando a los muchachos de la llegada de Vicente. Florencio y Tadeo, muy sorprendidos, como chiquillos saltaron del andamio. Y los cuatro a la par bromeaban a pie del jardín pintoresco en la entrada acogedora de la fundación. Bajo la templanza del sol californiano que sin que lo distingas, a su modo grácil te acaricia, mientras otro tanto te broncea, así como el amor de lejos que tan solo te entibia el corazón, para mantenerte la ilusión. Ese mediodía los hacía parte de aquel paisaje de cielo límpido, y arboledas tupidas, todos partícipes de un sueño idéntico: la finitud del sometimiento. Bastaba con echar un vistazo a cuanto hubieron hecho, y la felicidad les significaba inmensa, puesto que mientras sueñas pareciera que a duras penas vas siendo feliz a medias.

Los muchachos volvieron a sus quehaceres, mientras Tony junto a Vicente se adentraron por un pasillo que conducía a la sala de estar, muy sorprendido de ver algunas personas allí.

—Era una sorpresa —dijo Tony—, ya no deseábamos posponerlo más, abrimos las puertas la semana pasada, cuando sería tu llegada. Tal como habíamos dicho, que terminada o no la obra, el lunes 21 se abrirían las puertas de la fundación.

—¡Y me encanta! —dijo el otro—.

Los deseos de auxiliar, como la necesidad ajena no ha de esperar a que cada detalle esté completo. La afluencia de gente los llenaba de entusiasmo. Porque siempre hay muchos para ser ayudados, y otros (como ellos) que desde el corazón quieren ayudar.

Vicente dio un recorrido por la edificación, examinó la obra a terminar y revisó papeles. Se sintió satisfecho en cada pormenor que llenaba el vagón del tren que emprendía un nuevo trayecto en su vida, y ya con la llegada de otra noche, siendo el último en irse de las instalaciones, apagó las luces, cerró las puertas y se marchó.

Como novia arrepentida que toca a tu puerta se hizo presente el otoño. El trabajo hubo sido tanto que hasta el cambio de color en las hojas de los árboles dotados de hermosura, le fue inadvertido. Y así, el entusiasmo que cada jornada traía consigo se empañaba algo con la tiranía del mundo de cada uno. Es que no se puede tapar el sol con un dedo. Y esa gente que esperó harto, a lo que muchos embusteros mientras le sacaban el dinero, les decían era tan solo cuestión de tiempo. Sí, tiempo de vida. Entonces, a poco se ponía al corriente de esas historias, la impotencia lo colmaba.

Germán hubo traído a la oficina a unos trabajadores de cosecha, con sus pieles castigadas por la intemperie en la que juntaban naranjas. Restringidos para mucho, pero sí capaces para trabajar por el salario mínimo y en condiciones míseras. El dueño de la finca los hizo traer desde Méjico por contrabando humano, y a cambio de sus labores les prometió los papeles para legalizarlos. Y desde aquella jácara hubieron transcurrido dos años. Y vaya que ni cuando tienes 20, pero a los cincuenta sí que ya se te han extinguido las fuerzas. ¿Qué sería de esas personas allá donde nacieron? De seguro seguirían sobreviviendo. Y la hazaña empezó cuando un tercero les habló de la existencia de esta tierra, diciendo que era el país de la libertad, donde los sueños se cumplen. Y aunque no fuese su propia realidad, esas anécdotas, esos cuentos sin fin, de tanto infortunio se le trasladaba algo a sus huesos. Y ponía en tela de juicio de que este fuese el país donde se quisiese quedar. Y en complicidad con una copa de vino ahondaba las reflexiones de vida. Si bien en pocos meses se hubo avanzado tanto en la fundación, había gente que quizás naciendo de nuevo bajo otro cielo pudiese arreglar sus situaciones vitales, porque no había más remiendo que le cupiera en el cuerpo. Es inaplazable reconocer cuando un ciclo finiquita, cuando hagas lo que hagas ya la hora fue suficiente. Y le sobrevinieron esos deseos de aislamientos tan suyos que de no hacerlo la usanza lo aprehendía. Entonces hoy se marchó temprano a casa. Apenas entró, tiró el portafolios al sofá, tragó lo que quedaba de la botella de vino de la noche anterior, se puso prendas cómodas, y como en otra época salió a caminar por el vecindario. Casi sin querer, después de algunas vueltas, se encontró frente a la casa que pertenecía a Hannah, abriendo los recuerdos en esos pasos inconscientes. E inevitable miró hacia su jardín donde una vez la proeza de un destino los puso en frente. Nada podía opacar la luz que ella resplandecía hasta en sus pertenencias, ni la llegada del otoño secó las rosas multicolores, y hasta las hojas resistían a dejar esos árboles nutridos. Todo lo que circundaba la casa le encantaba como la presencia de un hada. A poco Vicente entretejía una fábula, la vio salir, aunque se mantenía de espaldas observó sus cabellos que estaban más largos que antes, y el viento los mezclaba rozándole la cintura. Aceleró el paso para ser inadvertido, pero un hálito se encargó que uno y el otro se vieran, entonces él se detuvo por instinto, mientras ella (como en otra época) lo llamó. Inactivo, la miró, estaba embarazada. Desconcertado, el primer pensamiento que lo abarcó fue el que mejor hubiese sido no haber caminado por allí y a consecuencia, tampoco verla. No obstante, ella fue quien esta vez cruzó la calle. Y a talante espontáneo, como adolescente afanosa, le dijo "Hi" sin que él pudiese responderle, e inmediato a ambos se les humedecieron los ojos. Esa brecha de dos años entre cuantioso pasó y originó un silencio extravagante que se quebró en un abrazo profundo. Uno que se dan seres que más allá del dolor y el tiempo, en honor a lo que alguna vez los unió, el alma por sí sola se expresa. Y después de ello es que fueron capaces de emitir vocablo.

—¿Cuándo regresaste? —inquirió Vicente.

—Hace dos semanas —respondió ella.

Y antes de que él le preguntase por el embarazo, Hannah expresó:

—Daré a luz a Mateo, ya estoy en fecha de parto. Regresé para que mi hijo sea norteamericano.

A poco bajó la mirada pasando las manos por el vientre, y advirtiendo la incertidumbre con frenesí, exclamó:

—¡Estoy sola!

Y por más que quiso, no logró tocarle el abdomen prominente que la embellecía aún más. El tener conocimiento de su maternidad lo enternecía al extremo de herirlo hasta abrirle la grieta irremisible de Paloma.

—¿Cenas conmigo? —ella le sugirió.

A poco él, aún turbado, contestó que no. Entonces Hannah siguió:

—Ambos estamos conmocionados por todo, tengo tanto que contarte.

Vicente le tomó de la mano y con una mirada fija al fondo de sus ojos preciosos, señaló:

—Pero ahora no —y se alejó.

Aquel hombre brillante que hubo olvidado las desventuras del amor, a la compasión de las estrellas aquella noche se entregó. Y a su propio modo, en el sigilo se refugió. Lo que no pudo ser con Hannah le dolía al palpitar, pero su paternidad suspendida le desgarraba las entrañas. Y sumido en tirria le exigía a la vida un amparo, al menos eso, ya que la justicia no existía. Como si algún milagro le pudiese devolver a su hija. Y más que nunca aseveró sus ganas de irse tan lejos donde nadie lo conociese. Donde a ciencia cierta no volviese a ver a Hannah, donde ni una sombra del pasado le raspase, donde se convenza de que a pesar de su pesar, cuando vuelves a empezar en un cambio de aires, puedes ser feliz otra vez. E inmerso en esos deseos fervientes, ya cuando rayaba el alba, se durmió. Si bien hasta los párpados le pesaban, se levantó de la cama siendo media mañana, y por fin fue capaz de deshacerse de unas cajas que hubo conservado por si acaso. Por las dudas volviese a usar objetos que se utilizan de a dos. Cargó todo en su vehículo y los dejó en un local de donaciones. Ameritaba certezas, no por si acasos. Y desde el instante que pisó la fundación se inmiscuyó en la labor a lleno. Y cada jornada trabajaba como si fuese la última, pues de ese modo fue acaeciendo la primera semana de haberla vuelto a ver. Por las noches, ensimismado en su casa, antes de cerrar los ojos la pensaba, pero de una manera muy disímil, como fue antiguamente cuando Hannah todavía lo amaba, pero pasándole un adeudo, así ahora él sentía por ella. Y esa inquina era la que lo fortalecía para ignorarla cada vez que ella lo llamaba. Jamás imaginó que un resentimiento brotara hacia ese buen amor, marchitando en un segundo dos años de esperar volver a verla. Ni menos que le diera fortaleza para por primera vez, ante un revés afectivo, quedarse, no escapar. Y en ese ferviente anhelo de que los otros vean la luz de la libertad se salió de su drama interior.

Gaspar le sugirió se mudase de vecindario a otro allá cruzando el valle, y así también evitaba esas manejadas intrincadas cada día, a una casa cerca de la fundación. Sin embrago Vicente ya no quería dejar su morada. Pensó que si en el pasado, la faena del destino teniéndolos muy cerca evitó que sus trenes se detuvieran uno al frente del otro durante diez años, también lo haría ahora. Pues cada cual estaba donde pertenecía. Ya basta de esquivarle al bulto, que sea lo que ha de ser y punto. Y así, entre el trabajo que adoraba hacer, sus salidas a trotar diariamente por el parque y amigos, llevaba la aventura de su vida. El paso del otoño, que en oportunidades le urgía la añoranza, ahora le trascendía ideal con esos anocheceres prematuros, cuando el día aun te concede horas para el disfrute. Y al llegar a casa tan solo sentía que allí quería estar.

Como todo pasa, de igual forma el amor, el tiempo para olvidar y volver a vivir, y otro tanto algunos sucesos llegan, fue el momento de reabrir el paréntesis de "Aventuras". Para Vicente siempre había más. Un contrato exuberante junto a una tendencia algo distinta para el programa, que desde la llegada de éste hubo sido predestinado al éxito, así que cualquier cambio le era admisible. Aceptó la nueva oferta, y el canal su ofrecimiento. Solo pidió un mes más de prórroga. Precisaba ultimar complementos con los artífices internacionales que serían participantes en la pasarela de Veneice Beach. Con esas almas que todavía soñaban pisar el país de la libertad, pero que por burocracia ridícula no habían podido llegar. Por otro lado, Gaspar sería el corresponsal de "Aventuras", allá en Punta del Este, donde el programa se televisaría una vez al mes. En la tierra donde se le hizo el homenaje en vida a su pionero Peter, la misma que aquel hombre insigne eligió para emprender el viaje eterno. Mientras tanto, Vicente se fue a Jerusalén, un viaje que le quedó pendiente. El que alguna vez planeó junto a Noah. Hoy deseaba explorar aquella tierra que aunque en guerra la llamaban Santa porque la anduvo Jesucristo. Sin embargo, no tenía tendencias religiosas, aquella doctrina descomunal de los indocumentados lo empujaba a inquirir ese credo a la que los humanos denominamos "Fe".

Apenas abrochó su cinturón en la butaca del aeroplano, cayó en sueño profundo. Es que como en otras épocas, el mero hecho de desplegar del cemento y sentirse parte del cielo lo separaba de las resistencias de su mente fullera, y le otorgaba libertad. Recién despertó al llegar al aeropuerto de Atarot, entre las ciudades de Ramala Y Jerusalén. Y a poco caminaba hacia la salida, mirando en derredor, advirtió estar en Oriente viéndose tan diferente, no mejor, sino tan obtuso. Puesto que si bien convivía entre la diversidad, en observaciones ínfimas advirtió el talante dócil con que aquellas personas se desenvolvían. Mientras en Occidente siempre vamos a la carrera y preocupados por lo de afuera. Y aunque todavía nada comprendía, solo le mencionó al taxista la dirección del hotel donde debía llevarlo, y el hombre de barba blanca y muy larga, en un inglés improvisado le respondió: "Not worries, Mr", y hacia allá salió. El viaje fue bajo un silencio que mucho disfrutó. Y al llegar al hotel en el centro de Jerusalén, descendió del taxi y se quedó unos minutos de pie ante la puerta, quería sentir aquel sol tibio que estaba pronto a esconderse, dejando el viento fresco lo rozase. Echó un vistazo alrededor, y a poco haber llegado, caviló en que cuatro días le serían poco.

El ladrido de un perro lo despertó, y el primer pensamiento que lo inundó fue el tiempo tras el tiempo, cuando dormía más en cama de hoteles que en la suya propia. Ese afán constante de irse como de retornar a Los Ángeles. Ya aquello le significaba arcaico. Ahora dio un brinco de la cama, y abrió la ventanita de su cuarto que daba a esa calle tan angosta donde deambulaban niños y vendedores ambulantes. El color marrón de la tierra en las montañas, el verde de los sembrados, el dorado de las cúspides de los templos, y aquel multicolor de las prendas colgadas en las tiendas callejeras le dio alegría. Otro paisaje, un nuevo aire, otra cultura, otra lengua, vaya que valía la pena ver el mundo. Y tras una ventana pequeña vislumbraba tanto, que salió de inmediato a explorar. Entre pasos que daba oía los niños reír, como lo había escuchado en San Ignacio y hasta en Querétaro, ¿por qué será que en Norteamérica los niños casi ni lo hacen?, deliberó. Y tras aquel pensamiento le llegó Noah, ¿por qué se habrá ido ella? Si más allá de tantos soldados armados en las calles, en esta tierra aún hay un atisbo de alegría. ¿Por qué nos vamos? Y la devoción al credo lo cautivaba, poco antes de la puesta del sol que destellaba en el esplendor de esas cúspides preciosas de las basílicas la gente iba hacia ellas, muy bien ataviados y con su almohadón bajo el brazo para inclinarse en adoración a HaShem, su Dios. Y desde unos metros de distancia, Vicente los observaba con respeto máximo. Y solo pensó que basta con que tengas una pasión o bien una creencia para sentirte vivo desde las entretelas del alma. Muchos esperan el domingo o el viernes para la adoración. Así como el artista desafía a lo mundano para obtener el premio de su tiempo a solas y desplegar sus gracias, quienes tienen una pasión sellada al alma veneran sus vidas a través de esa inmensidad, como si nada más fuese tan apreciable porque desde la sublimidad de aquel amor ya les alcanza.

Conforme los días sucedían en Jerusalén, esa energía se le hubo metido hasta los huesos, como su música. A la fe y al arte no le incumbían fronteras, y con haber palpado esas connotaciones le era suficiente. Esos cuatro días con él mismo le sentaron muy bien, aunque con apetencia de seguir siendo parte de esas ermitas y calles, ya le resultaba momento de volver. Vaya que viajar le reavivaba el entusiasmo. Y durante casi todo el vuelo trabajó en una ampliación de las instalaciones de la fundación, que para no quitarle terreno al jardín, dibujó unos planos para una segunda planta. Israel le hubo estimulado en ello, y en esa particularidad de los pináculos hechos de vidrios donde atravesara la luz. En las tres semanas que restaban hasta la reapertura de temporada televisiva daría manos a la obra en el proyecto, y con ello más trabajo a la gente.

Gaspar se ofreció a recogerlo del aeropuerto, y de camino a casa hicieron una parada en el bar irlandés donde conocieron a Karla. Sí, que el tren hubo circundado atajos desde aquella época. Bebieron algunas cervezas, Vicente le contó acerca de Israel, echaron bromas, y lo dejó en su casa. Tomó un baño, llenó una copa con vino y bajó al jardín a buscar la estrella más resplandeciente, y al cabo de un rato sumido en estado apacible subió para dormirse.

Despertó sin ningún atisbo de cansancio y optimista, bebió un café, cargó los planos que hubo dibujado de la nueva obra, se vistió con prendas formales y salió hacia la oficina. Le planteó las ideas a Tony, y así ambos (hacedores innatos) con la ambición que todo delirio apareja, se dispusieron a trabajar en ello. Germán, que conocía tanta gente, enseguida trajo unos trabajadores, así que todo se acomodaría para dar inicio la semana entrante. A partir de entonces, Vicente se dedicó por completo al trabajo. Fueron días de horas a labor llena, y mientras la obra comenzaría, se iba ocupando a la par de Gaspar y Karla en los contratos de "Aventuras". También tenía compromisos sociales inaplazables, pero sin saber cómo, más hacía y más tiempo para todo (menos pensar en él), tenía.

El evento más importante era aquella tarde en la que llegó el invierno. Y el temprano anochecer en la ciudad fue tan bien peripuesto con luces blancas, trineos y copos de nieve que dieron vidorria al Grove, que siempre celebraba algo. A minutos de comenzar es que pudo llegar. Rápidamente se acomodó en la silla que tenía su nombre, saludó a distancia a sus colegas, y a poco fue convocado al palco para dar entrega de premio a los personajes más destacados de la temporada pasada del programa. Emotivo, hizo la entrega de galardones, accedió a la toma de las fotografías e incluso dio un discurso flamante, por el cual fue ovacionado. Todo hubo sucedido tan aprisa que lo hubo desempeñado por instinto. El regreso a Los Ángeles, volver a su casa abriendo recuerdos, el impacto de ver a Hannah, su viaje a Jerusalén, el proyecto en la fundación, que apenas pudo darse cuenta de la magnitud de la totalidad. Todo esto sumido en una sola piel. De lo que único que estaba seguro es que cada detalle que llevaba a cabo lo hacía desde su profundo palpitar. Y cuando la gente, tan demostrativa, le permitió regresar a su silla, al unísono (como de manifiesto los propios milagros) se hizo un silencio entre el público, y los telones del escenario se volvieron a abrir para darle el parabién a las notas gloriosas de su piano y la inconfundible excelsitud de su voz, entonando "Time after time", dejándolo absorto. Enseguida miró de reojo a Karla que, incondicional, estaba muy cerca de él. Y por un segundo, bajo un impulso, quiso irse. Pero su asistente que por dentro lo conocía, le hizo un movimiento de cabeza y le devolvió una mirada de mandato. Cierto que era una figura pública, así que aquella ocurrencia de marcharse era disparatada. Tragó hiel, fingió una sonrisa, y ahí se quedó, mientras daba oídos a su voz vocalizando aquella canción que en el pasado le gustaba, pero hoy todo le resultaba una farsa. Pensó que de tener conocimiento que Hannah cerraría aquella noche en el evento, hubiese encontrado la excusa apropiada (aunque no fuese su estilo) para no asistir. Hubiera enviado a Gaspar que tan reconocido y querido también lo era por la multitud. Pero qué más daba, hacer tripas corazón y seguir allí como si fuese inmune. Todos esos pensamientos perniciosos lo arremetían mientras ella cantaba, y de repente, al terminar, se puso de pie apartándose del piano, y alguien se acercó con un ramo de flores, mientras el conductor le reconocía por marcar su retorno a los escenarios del país justamente en aquel evento del Grove, y a poco Hannah enunció una frase una joven le traía a su hijo para que lo cargase. Y aquel hecho conmovió a la audiencia. Bien como ella dijo, era la presentación de Mateo al público. Para Vicente, verla con su hijo fue una punción, no menos que la anfibología de ternura y tirria, mientras pensó que de seguro ellos serían el comentario de terceros esa noche. Y con esa imagen maternal de una estrella de la música se cerró el evento. Fue uno de los primeros en levantarse de su silla, a secas deseaba irse inadvertido. ¿Será que ella lo vio?, caviló, y de ser así ¿por qué no lo buscó? Mientras tanto, Karla lo alcanzó, y codo a codo (sin hablar) fueron hasta el estacionamiento. Bastó con que llegara a casa para que

Hannah lo llamase, si bien ignoró el llamado, pensaba: ¿Es que es el cuento de nunca acabar? En esa oscilación y copas de vino pasó horas de la noche que poco durmió.

El canto de un mirlo reposado a una flor bicolor del árbol más cercano a su lumbrera lo despertó mucho antes que la alarma silbara. Fue como si hubiera permanecido en vela. Y sin pena ni gloria, como las fichas de dominó, uno a uno le cayeron los acontecimientos. Gaspar se iría hoy a Punta del Este, debía abandonar el juego mental e irse a prontitud. Tenía que verlo, y después ir a la oficina. Así de práctico, poniendo el palpitar a un costado, será que en la labor que desarrolles se logra ser brillante, pensó. Todos ellos que en una faena son impecables han de ser libres, puesto que nada dan, no están vinculados, nada reciben, por ende, son libres, aunque estén vacíos. ¿Pero tan exitoso puede ser alguno sin amor? Y mejor basta de volver a esas reflexiones ilógicas, de estar rebosado o vacío, o de estar lleno y vinculado, cautivo del delirio del amor. Y tal como si nada sucediera a toda marcha salió. Alcanzó a ver a su amigo, que, junto a Hilda, en regodeo salieron hacia el aeropuerto. Y viéndolos irse, se volcó de lleno a sus quehaceres. Los muchachos parecían tener magia en las manos, no solo más que detalles ínfimos quedaban por terminar en las instalaciones del primer piso, sino que también en pocos días la nueva obra del segundo iba viento en popa. Y aunque poca gracia les daba todo ese polvillo con el que convivían, el ver los resultados los animaba. Los dientes les chillaban por esa arena que pisaban por donde se moviesen, pero bien señaló Germán:

—La construcción es granito a granito, pareciera jamás llegarás a ver el edificio terminado, pero en ella aprendes a vivir el presente, con la paciencia de un ermitaño, de que al final de cuentas, cada detalle conforma el todo.

Y Tony, que lo observaba de brazos cruzados, hizo un movimiento con la cabeza, se acomodó el sombrero, y dio una mirada graciosa a Vicente. Quizás había veracidad en sus palabras profundas, no obstante, hay que lidiar con la ansiedad traidora de quererlo todo listo ya, vaya buena filosofía de este latino en apreciar la vida. Entonces, el argentino se trepó otra vez al andamio, y desde arriba puso a funcionar la mezcladora de materiales que hacía un ruido estrepitoso desparramando más polvo. Y aun así Germán sonreía de ver a los otros dos mirándolo desde abajo, quejándose como malcriados, por el polvillo. Entre ademanes entraron a las instalaciones. Aunque la cal había manchado algo el césped y empobrecido las flores del jardín pulcro que mantenía Tadeo, todavía continuaba siendo un lugar dotado de hermosura. Vicente, desde su escritorio, hoy apetecía contemplar la parte agraciada, no lo que se hubo arruinado por la arena y la cal. También absorto se extraviaba un poco en los reflejos de las hojas de palma en los cristales tan limpios, como en la pantalla en la que escribía. Sin desear perderse detalle, como si fuese a irse de viaje, como si a esos detalles debiera aprisionarlos bien cerca del palpitar. Y sin saber cuándo fue sorprendido por la presencia de Juana, que dando un golpe despacio a su puerta, siguió con su sonrisa flamante, y le dijo:

—Don Vicente, ¿hasta qué hora piensa trabajar? Hoy he venido más tarde porque me salió otra casa para limpiar. ¡Ya son las nueve de la noche!

Él estaba en la posición idéntica que se hubo puesto frente a su conmutador al mediodía, quitó los ojos de la pantalla, se inclinó hacia atrás en la silla, y pasándose las manos por la frente le devolvió la sonrisa a esa mujer enérgica.

—¿Cómo estás Juanita? No tenía noción de la hora, no tienes que limpiar mi oficina, mujer, has lo otro. Mejor te apresuras, así te llevo a tu casa. ¿Cómo te levantarás mañana si hoy vuelves tan tarde?

Y ella, tan agradecida, dio manos a la obra en el resto de las instalaciones. Siendo casi las once, ambos cruzaron el valle. Juana era digna de admiración, tal vez como de pena. Hubo llegado hacía unos meses a la fundación porque miraba el programa de Vicente, y por un reportaje supo de la ayuda que la institución daría a los indocumentados como ella. Oriunda del Ecuador, rozaba la década de los 70. De aspecto físico tan raquítico que se te hacía increíble fuese tan fuerte como hacendosa. Cuando no tenía trabajo doméstico realizaba pedicuría a domicilio. Madre de cuatro hijos, aunque ya todos casados, "madre se era hasta más allá del último suspiro", dijo con brillo en los ojos. El mayor fue el primero en venir a los Estados Unidos, y después otros dos, y por último su esposo y ella. Don Pepe apenas hacía mantenimientos de piscinas, es que las venas varicosas en sus piernas robustas y la diabetes no le permitían desplazarse mucho, pero sus clientes antiguos tanto lo apreciaban que aún lo llamaban. Hubieron trabajado en las cosechas de tomates por harto, para en otra época ser caseros de los ricos allá en Beverly Hills. Ahora tenían una casita, aunque en los suburbios de la ciudad, pero propia, que mes a mes le pagaban al banco. Al cariño lo tenían, a la salud la mantenían, lo que todavía no eran los benditos papeles. Desde que Vicente la vio la quiso, así que bien de cerca se ocupaba de vuestro caso migratorio. Tan poco tiempo no puede enmendar años de la noche a la mañana, pero haría todo para ayudarlos. Al matrimonio los hubo solicitado como colaboradores imperiosos de la fundación, y por este período su *estatus* hubo mejorado. De ser indocumentados ahora poseían una visa de empleo, que con algún tiempo alcanzarían la soñada residencia. No porque ellos quisieran viajar, sino por lo esencial, como reducir los intereses bancarios de la casa, la cobertura médica, y otros algunos beneficios de los que gozan los residentes legales. El azteca deseaba tanto ayudarlos. Es que estaban mayores, ya merecían una vejez digna. Ser esos longevos privilegiados. Esos que, sin la cuenta de centavos diarias, apaciguados, van dando los últimos recorridos del tren. Llegaron a la casa de Juana, y ella le invitó a pasar. Si bien, exhausto, pero no más que ella, Vicente asintió. Y don Pepe al verlo hasta caminaba más erguido del contento. Le convidó una cerveza, mientras Juanita, tan laboriosa, preparó un guiso de arroz en un periquete. Para Vicente compartir junto a ellos le rebosaba el alma, así como incluso, por sus condiciones, se la rasgaba. Saboreó el guiso como un chaval llegado de la escuela, y con Don Pepe jugaron un partido de truco, mientras la dama ya hubo fregado la loza y se hubo ido a descansar. Para cuando salían hacia la calle, caminando por el jardín desapacible y abriendo la puertita de rejas que daba a la acera, ambos oyeron un estruendo.

—Esos son disparos, Don Pepe —exclamó Vicente.

Estaba de pie en la acera queriendo abrir la puerta de su automóvil, así que volteó y lo arrojó al anciano al piso detrás de la verja que separaba el jardín con la puerta. Pero un tiro lo alcanzó, rozándole la espalda baja, dejándolo tendido a un costado del vehículo. Pudo oír unos tipos que corrían por la calle, cercanos a él, vociferando en inglés, y vio otro que se trepó al techo de la casa contigua. A poco se retorcía del dolor, escuchaba la voz de Don Pepe que lo nombraba, mientras Juanita gritaba desde adentro. El tiroteo no cesaba, y él, sumido en la dolencia, le repetía al anciano que se quedase donde estaba y exhortaba a Juanita que no saliera de la casa. Él sólo sentía que la sangre lo empapaba. Vaya a saber después de cuánto llegó la policía, una ambulancia, vecinos y también la prensa. Y la congoja del matrimonio era demente. La dama como al lado de uno de sus hijos no se despegaba de Vicente, mientras Don Pepe era un alma en pena, entre el yerro y las disculpas.

—Pero cómo no me dieron a mí, mijo —el hombre repetía.

Vicente fue trasladado al hospital, y junto a él viajó Juanita. Lo intervinieron de inmediato, y las horas que estuvo en el quirófano le fueron eternas a la señora que, inmersa en aquella agonía, no paraba de rezar, y otro tanto lloraba. La televisión bramaba con los hechos, y la conmoción de que el conductor fuera víctima del arreglo de cuentas entre blancos y negros. Entre súplicas al altísimo y sollozos, Juanita se hubo quedado entredormida. Sintió una mano le tocaba el hombro, era la de Tony que llegó junto a Katiuska. Y tras ellos los muchachos de la fundación y Karla que con el teléfono en mano intentaba calmar a Don Doménico (el padre de Vicente que desde la ciudad de Méjico estaba desconsolado). Tan pronto sucedió la tragedia así llegó a todos los medios. Y cuando la amanecida los sorprendió a ellos en la sala de espera, salió un doctor a dar las buenas nuevas. Si bien la bala le hubo rozado la espina dorsal, se la pudieron extraer. La lesión fue en la parte baja, lo que con fortuna no le dejaba secuelas cerebrales, pero sí una parálisis en la parte izquierda del cuerpo. Ahora, sin otra cosa, quedaba entrar en esa espera que desespera, entregárselo al señor tiempo. Por el momento, Vicente estaba en cuidados intensivos, pero con vida.

Al abrir los ojos, vio la vidorria que todavía emanaba la mirada de esos otros. Y aunque humedecidos, desde adentro le sonrió.

— Ay, mijito —exclamó Ágatha.

Mientras Vicente turbado, y con voz muy suave, le respondió:

— Abuela, qué lindo verte. La nonagenaria yacía junto a él esperando despertase. Desde el accidente hubieron acaecido tres días, y finalmente lo hizo, devolviéndole el alma a todos los que mucho lo adoraban. Ella le fue relatando lo que pasó, él la escuchaba y la interrumpió para decirle:

— No siento la parte izquierda de mi cuerpo.

Se sonrojó, y a súbito la transpiración le brotaba. Esto no le podía haber ocurrido a él, un fiel en la doctrina de vivir. La única vez que hubo estado en un hospital fue el día de su nacimiento. Mientras Ágatha, acongojada, le explicaba que esa era una de las consecuencias.

—Pero no te preocupes, mijito, eres un roble, esto también lo superarás. Estaré contigo.

Y como madre que era, le secaba el sudor de la frente, y otro tanto las lágrimas. Tras ese acto amoroso, entró un equipo médico para ponerse al corriente de la evolución, y dar los primeros pasos en un tratamiento. Y en esa cama tétrica de sábanas ásperas conectado a cuantiosos cables pasó una semana más hasta que fue dado de alta. Sentado a una silla de ruedas junto a la abuela y Karla salió del *hall* del hospital para ser subido al vehículo que lo llevaría a casa. Eso de ser dependiente le resultaba una incomodidad atroz, y que su parte izquierda no le respondiera una burla. Pero a ver cómo se las ingeniaba, únicamente pensaba en el programa, en que en sólo diez días tenía que salir al aire. ¿Cómo eso de no trabajar por incapacidad?, deliberó.

—Es una sensación como que una parte mía me ha abandonado, pero tengo la otra —le dijo a Ágatha.

Y su rostro se le convirtió al ver a Hannah en la puerta del sanatorio. Es que también durante este suceso la hubo ignorado. Ella los aproximó, a poco él en un ademán de alto, sin pronunciar algo, le dejó claro que nada quería. Dejándola apabullada, a un costado, y como si ella fuese invisible, dio el asentimiento para que lo subieran a la ambulancia. Sus acompañantes también guardaron silencio. Es que no soportaba verla, y menos ahora. Enfrentar su realidad era el peor desafío, se profesaba inservible, amputado, con tanto por delante que se resistía a postergar. No tenía ganas ni tiempo para resbalar en ningún ensayo del delirio que llaman amor.

—¿Es que no te das cuenta, mi hermano, tú eres lo más importante? ¡Qué más da el progreso de la obra o la reaparición de "Aventuras"! —emitió Gaspar, que se hubo regresado del Uruguay en contra de la voluntad del otro.

Y se le anudaron las tripas de verlo así, enclenque. Acostado en el sofá, con varias almohadas sosteniéndole la espalda, vistiendo un corsé que le sostuviese el área lumbar.

—Te agradezco que estés aquí, pero has de saber que el programa comienza, así que mejor te vas a donde estabas. No he muerto, y como sea en forma simultánea tú y yo volvemos con "Aventuras" en la fecha pactada —con voz de mando Vicente indicó.

Su amigo, que bien lo conocía, se quedó mudo, inútil sería hacerlo entrar en razón. Mejor se iba a dar una vuelta por el parque como lo hacía junto a él en otras épocas, seguro en un par de horas ya se habrían apaciguado las aguas. Gaspar decidió quedarse junto a Vicente en los próximos días para acompañarlo, vaya que ni toda una vida le alcanzaría para manifestarle gratitud. Y otro tanto darle el gusto de cerrar pormenores del programa. Estar junto a él no fue fácil, como si fuese otro, se volvió quejoso y podría decirse que hasta resentido con la totalidad del mundo. Mientras le daba directivas de la labor, un poco se calmaba, pero al dejar de hacerlo la convivencia se tornaba a agachar la cabeza acatando órdenes como en un campo de concentración. Conforme los días sucedían y el efecto de la morfina recibida en el hospital desapareció, enfrentarse con los dolores y la parálisis lo destruían. En las noches, al tomar unas copas de vino, entre dientes se reía hasta quedarse dormido mirando la televisión. Y pobre de la enfermera que llegaba cada tarde a realizarle la rehabilitación. Mientras menos hablase a Vicente era mejor. Los comentarios de la prensa, la insistencia pertinaz de Hannah, y la presentación del caso del tiroteo ante los abogados lo ofuscaban de sobremanera. Como ya hacía mucho tiempo, para el azteca el único aliciente se llamaba "trabajar". Fue como si la adversidad de hoy, le habría disparado los ramalazos del pasado, y ambos lo enloquecían.

233

Vaya que cuesta aceptar las limitaciones ya sean físicas o de las circunstancias vitales. Darte cuenta de que tú mismo, y quizás la vida te cambia en un segundo, que ya has dejado de ser quien eras. Que de un modo u otro vas envejeciendo, y ese es el primer juicio que hacemos ante otra presencia. Inevitable ver a alguien y por su modo de caminar o sus arrugas inventarle una edad. Que cuando venga a buscarte la muerte para poco te habrá servido la vestidura, porque, aunque guapo o joven, todo eso cualquier día te va a abandonar.

No tan solo la fragilidad en la salud de Vicente era invariable, sino también mal que le pesase, "Aventuras" fue sujeto a demora por tiempo indefinido. La parálisis facial era irrelevante, más allá de lo estético (que cualquier maquillaje arreglaría) su fonología se vio afectada, por ende, resultaba complejo la comprensión en su habla. No obstante, Gaspar se fue de su casa, ni modo regresó a Punta del Este. Permaneció en Los Ángeles cerca y pendiente de su gran amigo. Y desde su optimismo y fe lo convenció a que no desertara, si bien el contrato fue firmado, ninguno tenemos uno con la vida. Todo y todos pueden esperar, y lo que no, así como llegó que se vaya.

—Todo puede cambiar, mi hermano —le dijo.

Por tanto, Vicente apenas podía incorporarse del sofá, apoyando los brazos en el escritorio respondía emails mientras al modo que pudiese bien se las arreglaba para llevar a cabo sus obligaciones y así delegar lo menos posible. La quietud, que no fue hecha para él, lo agobiaba. Y en las madrugadas cuando las molestias se agudizaban, a modo muy lento un pie primero y el otro mucho después le permitía llegar al jardín para encontrarse con la vida que no se detenía. Y ese aire lo apaciguaba, e incluso le mitigaba las dolencias. Hasta que al cabo de un rato le era urgente volver a reposar. En esos actos puntuales para aliviar las punzadas, como la época más interminable, acaeció el primer mes. Entonces fue capaz de volver a la fundación. Poniéndose bolsas de hielo, que quedasen bien ubicadas en ese espacio de apoyo entre su espalda y el asiento del automóvil. Aunque la osadía le consumía un buen lapso, tenía que hallar el punto de bienestar para sentirse seguro y por fin poner en marcha el motor, conduciendo despacio, y entre tanto, durante el viaje, a un costado de la carretera se detenía para estirar un poco la pierna que buscaba su atención a través de calambres. Bastaba que se moviese de esa posición para que la tortura le hincara. Eso sí, al llegar a destino y bajarse del auto, ese momento le resultaba un sacrilegio. De pie se quedaba agarrado a la puerta y otro tanto al techo. Minutos perennes en los que deseaba no menos que dejar de existir, así a secas tragaba algún calmante, y respiraba hondo hasta que el dolor reducía. Se erguía un poco, y caminaba hasta las instalaciones. También se ajustaba el corsé, así comprimía las molestias, que de lo contrario se le expandía hasta en el rostro. Si bien en el mismo carecía de dolores, fue la parte más afectada por la parálisis. Evitaba mirarse al espejo para no caer en la comparación de un lado y el otro, en el engaño de quien fue y lo que es. Una vez que se sentaba a su escritorio, hasta una necesidad orgánica podía esperar, puesto que incorporarse lo atormentaba.

Vaya uno a saber si es que el paso del tiempo trabaja a favor, solo pareciera que cada cosa de un modo u otro se acomoda para mejor, una vez más llegó el otoño. Anticipado a otros años, el césped, las plantas y las flores comenzaron a secarse. Si bien Tadeo lo cuidaba con ahínco, los vestigios de la cal todavía se reflejaban en el jardín. Y lo que más respondía a sus atenciones mimosas era el rosal, que, a pesar de todo, se mantenía vivo. No había temporales ni mezclas de construcción que con sus deseos de vivir pudiesen. Y aquella connotación estaba arraigada justo a la ventana de su oficina, que a veces la abría, asomaba la cabeza y se colmaba de esas fragancias naturales. Cuando salía, apoyado a la pequeña fuente del medio, mirando hacia las alturas, Vicente contemplaba el avance de la obra a rápida prontitud. De tal manera, para el verano estaría lista la planta alta, y junto a esas paredes, otra porción de su sueño consumado. Pueda ser que para entonces sea capaz de subir, pensó. Mientras disfrutaba los sutiles rayos de sol de esa tardecita fresca, que le entibiaban las manos, que de a ratos también se le adormecían. De talante apaciguado, por la puerta trasera, iba volviendo a su escritorio. Evitaba ver gente, es que, ante un revés, así como anhelamos la contención refutamos la misericordia. Y las palabras eran innecesarias. Mejor se sentía sabiendo que a muchos sus situaciones vitales con respecto a los permisos de trabajo y las visas o bien una fuente laboral, les resultaba próspera. Apenas logró sentarse, Juanita le acomodó los cojines y el hielo en su espalda, y llegó Gaspar. Y la señora (muy discreta) salió antes de que se lo pidieran.

—Es la hora de tu cita con el doctor, vamos —le dijo.

Sin embargo, Vicente rezongaba, se dejó ayudar por el otro y hacia el consultorio terapéutico salieron.

—Es que me resulta una pérdida de tiempo, y su insistencia por la cirugía en mi espina me exaspera, yo no noto mejoría alguna. ¿Cómo se ha visto que sea la única alternativa? —dijo furioso.

Mientras su amigo hacía caso omiso a sus comentarios, subió el volumen de la radio y no le habló hasta llegar a la policlínica. Ahí Gaspar lo esperaba durante esas dos horas en que Vicente recibía el tratamiento, y al término lo llevaba a la cantina cercana a beber una cerveza. A ver si esa distracción le aplacaba el mal humor. Con su amigo era con el único que se quejaba, será que damos lo peor de nosotros a quien más nos quiere, a ese incondicional, al que le duele lo que a nosotros nos sucede.

Mientras los meses se desprendían del calendario, una leve mejoría alcanzó en la parte inferior de su cuerpo. A duras penas usaba menos aquel corsé incómodo que lo aprisionaba como un matambre enrollado. Inclusive los efectos de la parálisis facial resistían a dejarlo. Algunos días resultaba peor comprenderle oralmente. Entonces, cansado ya, pero con la precisión que lo destacaba en llevar a cabo lo profano, admitió que su incapacidad no le permitía retomar la conducción de "Aventuras". También era el ultimátum para rescindir de la gracia del contrato. A la sazón, entre copas de vino que como si fuesen las últimas saboreaba, decidió hacer entrega de laureles del programa a Gaspar, retribuyendo a la rueda de la vida lo que una vez Peter le confirió a él. Vaya ironía que repetía la historia. Uno y ahora el otro por razones semejantes se retiraban. Has de ser valiente y cuerdo para reconocer que ha acabado tu tiempo. Si en definitiva a Vicente la suma grandiosa que se le pagaría no le importaba, lo que sí, como a su pionero años atrás, que el programa volviese al aire. Y para qué resistirse a lo que es, y en ese capricho de aceptación suspender el despliegue de talento en su amigo. Entonces lo llamó esa noche, no obstante, fuese muy tarde. A ciencia cierta, el exteriorizar le daría libertad a él mismo y felicidad al otro.

Gaspar llegó en un santiamén. Ansioso se sentó en frente al otro y con expresión de susto lo miraba. Mientras éste reposaba en el sofá.

—Relájate un poco —murmuró Vicente.

—Ay, mi hermano, es que a decir verdad tu estado junto a ese afán porque venga a estas horas me tienen afligido —y en un único trago se acabó la cerveza completa.

Y como hacía tanto, Vicente ablandó su semblante, y hasta le sonrió.

—Te he llamado porque te cedo la conducción del programa. Ambos sabemos que yo no puedo seguir con él.

Pero tú sí. Si bien modificaron los términos de paga en el contrato, los directivos aceptaron mi propuesta en cuanto a ti. Solo has de llegar a un acuerdo con el canal. Básicamente los regímenes se mantienen en tiempo y forma, simplemente difiere por el traspaso de mando. Pero ahora es tu momento.

Gaspar, impresionado, hasta sin habla se quedó. Se le iluminaron los ojos, hizo otro sorbo de cerveza, y tartamudeando dijo:

—Esto es un sueño, no me puede estar pasando a mí. ¿Tú estás en tus cabales? Sustituirte a ti yo, un mejicano que cruzó la frontera con un coyote, que hasta no hace tanto era un ilegal. Un mesero delirante en escribir sonetos. De repente apareces tú, visionario, creyendo en mi talento, me das trabajo, me impulsas a publicar, me sacas de mi burbuja de Veneice Beach, me llevas contigo a La Florida, me incitas a surgir desde mis dones. Y me convierto todavía más feliz del individuo que era, porque tengo la beatitud de vivir haciendo lo que amo. Ahora me cedes tu programa.

Y soltó esas lágrimas que nos brotan naturalmente de emoción, añadiendo:

—¡Pero mi gloria desde tu entrega, ay, mi hermano, eso sí que no lo puedo aceptar!

Se le entrecortó la voz, y se puso de pie mirando hacia afuera. Entonces Vicente, desde ese costado suyo práctico, lo hizo entrar en razón. Gaspar no era culpable de su desventura, así como tampoco él lo fue cuando Peter se retiró. Y avanzada la madrugada, con varias copas entre medio, llegaron a un pacto. Una vez su amigo se fue, habiendo dejado la resistencia y creado la entrega, durmió mejor, tal como si los dolores y la presión se le hubieran alivianado.

Y cada cual fue ubicado en el vagón correspondiente del tren para el desarrollo de sus travesías. Gaspar reinauguró otra temporada de "Aventuras" en la célebre Veneice Beach, en simultáneo con Punta del Este. Y su sorpresiva presencia en la conducción fue bien recibida por el público que desde antes ya lo quería. Karla, absoluta a su lado, atravesando norte y sur. Para esas alturas, Tony ya hablaba un español exquisito con un acento refinado, que practicaba a diario con latino que llegase a la fundación del inmigrante. Sin embargo, Gaspar y los medios insistían en alguna aparición de Vicente, pero él, manso, escogió recluirse de raíz. Lo que sí realizaba en reserva era el manejo de contratos con artistas internacionales, junto al seguimiento financiero de la carrera de su amigo. No menos que todo lo mejor deseaba para ese espíritu extraordinario, no fuese a ser que por principiante se aprovecharan. Y el ver que, más allá de cuanto el tren se desviase de la vía, siempre retomaba la que conllevaba al cumplimiento de un destino ya escrito. "Aventuras" seguía siendo un gran éxito, y ello lo desbordaba de alegría. Traía a Peter a ese momento presente, cuando orgulloso, contemplaba a Gaspar en la pantalla. Tres hombres con el mismo destino, pensó. Fue que apenas lo sustituyó, harta dicha el otro también mostraba. Mientras Vicente lo llamaba visionario, idéntico Gaspar lo hacía con él.

Una vez la furia de la tormenta se acalló, y tal como si jamás habría arrasado con árboles y algunos techos frágiles, la calma volvió. Tuvo un instante de pura conciencia. Los seres humanos resistimos hasta las guerras, pero nada somos ante la saña de la naturaleza. Llega, y lo que más puede se lleva. El soplo incesante de aquel viento rabioso durante esos días se le hubo metido hasta los huesos. Todavía le parecía escucharlo. Y en la puesta del sol generosa advirtió cuánto tiempo desde aquella madrugada que le cambió la vida ya pasó. ¿Será que voy andando hacia atrás? Caviló. No había vuelto a pararse erguido, su labio inferior continuaba inmóvil. Y a poco emprendía una caminata debía sentarse en la primera banca que encontrase, porque los malestares lo hincaban. A menor dosis seguía ingiriendo calmantes que le perforaban el estómago. Así que abandonó la terapia. Al estar Gaspar muy ocupado, no tenía otro con quien se sintiese adeudado para asistir a esa clínica. Contaba con días menos peores a otros, entonces llevaba su incapacidad de un modo tan íntimo como propio. Lo cierto era que llevaba en ese estado de dolencia nueve meses. Muy abocado a su posición de presidente y consejero en la fundación, trabajaba sin tregua, afanoso porque prosperasen, e inhibir potestad a la mente que ya le aullaba desquicio, haciendo caso omiso a los malestares físicos, que no cesaban, más bien acrecentaban.

Pero en el intento de tapar lo que, desde muy adentro molesta, pareciera que se sobrevive mejor. Y así como ellos a súbito le emergía el recuerdo de ella que también lo inmolaba. Y de la nada en algo se ocupaba. Es que a pronto dejamos de ser niños bien se nos enseña a inhibir el palpitar del corazón, por lo contrario, a detenerlo. Mejor aturdirnos con el exterior, permanecer siempre atareados, para enmudecer la farfulla del enemigo. Y de esa enseñanza se agarraba fuerte Vicente, no vaya a ser que justo ahora que estaba enclenque la mente ganara la batalla. Conforme las secuelas del largo tiempo de tal ciempiés, un buen día cayó tendido al piso, sin ser capaz de incorporarse. Suerte para su desgracia, estaba en casa. Durante aquel lapso hubo quedado inconsciente, y al despertar asumió estar inmovilizado. Llegó a gatas al lecho. Y en aquel momento, indigente, bajo esa conmoción voraz, desconoció las horas que sucedieron. Por primera vez en lo que contaba de vida se vio miserablemente solo. No supo a quién de los tantos que bien lo querían, llamar. En esa quietud se dio cuenta que hubo perdido la independencia. Tendido en la cama, aferrado a un nudo que le hizo a la sábana (como amortiguador del dolor), la puerta entre abierta le permitió de reojo vislumbrar el retrato de Josefina que hermoso posaba en la sala. Y con ahínco le instó fuerzas, inconcebible que tal como ella antes de emprender su viaje eterno, ahora él, estuviese paralizado. Y el terror a la muerte le raspó la mente, no fuese a ser que falleciera ahí solitario. Y como a muchos en este país de harta soledad se lo hallara pasada una semana, porque el hedor de su carne le avisó a algún vecino. Pero como por arte mágico entre lucha y sudor anuló todo pensamiento, y tal vez el cansancio por tal esfuerzo, lo hizo dormir. Cuando la naciente luz matinal le dio calor al rostro, bajo esa conmoción de carestía, recapacitó en que quizás llevaba algo más de diez horas sin movimiento. Solo supo que al desvanecerse era media mañana, la hora en que, habitualmente, salía hacia su trabajo. Para entonces, palpó las sábanas húmedas, dándose cuenta de que hasta se había orinado en ellas.

¿Pero quién nos avaló justicia en la vida? Como se pueda hemos de subyugar el reto, al que ninguno es inmune. Y si la vida incompleta de Paloma, el éxodo a la eternidad de Josefina (su madre), la malquerencia de Noah, y la huida junto a la maternidad de Hannah no lo derrocaron, menos poder les daría a sus piernas, y al protervo vaticinio de los médicos que no volvería a caminar. Razonaba que el peor rival del hombre yacía en él mismo. Y peor, temerle a otro que habría de morir al igual que todos. Entonces mutilaba cualquier auspicio oscuro. Refutó la riesgosa cirugía de la espina dorsal. Y con sus limitaciones durante el primer año desde esa mañana apostó a las agujas de un doctor indostánico, que mientras le ejercía la acupuntura, también le practicaba artes marciales para fortalecer sus energías drenadas por el dolor. Las visitas impuestas a la terapia se convirtieron en la única inmediación con la vida allá afuera. Se hubo apartado de todo y casi todos, ensimismado, a menudo deliraba con ceder su puesto a Tony, y hasta deshacerse de todo vínculo con la fundación. Tan pronto el chofer lo dejaba en casa, otra vez se empeñaba en la cerrazón de los recuerdos. Y entre poco paseaba del lecho al sillón, trabajaba, sin dejar un instante de acariciarse las piernas, en el dislate de sentirlas.

En cada siesta, al dar oídos a la puerta, veía a Ágatha, su vecina primitiva. Poseedora de una integridad señera, otra que huyó de las iniquidades de su hermana, dejando los mares azulinos de Grecia. La anciana ríe con tal entusiasmo, que, de ser un extraño, inadmisible es predecir tanto abismo que pernocta su sonrisa. Puesto que, celando el secreto en sus ojos, cada uno de los inmigrantes de algo o alguien hace su éxodo. Tal como quienes más padecen, celebran el contento. Y exclamó:

—Es que yo, mijo, casi no fui a la escuela, y al inglés lo aprendí a ponchazos por las calles, y mirando televisión. Puesto que con el militar que me casé sólo profería "Al diablo la armada", y casi nada me hablaba.

Y es hasta el sol de hoy que Ágatha deja oír su acento extranjero. Adoraba a Vicente, afanosa de tratarlo bien, le preparaba té y allegaba víveres. Pero a súbito la dama daba cerrojo a la portezuela, la soledad lo quemaba, traía el pasado que lo arruinaba, mientras que el futuro lo hacía tiritar, y aquello lo sulfuraba. Perdía el juicio al cavilar en cómo resistiría ese tiempo, puesto que ya no podía disuadir al ego con ínfulas. Por más que le pesara, ese, el de las insolvencias, era su escenario.

Cuando de repente, sumido en la punzada severa de la cintura, fue consciente de que sus manos gozaban del superior movimiento, y se las acarició con afección. En ese estado, se durmió. En la niñez, el cielo le confirió un preciado don, que Vicente postergó a la deriva. Es que la sociedad se cegaba bajo la leyenda de que ser artista era cosa de vagos y bohemios, y peor, que si alguien forjaba riquezas con su arte, de hecho, no era capaz, algún otro lo hacía por él. Y se decía: ¡Escrito está, que los artistas están condenados a la miseria! Entonces Vicente, de talante afable, y apasionado por los idiomas, como los viajes, estudió diplomacia. Y al artista que se encarnó en su alma lo anuló. La labor que llevaba a cabo sin fascinarle, tampoco le fastidiaba. Ni menos lo llenaba. No obstante, el azteca siempre desempeñó funciones notorias, como en el departamento municipal de la Ciudad de Méjico, y tribunales. Recuerda que desde siempre, sobre papel, en el silencio de las noches, cuando todo le pertenecía, y nada mundano lo distraía, ensimismado y entregado a las melodías indias, pintaba sobre papeles, para poco después sobre maderas, que su compinche, tío Alcides, le traía.

Al despertar esa tarde, aunque el sol ardoroso del mes de agosto se resistía a darle nacimiento a la noche, en sus entrañas profesó una reseña impresionante. Como si dentro de él hubiese otro. Súbitamente, extrajo de un baúl unas pinturas, y fue hasta el garaje, de donde tapadas en polvo sacó dos trozos de madera, en los que una vez pintó. También removió con un palo la pintura celeste en el tarro, que debido al desuso, se hubo endurecido. Y absorto, bajo la gracia de un salvador, Vicente soltó el pincel furtivo. Amó su cuerpo, como si las piernas nunca le hubiesen fallido. Su teoría se basaba en sombrear exégesis acerca de cómo las emociones sobresaltaban el cuerpo humano, predominando los colores blancos y la gama de los azules, que los atañía al encanto de lo inmortal. Por aquel momento supo que ese otro que soñaba hubo renacido, y no deseaba más que pintar y pintar hasta el último de sus días. Sumido en ese estado dichoso, supo que ahí besaba su corazón. Y que de la adversidad de la parálisis libertó su don.

A partir de entonces, solitario, su morada no sólo encubría tanto en esa piel, sino que también en ella celaba su destreza sublime. El arte le zurcía las llagas, suplía las ausencias, y lo distraía de la obsesión por sentir las piernas como en antaño. Pintaba a diario, a veces caía en cuenta del tiempo, al oír el cascabel que colgaba del cuello del perro de su vecina, la que fumaba con frenesí. La que cada noche, invariablemente, paseaba al animal, poniéndolo al corriente de que eran un cuarto para las diez de la noche. Vicente hizo de los muros su guarida del mundo. Con un padre excéntrico, lobo de mar que navegó los cinco océanos, y una madre consagrada por las tareas públicas y el hogar, se le hubo educado que las vicisitudes se guardan para uno mismo. Hasta que una tarde por fin accedió a recibir a su amigo Ron, el cual, abstracto en su talento, le compró la primera pintura, y lo convenció de que debía ofrecerlas a todos. Puesto que quienes lo conocían le comprarían, y se pasarían la voz uno a otro. Hasta que cualquier día Vicente, quien ya era famoso, ahora también lo sería por su arte. Así que el anglosajón, en ese delirio, lo hizo carcajear a todo contento. Trascurrieron 29 meses a pulmón. Si bien, Ágatha le señalaba:

—Hijo, me consta tu pasión por el arte, pero por qué no dejas eso para tu vejez, ahora que te vas recuperando, todavía estás joven y guapo, invierte tu tiempo en buscar una novia.

Vicente, perfilando una sonrisa a su verbosidad ocurrente, eligió subsistir aquel lapso entre la terapia, una asistencia ínfima virtual a la fundación, y lo que le resucitaba el alma: la pintura. Nunca antes hubo permanecido tanto en casa, cuánta complicidad bajo ese techo, así que sin proyección llegó a amarla. Hasta con ternura miraba cada connotación verídica, renovó cortinados, como bien los muebles, y pidió a Ágatha le trajese varias plantas, pues el verde realzaba la madera, y ese pormenor lo inspiraba. En las madrugadas contactaba por correo a cada persona que conocía ofreciéndole sus pinturas, del mismo modo que creó su propia página en internet. Montó el estudio en el cuarto más amplio, porque la luz que atravesaba esa lumbrera lo extasiaba. Y los clientes, al poner un pie ahí, se detenían detrás de ella, diciendo: La energía aquí es solemne.

Poquito a poco Vicente conquistó notoriedad, y su casa, de haber sido su guarida, pasó a convertirse en un desfile frecuente de gente. Karla, a quien le permitió acercamiento, con un compromiso leal le organizaba la agenda de sus clientes, porque a Vicente aquello lo distraía demasiado de crear. Y como desde siempre, uno y el otro se complementaban a la perfección. La abuela y ella dispersaban su algarabía en aquella casa de un ermitaño. Humilde, nada de gracia le provocaba abrir una galería en el Grove, o ningún sitio de esos. Su templo era su galería, y tan solo en ella quería permanecer. El neto hecho de vender su arte le concedía una alegría nunca antes creada. En ocasiones, mujeres bien parecidas y de vestir ligero llegaban a su estudio, unas compraban, mientras otras bajo el pretexto de las imágenes, luego lo llamaban. Aunque, en un parpadeo súbito, hizo vívidas las palabras de su madre, de quien aprendió que la peor discapacidad es la mala actitud. Vicente, ensimismado en sus limitaciones físicas, hacía la vista gorda. Es que ni siquiera lograba imaginarse de nuevo haciendo el amor. Sus piernas, si bien recobraban habilidad, seguían insensibilizadas. A duras penas, asido a la retentiva indeleble de Noah, en postura de espaldas a su rostro, fundidos piel a piel, ardiendo en un éxtasis al unísono, una que otra noche recurría a saciar sus ardores por sí solo, pero nada más lejos de la exquisitez de la intimidad. Mal que pesara, era incapaz de inmolarla por completo, ya solo para la fantasía sexual la instaba. Su espíritu llegaba y en menos de media hora se marchaba. Ese fuego que los atrajo desde el primer instante, allí en la imaginación no se extinguía. Y escogía evocarla a ella para la fantasía, puesto que era lo que mejor le sentaba, en vez de la sombra del delirio amor llamado "Hannah", con la que todavía la devoción y el aborrecimiento lo vinculaban.

Por estos días, en un caminar giboso, y con diez kilos menos, en instantes arrastra el paso, y en la gloria más erguido se dirige hasta la cocina. Aunque según el mito, cada artista es algo borracho, él sólo llena la taza con café, limpia pinceles, y se abre paso entre los tarros de pintura y trípodes que sostienen dos de sus cuadros. Entonces, con sus manos, le hace otra mancha a las paredes, que usa de arrimo. A poco se acomoda sobre los cojines, da oído al jugueteo de unos críos, en la calle, asimismo a otros chavales, que a medias parlotean el inglés, porque vocean algo de español en medio de una transacción. Ellos, sin misterios, se daban a entender, y suerte que existía el lenguaje universal para el amor. Vaya que no únicamente renunciamos a nuestra tierra, sino a nuestra lengua. En el instante que partes, lo has dejado todo. Inmigrante habría de ser sinónimo de valiente. Pero a Vicente nada lo abstrae de su centro, del espejismo de su arte. Los calmantes lo amodorran un poco, entonces a veces con los dedos puestos en el teclado o en un pincel se adormece. Para él, los amaneceres no tienen horario. Sueña, come, duerme o pinta cuando le apetece. Eso sí, cuando la musa o el error llegan para que la luz diurna no lo destierre de su esencia, cierra las cortinas. Y en ese mundo donde siempre es de noche, hasta que las alas vuelvan a inquietarse, cautivo, al compás de su propio ritmo, permanece. Cuando le da paso a la luz, un poco se conecta otra vez con el mundo. A poco va abriendo las cortinas, por accidente, lo más ligero que puede, pasa enfrente del único espejo que tiene en casa y se mira. El pómulo le ha quedado hundido, y la mitad del labio superior caído. Pero ya en todo este tiempo ha aprendido a convivir también con eso. Es tan poco lo que le importa, si hace lo que ama, sin estar expuesto a la naturalidad de una cámara. Ahora es que lo relacionan con su arte, con ese nombre que está escrito al pie de cada una de sus creaciones. Katiuska le ha insistido en que haga una presentación en la fiesta aniversario de Veneice Beach, pero sigue sin convencerse de ello. Es que adentro, y ensimismado le va tan bien que para qué algo así. No más que para ver al doctor, que aparte de realizarle la acupuntura, mucho juntos se reían e intercambiaban ideologías de autores ingleses. Y a sus terapias acuáticas Vicente de su taller salía. También de vez en cuando formaba parte del grupo restringido de meditación tibetana en la misma casa del médico, las que algunos días le resultaba una presión ir, claro que a poco ahí llegaba se contentaba de haber ido. Pero el hecho negligente era el salir de esas paredes que tanto lo amparaban. Y aquella noche, siendo tan tarde con esa idea haciéndole ruido en la cabeza, se quedó. Es que salirse de su rutina lo inquietaba. ¿Por qué para un artista la obediencia a horarios resulta un apremio? Agregado a ello, sus limitaciones físicas, así que algo tan simple le era un estorbo que le trastornaba el sueño.

Al otro día, con parsimonia salió de la guarida a esperar a su chofer que lo llevó a la terapia. Le pidió no lo esperase. Al terminar su rutina de ejercicios lenitivos haría un esfuerzo por romper los paradigmas. A pronto terminó la sesión en esa piscina inmensa de aguas termales, en su equilibrio enclenque, anduvo unas dos cuadras a comprar frutas. Y mientras esperaba para pagarlas, detrás de él escuchó a un niño parlotear, mientras daba unos pasos pocos firmes (semejante a los suyos) por el local. La risa del chiquillo desparramaba una afección inenarrable que lo enterneció. En ese segundo recorrió la ilusión del tiempo, reviviendo a Paloma. Tal vez la última vez que oyó a una criatura fue en el nacimiento de la hija de Ileana. Ensimismado, volteó a mirarlo, y le alcanzó del piso la naranja que se le hubo resbalado de sus manitos pequeñas, para cuando una mujer joven, le dijo "Thanks", y alzó al niño para ubicarlo en su cochecito. Él le cedió su lugar en la fila. Y los vio salir de la verdulería. Para cuando estuvo listo, con las bolsas en la mano, salió en busca de un taxi. Iría al almuerzo en la casa del doctor. Justo un vehículo se detuvo, una puerta se abrió, y la joven y el niño subieron. Pero antes de seguir la marcha, la ventana delantera se abrió. Vaya desconcierto, la conductora era Hannah, que fijamente lo miraba. Mientras la mujer joven algo le decía, ambas lo miraban, y el pequeño apenas asomó su cabecita por la ventana, le hizo un ademán a Vicente y le murmuró "Bye bye". Sin asomo de dudas, era Mateo. ¿Cómo a velocidad acaeció el tiempo para todo y todos? Él se quedó tieso al verla. Sus condiciones le impedían huir, tampoco un taxi pasaba. Y entre fruslerías tejía su mente. Ella aparcó el auto a un costado y se bajó. Lo aproximó sin rodeos, tal como si viniese a buscarlo. ¿Pero cómo me reconoció? Cavilaba él, si estoy disfrazado con estas prendas e irreconocible. Disimuló el asombro, a decir verdad, los cambios físicos en él resultaban tan abruptos que cualquiera que lo conoció en su apogeo se quedaría pasmado al verlo así tan diferente. Al verla caminar hacia él, Vicente sintió no menos que frenesí de fuga, no obstante, al tenerla en frente, lo anterior se desvaneció. A poco escuchaba la vocecita de Mateo, que parecía cantarle mientras la llamaba "Mom, mom", ella volteó y le contestó, con su voz angelical:

—Stay there, sweet heart.

Y volviendo los ojos hacia Vicente, quien apenas contenía el ahogo en su pecho por las sensaciones descomunales que lo envolvían.

—¡Qué alegría encontrarte!

Y le pasó la mano suave por el costado del rostro que continuaba sensitivo, pero a él, mudo, esa caricia le aceleró el pulso. ¿Cómo el mismo palpitar se manifiesta en el cuerpo? A veces dilapidando los rencores o abriendo ilusiones. Y se quitó las gafas que lo protegían del sol, la miró a la profundidad de sus ojos, diciendo:

—¡Qué hermoso es tu hijo!

Y sin esfuerzos por sorprenderla, extendió la mano hacia la banca que yacía atrás suyo en la acera de la verdulería, y se sentó. Al parecer, el agua no le hubo alcanzado para aliviar los pinchazos de la espina dorsal, o tanta emoción de ver a Hannah y a Mateo le despertó el cuerpo del dolor. Ella le tomó la mano, haciéndole de apoyo, y él no se la soltó.

—¿Cuánto tiempo ha pasado? —con la respiración agitada le inquirió.

—No te agites —ella le sugirió—. Mateo ha cumplido tres años.

Corrió las bolsas que Vicente puso en la angosta banca de plaza, y a su lado se sentó.

—¿Adónde vas? —preguntó—, te llevamos a tu casa.

—No es necesario —dijo él—, tomaré un taxi, voy hacia el Downtown.

Y mientras uno y el otro se quedaron en silencio (como una pareja de antaño, donde las palabras son en vano) desde el auto su hijo la llamaba. Ella sonrió, y fue a buscarlo. Y en ese lapso que Vicente volvió a estar con él mismo, un sinfín de recuerdos se hicieron presentes, a poco el temor también lo apabullaba. ¿Hasta cuándo esta rueda con ella?, pensó. Y allí llegó el pequeño, digno hijo de su madre. De talante enérgico, a pesar de ser varón refinado en sus movimientos, pero sobre todo compasivo. Le sonrió e investigó:

—¿What happened to you? —advirtiéndolo todo.

Los adultos soltaron una carcajada ante la vivacidad de Mateo.

—Soy Vicente.

—Y yo Mateo —estrechándole la mano como un caballero.

Y con soltura tomó una mandarina de sus bolsas, y mientras la pelaba le preguntó:

—¿Are you coming home with us?

Entonces Vicente le ayudó a pelar la fruta, y le respondió:

—Not today, but thanks for invited me.

—Oh, ¿when you coming then? —con la espontaneidad de los niños insistió.

Astuta, la jovencita ya estaba de pie tras el pequeño, lo tomó de la mano y se lo llevó a caminar.

—Déjame llevarte a donde vayas —pidió Hannah.

—¿Cómo nos encontramos aquí, que me has visto? —curioso preguntó él.

—La escuela de arte a la que asiste Mateo está cerca, y te reconocería entre una muchedumbre. Durante este tiempo siempre buscaba encontrarte —apenada susurró ella.

Ya recuperado, Vicente se incorporó de la banca y miró hacia la calle, justo de un taxi descendía un pasajero.

—Pídele al chofer que me espere —dijo.

Hannah se acercó al vehículo para después regresar hacia él. Lo ayudó con las bolsas, e incluso a que subiese al taxi, y lo besó en la mejilla sin pronunciar vocablo. Pero él distinguió sus ojos mojados, le apretó con fuerza la mano, y cerró la puerta. Apabullado, dictó la dirección del doctor al buen hombre, y deliberaba: ¿Por qué será que tuve que encontrarlos? Suerte que no me voy directo a casa, porque de hacerlo incapaz sería de pintar ni dormir.

No más que pensar y pensar haría el resto del día. El tráfico estaba más fastidioso de lo habitual, lo que hizo el viaje casi interminable. Ya ni él mismo se aguantaba. Al llegar, mientras el doctor y los demás presentes le hablaban, nada retenía. Y aquella reunión para la meditación de luna llena le fue un hastío. Se esforzaba por dejar de pensarla, quizás lo que más le molestaba era que se cuestionaba por qué hizo caso omiso a su sentir. Pero tampoco el haberse ido con ellos estaba bien. ¿Y qué rayos está bien o mal para un ermitaño lisiado atormentado?

Del trípode a la sombra excelsa de la luna llena al pie de la lumbrera daba pasos. Es que estaba en la etapa final de esa obra magna, y no podía permitirse que nadie lo dispersara de su comunión con la musa. ¡Es que de esas distracciones cuenta el delirio del amor! Cuando en el corazón no tienes más devoción que por tu arte, tal vez te va mejor. ¿Y cómo sigo ahora?, se preguntó. Le extrañaba la conexión con Mateo, nada menos que con el hijo que su ex mujer al abandonarlo tuvo con otro hombre. Qué desatinado todo esto. Y así en el vaivén de derrotas y críticas daba pasos extraviados que lo separaban de su creación. Aquel encuentro con Hannah significaba mucho más que una casualidad, la sentía en el mismo aire que respiraba. ¿Qué es tanto lo que reprochamos al otro, que es todo cuanto no nos perdonamos a nosotros mismos, que es ese enfado constante, esa insatisfacción? Y con un pincel entre los dedos, una taza a medias tomar de té, y en el silencio penetrante de la madrugada en sueño se desvaneció. Lo despertó un golpe suave en la puerta, que siguió del sonido del giro en la cerradura. A puntapiés Ágatha se adentró al estudio.

—Good morning, rey de América —entre risas le dijo.

—Buenos días, abuela —respondió Vicente.

—¿Cómo te has dormido en el piso, mijito?

Él se incorporó pidiendo no se preocupase. Le contó que volvió tarde y se hubo quedado pintando, es que en solo tres días debía entregar la pintura al cliente.

—Well, pero no te afeitas por más de una semana —agregó la anciana—. Dime qué casino tienes en la cabeza ahora. ¿Cuál es su nombre?

Ni a los ojos quiso mirarla, porque ya todo lo sabría. Y aunque con cansancio y algo de reumatismo en sus manos, con ligereza empezó a organizar el estudio y puso los víveres sobre la mesa de la cocina. Le sirvió una taza con café amargo para despabilarlo. Esperó se sentara en el sofá, arrimó una butaca, se le ubicó enfrentada y dijo:

—He visto a Hannah, y lo más probable que tú también, por eso estás revoltoso. Hoy tempranito caminé por el barrio, y ella salía a llevar al niño a la escuela. No vas a creer, pero me subí a su carro y la acompañé. ¿Sabes que su embarazo fue asistido? Tú estás al corriente, mijito, eso de las mujeres modernas. Como se fue destrozada por la muerte de Paloma, pensaba quedarse en Alemania. Pero no resistía la mezquindad de la maternidad. Entonces fue a una de esas clínicas, donde asiste la gente adinerada, y te muestran catálogos de los donantes como si fuese de prendas, nunca llegas a conocerlos personalmente. Sí, te informan de su genética familiar, y todo aquello, para que la gestación sea saludable. Y ella eligió al que mejor le pareció. Pagó una exorbitante suma, y se internó en el sanatorio para que le inyectaran las células. Ya el tiempo le corría en contra, habiendo pasado los 40. Dudó en darle nacimiento a Mateo allá en Berlín, pero bajo lo que le dictaba el instinto y su embarazo se desarrollaba viento en popa, hasta la fecha máxima permitida para montarse en un avión, lo extendió en aquella tierra, y quiso que el niño naciera aquí.

Como un cuento, Ághata le relataba cada detalle, mientras apenas tomaba aire para seguir letra. Vicente, que ansioso deseaba saber la verdad, al unísono se resistía a continuar escuchándola. Vaya ocurrente esta octogenaria de irse con ella hasta la escuela e indagar todo. A duras penas le pasaban los sorbos de café, más bien se le anudaron las tripas. Sin dejar de mirarla y dar oídos.

—Ella ha intentado decírtelo, pero tú, porfiado mijito, mejor si hablasen, lo que pasó así fue, Vicente. Ambos siempre se han amado, ¿si se dan una oportunidad?

Y en esas confesiones de Ágatha se abrió una brecha entre pasado y hoy. Lo sintió todo, amor, arrepentimiento, dolor, junto a unos deseos enormes de estar solo. Se incorporó del sillón, y se paró detrás de la ventana, que generosa dejaba entrever la grandeza del parque devastado posterior a la tormenta. Dándole la espalda, preguntó:

—¿Y tú le creíste, abuela?

—Pues claro, mijito, los dos conocemos de su honradez, y para qué rayos mentiría en algo así. Bastaría que la escuches y veas la transparencia en sus ojos para que ni por asomo de dudas la juzgues.

Sin voltearse, buscando la naturaleza en su verdad le revele el futuro, exclamó:

—¿Cómo te confesó todo a ti, por qué fue que no encontró la manera de que yo lo supiera, será que alguien más sabe su secreto?

—Pero ya deja la necedad, Vicente. ¿Es que acaso no ves que hay muchos otros que tienen eso que a ustedes les duele, pero nada más que hijos en común? Ustedes lo han tenido todo, los sentimientos no se compran, mijito, y vaya que para todo lo demás el dinero sí que sirve. ¡Pero no seré yo quien te diga lo que has de hacer, es a ti al que le queman las cerrazones, el que jamás a otra le dará lugar porque tu corazón ya bien ocupado y herido está. En la vida has de agarrarte de la parte pesada de la balanza, sin olvidar que un día más es también uno menos. No vaya a ser que te vayas con la balanza vacía.

Fueron las últimas palabras de la abuela, que se hubo levantado del sillón, y comenzó a peinarse las trenzas de su cabellera blanquecina.

Él se apartó de la ventana, y en los ruidos que Ághata desplegaba en la loza que fregaba en la cocina, sin ni siquiera mirarla, bien sabía estaba ofuscada. Con la excusa de llevar la taza sucia, se le acercó y le besó la mejilla delgada.

—Ya, ya, mijito —le dijo, y con un brazo lo apartó, para luego soltar una carcajada.

Terminó de fregar y se fue. Con una sonrisa en el alma, Vicente fue al cuarto de baño, y sin desaires se miró al espejo, empezó a afeitarse la barba. Ya no más disimulos, éste era él, con lo bueno y lo no tanto. Con lo ameno que esa piel guardaba, y también las desventuras. Expuso sus reflexiones con la mayor sanidad mental, e indagó hondo.

A como dé lugar la musa tendría que llegar y quedarse con él hasta que la obra fuese terminada. Porque mientras su creación estuviese inconclusa, del mismo modo, lo estaría todo lo que lo rodeaba. Dejó la música sonara alto, como en aquellos tiempos cuando llegaba a casa agotado de haber estado afuera. Y comenzando en el amor inenarrable por Paloma, junto a la quimera que Hannah le hubo despertado otra vez, tomó el pincel entre sus dedos habilidosos, y desde la inconciencia que nos hace libres, empezó a pintar. De pie, otro poco sentado, y hasta arrodillado desde el amor, el tiempo y la muerte las horas le fueron a favor, cuando en el último minuto del día, con el detalle preciso de poner su nombre debajo del cuadro, puso fin a la obra magna. Así como chaval egresado de la escuela secundaria, con sus prendas manchadas de cuanto matiz se le ocurriera, se echó en las mantas, ubicadas debajo del trípode, que usaba para proteger los pisos de la pintura. Hizo un suspiro que le regeneró cada célula. Y no menos que con la sensación pulcra de un bálsamo agradecido, reía como artista ermitaño y loco que era. Usando la pared como punto de apoyo, tiñéndola de un color azul brillante, que dejaría sellado las huellas de su felicidad, se incorporó. Anduvo hacia la cocina, y el reloj de pared vio que marcaban las 12:22 de una nueva madrugada. Rebalsó la copa con vino, y para reencontrarse con su palpitar adormecido, hizo sonar la canción "Sentimientos". Abrió el grifo de la ducha para que se llenara la tina, mientras renacía y bebía. Hasta ayer no más que esas paredes victimarias como amparadoras quería, pero por ahora, no más. El sermón de la abuela le hacía tanto ruido en la cabeza. Precisaba de un paréntesis de esa comunión subterránea entre él y la pintura. Porque para nutrir el arte que le daba vida, le era inminente sentir amor. ¿Qué más daba si casi nada resultó acorde lo planeaba? Entonces una vez la tina se rebalsaba de agua, en ella desparramó sales que le avivaran las articulaciones, como los nervios dormidos, y se sumergió. Advirtió que la música se detuvo, probablemente estuvo allí una hora. A su ritmo salió y se vistió con prendas que hedían a humedad por el desuso. Extrajo de un rincón del armario el bastón que nunca usó. Y atravesando el silencio del jardín salió. Poquito caminaba sujeto al bastón, otro tanto en los troncos vigorosos de los árboles reposaba. Lo que le tomase llegar estaría bien.

Ahí estaba parado frente a su casa, siendo las primeras horas de una nueva primavera. Apenas veía una luz tenue que provenía de la galería. Tal vez la olvidó encendida, pensó. Aunque ella solía irse a la cama muy tarde. Tocó a la puerta una y otra vez. En una espera que lo inquietaba, aguardó con postura garbosa. Hasta que la vio de pie ataviada con un camisón blanco, detrás de la pequeña ventana a un costado de la puerta. Por el reflejo de las luces callejeras, no lo distinguía. Seguro estaría asustada, él pensó. Entonces pronunció su nombre, al que ella preguntó:

—¿Vicente?

—Sí.

Entonces abrió la puerta. Y a súbito le sonrió, tomándole el rostro con ambas manos, y extendiéndole un brazo para que subiera el peldaño. Como nunca, dócil aceptó la ayuda, a poco se apoyaba otro tanto en el bastón que ni utilizar bien sabía.

—¡Siéntate! —le sugirió.

Pero él, aunque extenuado y empapado en sudor por el esfuerzo de la caminata, se quedó enfrentado a ella, secándose la frente con el puño de la camisa. Uno y el otro se miraron a los ojos, hasta que él le besó la frente. Ella quiso hablar, no obstante, Vicente le puso un dedo en los labios, y la abrazó con el sentimiento más puro que hubo olvidado. Ella, prendida a su pecho con devoción, lo condujo al mismo sofá donde unos años atrás hicieron el amor por primera vez. A poco lo vio reposar, se le acostó en el regazo acariciándole la delgadez de sus piernas.

—Perdóname por no haberte esperado para ser el padre de Mateo, sepas perdonar cada uno de mis yerros, pero también toma mi amor —con la voz entrecortada dijo Hannah.

Y bajo el eco de la magia que emanaba en las notas que provenían de su piano, envueltos en el sabio silencio que todo lo subsana, como en antaño, juntos estuvieron la noche entera hasta que la esplendidez de la aurora, que apurada se asomaba entre las montañas, les agasajaba con sus ilusiones. Vicente despertó, y al verla dormida sobre su hombro, se sintió dichoso. Ahí ambos estaban, sin haber hecho el amor, sin promesas, sin palabrería que hiera, sino como compañeros de vida que alguna vez fueron, y que la sosería del ego apartó, pero la sabia faena del destino volvía a unir. Mateo se unió a ellos, recostándose en el medio de los dos, prorrumpiendo con su vocecita tierna:

—Good morning, Mom. ¿Are we a family now?

Y los miró esperando alguno respondiera. Pero como has de ser sensato con las criaturas, puesto que lo que les digas quedará en ellos a la espera de ser cumplido, Vicente le acarició los cabellos, y tan solo pronunció:

—I am here with you.

El tren había llegado a la cima de su recorrido, para que subieran al vagón los partícipes de la felicidad de su vida. Porque al tren no le atañe las condiciones en la que uno se encuentre, la raza, los idiomas, el rincón geográfico, el tiempo, cuanto se posea, ni lo mucho que se haya perdido. Cuando el tren de la vida decide hacer un atajo invita a ese otro a subir al vagón. Porque a este viaje hemos venido a desplegar la finalidad del existir, que es el amor que se dé y se reciba.

LA AUTORA Y SU OBRA

Desde una región impávida hasta otra en el confín del cosmos, Carina Vottero fue desplazando la travesía de su carrusel en la ciudad argentina de Córdoba. Entre sueños, escenarios y letras iba escribiendo en las entretelas de su alma inquieta, hasta que se trasladó a los Estados Unidos hace casi dos décadas. En este país realizó estudios metafísicos y de lenguas, hasta descubrir dichosamente que solo a través del amor con que viva, el ser humano puede llevar a cabo el cumplimiento de sus dones. Y con el amor, la maravilla de su mismo destino. A partir de entonces, soltando las alas de sus entrañas ha publicado un libro de poesías titulado *De presencias y ausencias*, y posteriormente tres novelas: *Lo que estaba escrito, El opus de Melania y Bajo este cielo*, cuya primera edición se presenta aquí. Apremiada constantemente por el deseo gitano de marcharse para siempre regresar, la autora —junto con sus obras— continúa deslizándose de un extremo a otro del universo. En la actualidad vive en la mágica ciudad de Miami, donde ha dado comienzo a la escritura de otro libro de poesía al que ha titulado *En mi piel*.

Bajo este cielo es una novela atrayente acerca de la historia (en vida y alma) de Vicente, un mejicano que desplaza su destino sobre el suelo californiano, y quien —a pesar de vivir en la tierra deseada y a consecuencia del tedio rutinario— decide darle un cambio radical a su vida para ahondar en el hechizo del arte que rebosa la pasarela de Veneice Beach en la ciudad de Los Ángeles. Y a través del anhelo de apreciar la sencillez de la vida, Vicente se introduce en el mundo de las limitaciones, sueños y aventuras de los inmigrantes ilegales, situación que lo lleva a experiencias y delirios magníficos que jamás habría soñado. Y con toda esa inmensidad da vuelo a las alas de sus dones. *Bajo este cielo* transportará al lector a esa profundidad de lo que nos sucede a quienes, por razones disímiles, hemos dejado la tierra que nos vio crecer, y lo hará partícipe de cada escenario del universo al que Vicente visita con la ilusión de develar el enigma que impulsa al artista a desplegar sus dones. Acompañar a la autora en esta obra será despertar al artista desamparado que todos y cada uno de nosotros llevamos dentro.

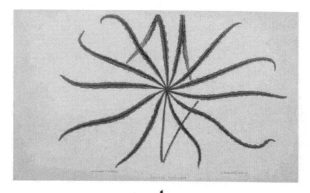

Aralias

Esta edición de
Bajo este cielo
se realizó
en el mes de febrero de 2018.

Made in the USA
Columbia, SC
24 August 2021

8R00159